DuMont's Kriminal-Bibliothek

Charlotte Matilde MacLeod wurde in Kanada geboren und wuchs in Massachusetts, USA, auf. Sie studierte am Boston Art Institute und arbeitete danach kurze Zeit als Bibliothekarin und Werbetexterin. 1964 begann sie, Detektivromane für Jugendliche zu veröffentlichen, 1978 erschien der erste »Balaclava«-Band, 1979 der erste aus der »Boston«-Serie, die begeisterte Zustimmung fanden und ihren Ruf als zeitgenössische große Dame des Kriminalromans festigten.

Von Charlotte MacLeod sind in dieser Reihe auch erschienen: »... freu dich des Lebens« (Band 1007), »Die Familiengruft« (Band 1012), »Über Stock und Runenstein« (Band 1019), »Der Rauchsalon« (Band 1022), »Der Kater läßt das Mausen nicht« (Band 1031), »Madam Wilkins' Palazzo« (Band 1035) und »Der Spiegel aus Bilbao« (Band 1037).

Herausgegeben von Volker Neuhaus

Charlotte Mac Leod

»Schlaf in himmlischer Ruh'«

Dumont Buchverlag Köln

Umschlagmotiv von Pellegrino Ritter
Aus dem Amerikanischen von Sascha Mantscheff

7. Auflage 1993

Editorische Betreuung: Petra Kruse
Die Originalausgabe erschien unter dem Titel »Rest you merry« bei
Doubleday & Company, Inc., New York
Satz: Froitzheim Satzbetriebe, Bonn
Druck und buchbinderische Verarbeitung:
Interdruck GmbH, Leipzig

Printed in Germany ISBN 3-7701-1885-5

Erstes Kapitel

Peter Shandy, du bist unmöglich«, sprudelte die Frau seines besten Freundes. »Wie soll ich denn die Lichterwoche organisieren, wenn nicht alle mitmachen?«

»Ich bin sicher, du machst deine Sache wie immer großartig, Jemima. Ist das nicht Hannah Cadwall, die da drüben an deiner Tür klingelt?«

Mit aus langer Übung geborenem Geschick drängte Professor Shandy Mrs. Ames von der Schwelle und schloß die Haustür. Das war das siebenunddreißigste Mal in achtzehn Jahren, daß sie ihn bedrängte, er solle sein Haus dekorieren. Er hatte mitgezählt. Shandy hatte eine Leidenschaft fürs Zählen. Er hätte die Flecken eines angreifenden Leopards gezählt, und allmählich glaubte er, ein Leopard wäre vielleicht eine willkommene Abwechslung.

Seit er als Lehrer an das Balaclava Agricultural College gekommen war, wurde er in jeder Weihnachtszeit von Jemima und ihren Kohorten belagert. Ihr Anliegen war immer dasselbe:

»Wir haben eine Tradition zu wahren.«

Die Tradition reichte, wie Professor Shandy herauszufinden sich die Mühe gemacht hatte, nicht weiter als bis in das Jahr 1931 zurück, als die Frau des damaligen Präsidenten eine Schachtel Lampions gefunden hatte, die von irgendeinem Studentenball aus wohlhabenderen Zeiten übriggeblieben war. In einer Mischung aus künstlerischer Neigung und yankeehafter Geschäftstüchtigkeit beschloß sie, am Weihnachtsabend auf dem Hügel von Balaclava, dem Balaclava Crescent, eine Große Festbeleuchtung in Szene zu setzen. Mittlerweile fühlte sich der Professor persönlich tief getroffen, weil es an jenem Abend nicht geregnet hatte.

Die Große Festbeleuchtung, die eine Nacht lang die Trübsal der Großen Wirtschaftskrise verdrängen konnte, war so ein durchschlagender Erfolg gewesen, daß das College sie seither jedes Jahr wiederholt hatte – mit immer weiteren Ausschmückungen. Inzwischen wurde der Crescent während der ganzen Feiertage zu einem Chaos aus funkelnden Lichtern, roten Schlitten und Studenten in absurden Kostümen, die völlig überflüssige Aufforderungen grölten, nun zu singen und froh zu sein. Die Fakultätsmitglieder, deren Häuser zum Crescent hinauslagen, stürzten sich ebenfalls in die Festlichkeiten. Und keine Energieknappheit dämpfte den bunten Glast, weil das College aus Methangas seinen eigenen Strom erzeugte.

Von nah und fern kamen die Touristen, um sich an dem Schauspiel zu weiden und von den Burschen und Mädels von Balaclava gemolken zu werden. Studenten verkauften in albernen Hutzelbüdchen aus Sperrholz Plätzchen und Apfelwein, boten Blätter mit Weihnachtsliedern feil, bewachten Parkplätze oder verkleideten sich als Nikolauswichtel und schleppten die Leute für einen Dollar pro Fahrt auf altmodischen Schlitten herum. Photos davon erschienen in Zeitungen im ganzen Land.

Die Photographen mußten allerdings immer um einen dunklen Fleck in der Galaszenerie herumknipsen. Der war das Heim von Peter Shandy. Er allein stemmte sich wie ein kahl werdender König Knut standhaft gegen die Fluten.

Tagsüber machte seine störrische Weigerung, sich an der jährlichen Schur zu beteiligen, nicht so viel aus. Das kleine Haus aus rosigen alten Backsteinen sah, umrankt von schneebedecktem Efeu, ohnehin schon weihnachtlich genug aus. Und doch war es genau dieser Anblick, der das Komitee am meisten verbitterte.

»Sie könnten *so viel* daraus machen«, beschwerten sie sich.

Einer nach dem anderen überschüttete ihn mit Girlanden aus vergoldeten Tannenzapfen, mit gefalteten Lochkarten, mit wattierten Flickendecken, mit Plastikobst, mit Lutschern, die mit Draht an Kleiderbügel gebunden waren, und kleinen Scherchen, um die gewünschten Leckereien abzuschneiden. Er dankte den Spendern immer so höflich, wie er konnte, und reichte ihre Gaben an seine Putzfrau weiter. Mittlerweile hatte Mrs. Lomax das vollgestopfteste Haus in der Stadt, aber das kleine Backsteinhaus auf dem Crescent blieb hartnäckig ungeschmückt. An und für sich hätte Peter Shandy bereitwillig einige Zugeständnisse an das Ereignis gemacht: ein Tannenkranz oder ein Stechpalmenzweig über der Eingangstür und nach Einbruch der Dunkelheit eine dicke, blakende, weiße Kerze im Wohnzimmerfenster.

Eigentlich mochte er Weihnachten. Jedes Jahr schickte er ein paar alten Freunden einige höflich zurückhaltende Karten, ging auf die Parties in der Nachbarschaft, die er nicht mit Anstand auslassen konnte, und verreiste, um Verwandte zu besuchen.

Cousin Henry und seine Frau Elizabeth waren ruhige Leute, älter als Peter, und wohnten eine dreistündige Busfahrt weit von Balaclava Junction. Sie bedankten sich immer für die Kiste Zigarren und die Schachtel Pralinen und setzten sich dann mit ihm zu einem frühen Festmahl mit Roastbeef und Yorkshire-Pudding. Danach, bei Brandy und Weihnachtszigarren, zeigte Henry seine Briefmarkensammlung. Der Professor hatte an sich wenig Interesse an Briefmarken, fand sie aber zum Zählen unterhaltsam genug. Am späten Nachmittag servierte Elizabeth dann Tee und ihre speziellen Zitrone-Käse-Törtchen und bemerkte, daß Peter eine lange Fahrt vor sich hätte.

Angenehm gesättigt und vom Familienanschluß erwärmt, schlüpfte der Professor dann gegen neun Uhr abends wieder in sein Backsteinhaus und ließ sich mit einem guten Glas Sherry und *Bracebridge Hall* nieder. Vor dem Schlafengehen trat er noch vor die Hintertür, um ein letztes Mal frische Luft zu schnappen. War die Nacht schön, fühlte er zuweilen den Drang, draußen zu bleiben und eine Zeitlang Sterne zu zählen, aber in den letzten paar Jahren hatte das Lichterwochen-Komitee Feuerwerke veranstaltet, die seine Schrullen vereitelt hatten.

Alles in allem waren zu viele Shandy'sche Weihnachten von der vereinnahmenden Festtagsstimmung auf dem Crescent verdorben worden. Als er an diesem Morgen, einem 21. Dezember, dastand und automatisch die Blätter an dem Strauß gigantischer, aus Weichspüler-Plastikflaschen herausgeschnittener Christsterne zählte, die Jemima ihm gerade aufgezwungen hatte, fühlte er, wie es in ihm einen Knacks gab. Er schleuderte Mrs. Lomax das abscheuliche Artefakt zu, schnappte sich seinen Mantel und nahm den Bus nach Boston.

Am Morgen des 22. Dezember hielt ein großer Lastwagen mit zwei Männern vor dem Backsteinhaus. Der Professor ging an die Tür. »Haben Sie alles mitgebracht, meine Herren?«

»Den ganzen Kram. Mann, hier oben nehmt ihr euch Weihnachten aber mächtig zu Herzen!«

»Wir haben eine Tradition zu wahren«, sagte Shandy. »Sie können wohl mit den Fichten anfangen.«

Die Arbeiter schufteten den ganzen Morgen. Auf den Gesichtern von Nachbarn und Studenten erschien ein Ausdruck von freudigem Erstaunen. Im Verlauf des Tages, während die Männer weitermachten, blieb das Erstaunen, aber die Freude verblaßte.

Es war dunkel, als die Arbeiter fertig waren. Peter Shandy begleitete sie zum Lastwagen hinaus. Er trug seinen Mantel, Hut, Galoschen und ein Köfferchen.

»Alles in bester Ordnung, meine Herren? Die Lichter gehen alle sechs Sekunden aus und an? Die Verstärker auf volle Lautstärke gedreht? Sicherungskästen aus Stahl mit robusten Schlössern? Wunderbar! Schalten wir den Strom ein und hauen ab. Ich werde mich Ihnen bis Boston anschließen, wenn ich darf. Ich habe dort eine dringende Verabredung.«

»Klar doch, wir nehmen Sie gern mit«, tönten die beiden, in deren Händen angenehm frische Scheine knisterten. In technischer Hinsicht war es ein interessanter Tag gewesen.

Genau achtundvierzig Stunden später, am Heiligen Abend, trat Professor Shandy vor die Tür, um Luft zu schnappen. Um ihn her wogte der weite Atlantik. Über ihm leuchteten nur die Positionslichter des Frachters und ein Himmel voller Sterne. Das Captain's Dinner war höchst vergnüglich gewesen. Gleich würde er auf einen Plausch zum Ersten Maschinisten hinabsteigen, einem kundigen Manne, der auf den Schlag genau angeben konnte, wieviel Umdrehungen pro Minute seine Maschinen bei einer bestimmten Geschwindigkeit machten.

Daheim auf dem Balaclava Crescent würden Scheinwerfer die acht lebensgroßen Rentiere bestrahlen, die auf das Dach des Backsteinhauses montiert waren. In den Fenstern würden sechzehn Nikolaus-Gesichter über sechzehn Gebinde aus künstlichen Kerzen hinwegschielen, deren jedes drei rote und drei violette Glühbirnen enthielt, und jedes Fenster war von einer Girlande aus weiteren sechsunddreißig Birnen – abwechselnd grün, orange und blau – umrahmt.

Er schaute auf die Uhr und stellte einige schnelle Kopfrechnungen an. Genau in diesem Moment hatten die 742 Glühbirnen auf den Fichten draußen zum 28 800sten Mal aufgeleuchtet – insgesamt 21 369 000 Mal. Die Verstärker mußten jetzt je 2 536 Wiederholungen von »Ich träume von der Weißen Weihnacht«, »Mami hat den Nikolaus geküßt« und »Was ich mir zur Weihnacht wünsche, sind bloß meine Schneidezähne« gedröhnt haben.

Jetzt mußten sie gerade beim siebzehnten Takt der 2537sten Wiedergabe von »Egal, wer du bist, schaff mir die Rentiere vom Dach, Dicker!« sein.

Professor Shandy lächelte im Dunkeln. »Ach was, Humbug«, murmelte er und begann, Sterne zu zählen.

Zweites Kapitel

Die Ungeheuerlichkeit seines Tuns wurde Peter Shandy erst schlagartig bewußt, als er am Weihnachtsmorgen halbwegs durch das Frühstück war. Gerade, als er dabei war, eine Gabel voll ausgezeichneter Sülze zum erwartungsvollen Munde zu führen, stockte ihm die rechte Hand.

»Was ist, Mr. Shandy?« fragte der mitleidige Zahlmeister. »Sie werden uns doch nicht seekrank, oder?«

»Die Maschinen – sie haben gestoppt.«

Obwohl dies nicht der eigentliche Grund für Shandys Bestürzung war, stimmte es zufällig. Ohne erkennbare Ursache hatte der große Puls des Schiffes plötzlich zu schlagen aufgehört. Der Maschinist warf seine Serviette auf den Tisch, ließ eine blasphemische Äußerung hören und sprang die Kajütstreppe hinab. Der Kapitän stürzte zur Brücke, der Rangordnung gemäß gefolgt von seinem Ersten, Zweiten und Dritten Offizier. Der Steward räusperte sich respektvoll.

»Je nun, Zahlmeister, es sieht so aus, als müßten Sie und Mr. Shandy die Sülze allein aufessen.«

»Bitte geben Sie meinen Anteil mit festlichen Glückwünschen der Bordkatze«, erwiderte der Professor. »Ich glaube, ich werde meine Schwimmweste anprobieren.«

Er war nicht besonders aufgeregt. Verglichen mit dem, was ihn vielleicht daheim in Balaclava Junction erwartete, ermangelte die Aussicht auf einen plötzlichen Tod durch Ertrinken nicht eines gewissen Reizes. Außerdem schien keine unmittelbare Gefahr zu bestehen, insbesondere, da sie die Küste nach Süden hinabgefahren waren. Man warf einen Treibanker aus, um gemächlich zu dümpeln, bis die hochseetüchtigen Schlepper kämen, um sie zum Hafen zu bugsieren. Ein Hubschrauber flog über sie hinweg, um

Aufnahmen für das Fernsehen zu machen. Shandy blieb außer Sicht und grübelte über seine Verruchtheit nach.

Als durchaus ehrenwerter Mann konnte er nur eine Handlungsweise erkennen, und dafür entschied er sich. Als sie im Trockendock von Newport News anlegten, packte er seine Tasche, wünschte seinen neuen Kameraden Lebewohl und nahm den nächsten Greyhound nach Balaclava Junction.

Es war, wie der Busfahrer mit sehr häufigen Wiederholungen bemerkte, eine gräßliche Art, Weihnachten zu verbringen. Als er an einer Raststätte einen fettigen Cheeseburger aß, dachte Shandy an Elizabeths Roastbeef und ihren Yorkshire-Pudding. Während sie im gefrorenen Matsch über glatte Straßen holperten, träumte er von ihren Zitronen-Törtchen. Aus verkrampftem Schlummer wachte er steif und fröstelnd auf, um zu bedauern, daß er die Sülze der Bordkatze gespendet hatte, und fiel wieder in den Traum, in dem ihn daheim im Backsteinhaus auf dem Crescent jemand erwartete, um ihm ein heißes Mahl zu bereiten.

Natürlich würde niemand da sein. Mrs. Lomax war über die Feiertage zu Besuch bei ihrer verheirateten Tochter und hätte heute ohnehin nicht gearbeitet. Als er in der kühlen Dämmerung des 26. Dezember ausstieg, war kein einziger verspäteter Zecher zu sehen – nicht einmal das Teer-und-Feder-Komitee, das er halbwegs erwartet hatte. Der Professor schlug seinen Mantelkragen so hoch, wie es ging, und begann den steilen Aufstieg zum Crescent, wobei er sich fragte, an welcher Stelle er mit dem blinkenden und dröhnenden Beweis seines schlecht bedachten Streiches konfrontiert würde.

Er wurde nicht. Das Backsteinhaus stand still und dunkel da. Er hätte sich denken können, daß die wackeren Männer von Balaclava mit solchen Kleinigkeiten wie verschlossenen Türen und einbruchsicheren Schaltkästen fertig würden. Irgendein Ingenieurstudent mit widerrechtlichem Eindringen als Nebenfach mußte die Schalter ausgeschaltet haben.

Erleichtert, aber etwas pikiert, seine ästhetische Bombe so völlig entschärft zu finden, steckte Shandy den Schlüssel ins Schloß, stieß die Haustür auf, die seine Mitverschwörer wie ein riesiges Weihnachtsgeschenk mit einer Krebsgeschwulst aus kitschigen Fliegenpilzen in der Mitte eingewickelt hatten, und stapfte hinein. Er zog Mantel, Hut und Schal aus und hing sie in den Schrank in der Diele. Dann streifte er seine Galoschen und

Schuhe ab, denn seine Füße waren vom kalten und zu langen Sitzen geschwollen. Er wackelte mit den Zehen. Trotz allem war es gut, daheim zu sein.

Jetzt etwas essen. Auf Socken tappte der Professor den engen Flur hinab. Die Fakultätsmensa würde erst in ein paar Stunden öffnen. Außerdem hatte er sowieso kein Bedürfnis, sich aus dem gerade erst wiedergewonnenen Heiligtum zu wagen. Es mußte doch etwas Eßbares in der Küche sein. Heiße Suppe wäre genau das richtige. Shandy war ziemlich gut im Dosenöffnen.

Auf Nahrung versessen, vergaß er, darauf zu achten, wohin er trat. Ein scharfer Schmerz bohrte sich in seine rechte Fußsohle, der Fußboden bewegte sich, und er landete platt auf dem Rücken.

Peter Shandy war nicht verletzt, denn der Flurläufer war dick, aber er war überaus verärgert. Er erinnerte sich an die blasphemische Äußerung des Maschinisten, als die Schiffsmotoren ausgefallen waren, und bedachte damit die Männer aus Boston und ihre Sorglosigkeit, mit der sie irgend etwas dort hatten fallen lassen, wo er mit Sicherheit darauf treten würde.

Als er das Deckenlicht angedreht hatte, bediente er sich einer weiteren Verwünschung. Die Ursache seines Sturzes war eine Murmel gewesen, eine seiner eigenen, die ihm vor langer Zeit eine Nichte von Elizabeth geschenkt hatte. Dies ungebärdige Wesen namens Alice hatte ihn immer gern im Backsteinhaus besucht. Alice war mittlerweile verheiratet, wohnte weit weg und schickte ihm Schnappschüsse von ihren Babys statt der Pastell- und Buntstift-Kreationen, mit denen sie sich in vergangenen Jahren so liebevoll abgemüht hatte.

Die meisten von Alices Geschenken waren zerfallen, aber Peter Shandy hatte noch ihre achtunddreißig Glasmurmeln in der kleinen Glasschale, in der sie gekommen waren. Ab und zu zählte er sie nach und rief sich den atemlosen Bericht des kleinen Mädchens ins Gedächtnis, wie man das faszinierende innere Craquelé herstellte.

Es war eine blaue Murmel, auf die er getreten war. Es gab sieben blaue Murmeln, vier helle und drei dunkle. Dies war eine dunkle, die auf dem gemusterten Läufer kaum zu erkennen war. Das erklärte seinen Sturz, nicht aber, wieso die Murmel auf dem Fußboden lag statt auf der Wohnzimmer-Etagere.

Einstweilen von seinem Streben nach etwas Suppe abgelenkt, trat Shandy ins Wohnzimmer. Weitere Murmeln rollten unter seinen ungeschützten Füßen. Alle achtunddreißig mußten verstreut worden sein, aber wie? Die Arbeiter aus Boston waren geschickt und versiert gewesen. Außerdem hatten sie keine Gelegenheit gehabt, sich der Etagere zu nähern, die weitab von jeder Tür und jedem Fenster genau in derselben Ecke stand, wo er sie vorgefunden hatte, als er das Haus vor achtzehn Jahren von einem scheidenden Professor übernommen hatte.

Ihm fiel ein, daß er unmittelbar vor dem Aufbruch eine letzte Runde durch alle Zimmer gemacht hatte, um sich zu vergewissern, daß sein Plan in allen Teilen treulich befolgt worden war. Er konnte sich zwar nicht daran erinnern, die Murmeln auf der Etagere gesehen zu haben, hätte sie aber mit Sicherheit unter den Füßen gespürt. Konnte ein kleines Tier, eine Maus oder ein Eichhörnchen, sie vom Bord gestoßen haben? Das hätte schon ein muskulöser Nager sein müssen. Jedenfalls würde er sie besser aufsammeln, bevor er noch einmal ausrutschte.

Die Schale lag, glücklicherweise ganz, auf dem Teppich. Shandy kroch über den Fußboden und zählte laut mit, während er die flüchtigen Kugeln in ihr Behältnis legte.

»Vierunddreißig, fünfunddreißig, sechsunddreißig, und die eine, auf die ich im Flur getreten bin. Eine muß noch da sein. Gelb mit braunen Schlieren.«

Aber wo? Die Zimmer waren klein und übersichtlich. Nicht einmal, als er sich platt hinlegte und über die Dielen spähte, konnte Shandy einen brüchigen Schimmer entdecken. Er durchsuchte den Flur, rückte Stühle, und zuletzt fiel ihm ein, hinters Sofa zu schauen. Seine Murmel fand er nicht. Er fand Jemima Ames.

Die Hilfsbibliothekarin war tot, kein Zweifel. Sie lag auf dem Rücken und starrte mit demselben kalten, fischigen Blick zu ihm hinauf, den er gesehen hatte, als sie ihm das aus der Weichspüler-Flasche ausgeschnittene Bouquet überreicht hatte. Ihr Mund stand ein bißchen offen, als ob sie im Begriff wäre, eine letzte Mahnung über die Pflichten eines Crescent-Bewohners loszulassen, aber das würde sie nie mehr tun. Die Leiche hatte etwas Gesetztes an sich, als ob sie schon eine Weile da gelegen hätte.

Die Todesursache schien klar zu sein. Eine kleine, aus der Küche geholte Trittleiter lag neben ihr, und ihr Kopf lehnte an der Kante der flachen obersten Stufe. Warum sie den Schemel bestiegen hatte, darüber gab ein Nikolausgesicht aus Plastik, das auf ihrer Brust lag, schweigend Auskunft. Shandy fühlte sich wie ein

Mörder, als er zum Telefon hinübertappte und die Universitätswache anrief. »Grimble, Sie kommen besser hierher. Hier spricht Peter Shandy.«

»Ja? Wo haben Sie gesteckt?«

»Ich wurde, eh, unerwartet aus der Stadt gerufen.«

»Sie haben wohl nicht Mrs. Ames mitgenommen, so ganz zufällig?« Grimble meinte offenbar, er sei witzig.

»Nein, aber ich, eh, habe sie jetzt hier bei mir. Deswegen rufe ich an.«

»Warten Sie. Ich bin gleich drüben.«

Shandy legte den Hörer auf die Gabel. Grimble hatte Ausschau gehalten nach Jemima, also mußte sie am Weihnachtstag oder sogar einen Tag früher als vermißt gemeldet worden sein. Das konnte bedeuten, daß sie fast die ganze Zeit, die er weg gewesen war, hier gelegen hatte. Ihr Mann würde mindestens vierundzwanzig Stunden brauchen, bis ihm auffiel, daß Jemima nicht da war, wo sie sein sollte.

In all seiner Not schämte sich der Professor, als ihm klar wurde, daß er sich nicht so sehr darüber ärgerte, unabsichtlich die Frau seines besten Freundes getötet zu haben, als vielmehr, daß er nicht dazu gekommen war, seine Suppe aufzuwärmen. Er machte sich Vorwürfe wegen seines Mangels an passenden Gefühlen, wagte aber nichtsdestoweniger einen zögerlichen Ausfall in Richtung Küche. Da hielt er inne.

Vielleicht steckte er doch tiefer in der Patsche, als er dachte. War Jemima noch am Leben gewesen, als er sich aus der Stadt geschlichen und in ferne Länder eingeschifft hatte, ohne jemandem zu sagen, wohin er fuhr? Seine Meinung über die Hilfsbibliothekarin, ihren albernen Titel und ihr ewiges Genörgel war bekannt. Auch alle anderen hielten sie für eine Plage, aber niemand sonst hatte sich derart bemüht, ihr zu trotzen, und niemand sonst hatte ihre Leiche hinter seinem Sofa.

Er hatte kaum Zeit zum Überlegen. Der Wachdienstchef fingerte bereits zwischen den Pilzen nach dem Türklopfer.

»Kommen Sie rein, Grimble. Kommen Sie. Gut, daß Sie so schnell hergekommen sind.«

»Aber sicher, Professor. Wo ist sie, und was hat sie angestellt?«

»Nun, eh, ich glaube, die Umstände sprechen für sich.«

»Warum kann Mrs. Ames nicht selber für sich sprechen? Normalerweise tut sie das.« So etwas hätte der Wachdienstchef nicht zu sagen gewagt, wenn er ernsthaft besorgt gewesen wäre. »Wo ist sie?« wiederholte er.

»Hier drinnen. Hinter dem Sofa. Ich habe nichts angerührt.«

»Sie meinen, Sie – oh mein Gott!«

Grimble stand da und starrte mindestens eine Minute lang auf die Tote hinab. Dann schob er seine Mütze nach vorn und kratzte sich ausgiebig am Hinterkopf.

»Was wissen Sie über die Sache? Sieht so aus, als hätte sie sich einmal zu oft eingemischt.«

»Ja.« Professor Shandy stellte fest, daß seine Lippen so trocken waren, daß er Mühe hatte zu sprechen. »Offenbar hat sie an meinen, eh, Dekorationen Anstoß genommen.«

»Also, ich will Sie nicht kränken, Professor, aber manche Leute hier meinen, Sie haben es irgendwie übertrieben. Die anderen glauben, Sie wollten sie ausstechen.«

Das war eine denkbare Interpretation seiner Raserei, die Shandy nie für möglich gehalten hätte.

»Natürlich«, fuhr Grimble gutmütig fort, »glauben die meisten von uns hier, daß Sie einfach all die Male wettmachen, wo Sie nichts damit zu tun haben wollten. Ich selber fand es eher ziemlich lustig, mit der Musik und dem ganzen Zeug. Die Musik hat sogar Professor Ames mitgekriegt. Das erste Mal, daß ich gesehen habe, wie er sich für die Lichterwoche interessiert hat. Jammerschade, daß er sich nicht ein bißchen mehr für seine Frau interessiert hat.«

»Seit wann wird sie vermißt?« fragte der Professor mit einem Kloß im Hals.

»Ich habe nur rauskriegen können, daß sie am letzten Donnerstagabend zu einer Party bei den Dysarts gegangen ist. Sie kennen den großen Trubel, den sie Weihnachten immer veranstalten.«

»Ja. Da fällt mir ein: Ich wollte selbst hingehen. Ich habe einfach vergessen, ihnen mitzuteilen, daß ich nicht käme. Ich muß mich wohl entschuldigen.«

Als ihm klar wurde, daß er ein bombensicheres Alibi hatte, wurde Shandy redselig. Er war für acht Uhr eingeladen gewesen, doch zu dieser Stunde hatte er in Boston sein Ticket abgeholt, um die *Singapore Susie* zu besteigen.

Grimble war nicht interessiert. »Na«, unterbrach er, »jedenfalls ist sie bis halb zehn auf der Party geblieben.«

»War ihr Mann dabei?«

»Zum Teufel, er erinnert sich nicht daran, wo er war. Höchstwahrscheinlich zu Hause mit der Nase in einem Buch oder oben im Erdlabor beim Matschkuchenbacken.«

»Das ist anzunehmen«, pflichtete ihm Shandy bei.

Timothy Ames verließ sein Arbeitszimmer nie, wenn er es vermeiden konnte, außer um eine Vorlesung zu halten oder sich in seinem Bodenprüflabor einzuschließen. Er war taub wie ein Schellfisch und beim Smalltalk verloren, so daß nichts Ungewöhnliches daran war, daß Jemima einem gesellschaftlichen Ereignis ohne ihren Gemahl beigewohnt hatte.

»Wo ist sie hingegangen, als sie die Party verließ?«

»Mir scheint, sie ist direkt hierhergekommen. Sie trug diesen Purpurumhang, den sie jetzt anhat, haben sie gesagt. Professor Dysart sagt, er hat ihr hineingeholfen und sie zur Tür gebracht. Wahrscheinlich ist sie auf den Saum getreten und hat so die Leiter umgeworfen. Sie war rasend wegen dieser Dekorationen von Ihnen, haben sie gesagt. Muß ein paar Drinks intus gehabt haben und hat wohl beschlossen, rüberzukommen und sie runterzunehmen. Sehen Sie, da liegt so ein Nikolausgesicht auf ihr drauf. So was sieht ihr ähnlich.«

»Ja«, sagte der Professor betrübt, »das tut es. Ich hätte es besser wissen müssen. Ich fühle mich persönlich verantwortlich für diesen schrecklichen – «

Er wollte »Unfall« ergänzen, aber das Wort kam ihm nicht über die Lippen. Professor Shandy war ein ehrlicher Mann, und da war die Sache mit der fehlenden Murmel, die noch erklärt werden mußte. Sollte er Grimble diesen merkwürdigen Umstand erläutern oder nicht?

Alles in allem eher nicht, dachte er. Die Wachdiensttruppe des College war vornehmlich dafür ausgebildet, mit unbefugten Eindringlingen und Ausschreitungen seitens der Studenten fertig zu werden. Meister Grimble war ein Mann mit gutem Herzen, aber von beschränkter Intelligenz. Man mußte ohnedies die Polizei rufen, so daß er seine Geschichte genausogut erzählen konnte, wenn es etwas nützen würde. Je eher, desto besser. Er fühlte sich mit jeder Sekunde erschöpfter.

»Wollen Sie mein Telefon benutzen?« drängte er.

»Meinen Sie nicht, wir sollten rübergehen und es Professor Ames persönlich sagen?« sagte der Wachdienstchef. »In tausend Jahren würde der kein Telefon hören.«

»Ja, aber sollten wir nicht zuerst die Polizei verständigen? Wir haben einen ungeklärten Todesfall vor uns.«

»Was ist so ungeklärt daran? Sie ist gestürzt und hat sich den Schädel gebrochen.«

»Aber muß man nicht gewisse, eh, Formalitäten beachten?«

»Fragen Sie mich was Leichteres. Ich weiß nur, daß der Präsident uns die Hölle heiß macht, wenn das in die Zeitungen kommt.«

Grimble war wohl doch nicht so dumm. Die Große Lichterwoche sollte bis Neujahr dauern. Mindestens die Hälfte der Studenten hatte die Möglichkeit, Weihnachten bei ihrer Familie zu verbringen, geopfert, um die Parkplätze, die Schlittenfahrten und die Erfrischungsbüdchen einzurichten, um die riesigen Schneemänner zu bauen, die Weihnachtslieder zu singen, die Freudenfeuer zu entfachen, die Eislaufteiche zu fegen oder Kostüme anzuziehen und in pittoresker Haltung herumzustehen – alles zu Nutz und Frommen jener goldenen Kälber, der Touristen. Die ganze Angelegenheit war für Studenten und College ein ausgezeichnetes Geschäft, und der Präsident hätte allen Grund, ärgerlich zu sein, wenn abträgliche Publicity die Besucher fernhielte. Auch tapferere Männer als Grimble oder als fast jeder andere taten gut daran, zweimal nachzudenken und vielleicht noch ein paar Mal mehr, bevor sie den Zorn von Thorkjeld Svenson erregten.

Dennoch erwiderte Shandy: »Dann benachrichtigen wir ihn besser sofort.«

»Gottseidank ist er beim Skifahren«, sagte Grimble. »Ich schnappe mir wohl besser Fred Ottermole von der Polizeistation unten. Er ist kein schlechter Kerl.«

»Ja, tun Sie das. Eh – soll ich uns nicht eine Tasse Kaffee machen, während wir auf ihn warten?«

»Prima Idee. Drei Stück Zucker für mich, wenn Sie sie entbehren können.«

Der Wachdienstchef steckte einen dicken Finger in die Wählscheibe, und Professor Shandy schaffte es endlich, seine Küche zu erreichen.

Drittes Kapitel

Mit einem heißen Getränk und ein paar altbackenen Plätzchen unter dem Gürtel fühlte sich Shandy schlechter, aber nicht mehr so erledigt. Er schaffte es, Polizeichef Ottermole mit einer angemessenen Mischung aus Kummer und Würde zu begrüßen.

»Haben Sie sie so gefunden?«

Ottermole war ein großer jüngerer Mann, der eine Lederjacke mit einem Schafsfellkragen über der Uniform trug. Er weigerte sich, sie auszuziehen, weil ihm vielleicht klar war, daß die zusätzliche Masse seine bereits beeindruckende Erscheinung unterstützte. Er hatte seine Pistole, seine Taschenlampe und sein Notizbuch gezückt, aber sein Kugelschreiber wollte nicht schreiben. Professor Shandy lieh ihm einen Stift und beantwortete seine Frage.

»Ja. Ich habe sie nicht berührt. Jede Hilfe wäre offensichtlich zu spät gekommen.«

»Wie ist sie hierher gekommen?«

»Ich wünschte, ich wüßte es. Ich war selbst seit Donnerstagabend fort. Ich war kaum mehr als ein paar Minuten im Haus, bevor ich Grimble anrief.«

»Wieso ihn statt mich?«

»Wir rufen immer den Wachdienst an, wenn etwas schief geht. Es ist einfach Gewohnheit.«

»Mhm. Wo waren Sie?«

Shandy holte tief Luft und wählte sorgfältig seine Worte. »Wie Sie sehen, bin ich ein Mann in mittlerem Alter und von gesetzter Lebensweise. Da ich hier auf dem Crescent wohne, bekomme ich die volle, eh, Wirkung der Großen Lichterwoche zu spüren. Ich glaube, ich muß Ihnen nicht sagen, was das bedeutet.«

»Bestimmt nicht«, meinte der Polizist düster. »Okay, Sie sind also abgehauen.«

»Genau. Ich, eh, hatte meinen Teil zu den Dekorationen beigetragen – «

»Oh Mann, das kann man wohl sagen. Wie zum Teufel hat ein Kerl wie Sie bloß diese acht Rentiere auf das Dach geschafft?«

»Eigentlich war ich das nicht selber. Da ich keine Erfahrung in solchen Dingen habe, habe ich einfach einige Dekorateure verpflichtet und ihnen gesagt, sie sollten, eh, dekorieren.«

»Ach so. Die Leute haben sich schon gefragt, wie Sie darauf gekommen sind, all die komischen Farben auszusuchen. Sollte wohl Kunst oder so was sein, wie?«

»Eh – sie schienen zu wissen, was sie taten. Sie haben viel länger gebraucht, als ich gedacht hatte. Ich hatte mich über die Feiertage auf eine kleine Kreuzfahrt eingerichtet und sollte um sieben Uhr abends in Boston sein. Da ich nicht gut gehen und die Arbeiter unbeaufsichtigt lassen konnte, mußte ich im Haus bleiben, bis sie fertig waren. Deswegen verpaßte ich den Sechs-Uhr-Bus und bat sie, mich mitzunehmen, wozu sie gerne bereit waren. So kam eins zum andern, es wurde hektisch, und ich vergaß, irgend jemandem Bescheid zu sagen, daß ich wegfuhr. Das machte aber anscheinend nicht viel, denn die Männer versicherten mir, die Apparate seien absolut sicher, und ich wußte, daß die Nachbarn ein Auge auf das Haus halten würden. Das tun sie immer.«

»Sie glauben also, diese Frau ist hereingekommen, um nach dem Rechten zu sehen? Was hat sie wohl auf der Leiter gewollt?«

»Vermutlich änderte sie irgendwie die Dekorationen. Mrs. Ames war Vorsitzende des Lichterwochen-Komitees und nahm ihre Pflichten sehr ernst. Ich glaube, dieses Nikolaus-Objekt, das sie anscheinend abgenommen hat, eh, muß ihr mißfallen haben.«

»Wie ist sie hereingekommen? Erzählen Sie mir nicht, daß Sie weggefahren sind und die Tür unverschlossen gelassen haben, wo die Touristen hier herumschwärmen wie im August die Fliegen auf den Hundekötteln.«

»Nein, nein, ich schließe immer sorgfältig ab. Ich weiß nicht, wie sie hereingekommen ist, wenn Grimble ihr nicht die Tür geöffnet hat.«

»Nie und nimmer«, sagte der Wachdienstchef. »Zum Teufel, Professor, ihr Leute gebt euch doch immer gegenseitig die Schlüssel von euren Häusern und vergeßt dann, sie wieder abzuholen. Sie hat wohl selber einen gehabt.«

Er und Ottermole grinsten sich über Shandys Kopf hinweg zu. Der Wachdienstchef zuckte die Achseln.

»Sieht nicht so aus, als wäre irgendwas Geheimnisvolles dran, was hier passiert ist. Die ganze Stadt kannte Mrs. Ames. Sie hätte sich von einer Kleinigkeit wie einem Einbruch nicht abhalten lassen, wenn sie dachte, etwas müßte gerichtet werden. Überrascht mich nur, daß sie sich den Kopf selber eingerammt hat, wo es hier so viele Leute gibt, die es gerne für sie getan hätten.«

Ottermole grinste wieder. »Wenn Sie das noch mal sagen, sperr ich Sie in den Bunker. Also, ich meine, wir können ebensogut den Leichenwagen heraufholen.«

»Je schneller, um so besser«, sagte Grimble nervös. »Hoffe nur, daß wir sie um Himmels willen vom Crescent kriegen, ohne daß uns einer erwischt. Mann, Professor, bin ich froh, daß Sie rechtzeitig nach Hause gekommen sind. Übrigens, wieso sind Sie überhaupt hier? Das war aber eine kurze Kreuzfahrt. – «

»Sie war kürzer, als wir erwartet hatten«, erklärte der Professor. »Das Schiff bekam Maschinenschaden und mußte nach Newport News geschleppt werden. Sie haben die, eh, aufregende Rettung vielleicht im Fernsehen gesehen. Da niemand sagen konnte, wie lange die Havarie dauern würde, beschloß ich, die Idee aufzugeben und zurückzukommen. Es ist die *Singapore Susie*, falls Sie sich vergewissern wollen, daß ich tatsächlich an Bord war. Ich kann Ihnen die Namen des Kapitäns und der Offiziere aufschreiben. Ich fürchte, ich weiß nicht, wie die Männer hießen, mit denen ich nach Boston gefahren bin. Aber ich habe die Rechnung der Firma auf dem Schreibtisch und könnte es sofort herausfinden.«

»Das ist in Ordnung, Professor. Ich glaube, das können wir Ihnen abnehmen. Kann ich mal telefonieren?«

»Selbstverständlich.«

Ottermole ging ins Arbeitszimmer und wählte. »Hallo, Doktor. Tut mir leid, Sie zu wecken, aber wir haben ein kleines Problem hier oben auf dem Crescent in Professor Shandys Haus. Nein, ihm geht es gut, aber er ist gerade von einem Schiffbruch nach Hause gekommen und hat Mrs. Ames tot auf dem Boden im Wohnzimmer gefunden. Ja, es gibt Tage, da kann man einfach nicht gewinnen. Sieht mir so aus, als wär' sie von 'nem Schemel gefallen und hätte sich den Schädel aufgeknackst. Sie war hier drin, um die Weihnachtsdekorationen zu richten. Okay, ich sag ihm, Sie hätten es gesagt. Könnten Sie nicht doch gleich rüberkommen? Eddie Grimble hat die Hosen voll. Er will sie wegschaffen, bevor die Gaffer eintrudeln. Präsident Svenson mag keine Publicity, sagt er. Gut. Bis gleich.«

Er legte auf. »Reg dich ab, Eddie. Dr. Melchett ist unterwegs. Sobald er uns das Startzeichen gibt, sage ich Charlie Foster, er soll seinen alten Caravan vorbeibringen.«

Ottermole ging ans Telefon und schwatzte mit einem von seinen Leuten, bis der Arzt eintraf. Melchetts Untersuchung dauerte etwa dreißig Sekunden.

»Sie ist vor mindestens drei Tagen an einer Schädelfraktur sofort gestorben. Die Wunde im Kranium paßt genau zu dem Gegenstand, auf den sie gefallen ist. Müssen Sie sonst noch was wissen?«

»Ne. Das macht die Sache komplett. Vielen Dank, Doktor.«

»Ich bringe den Totenschein auf dem Weg zum Krankenhaus in der Wache vorbei.«

Melchett ging, und binnen weniger Minuten kam ein einfacher blauer Caravan an. Zwei Männer in unauffälligen Nylonjacken brachten ein großes braunes Packpapierbündel. Selbst die Leute aus der Stadt wollten es sich mit Svenson nicht verderben.

Peter Shandy beobachtete das Verpacken von Mrs. Ames mit größter Aufmerksamkeit. Ihm ging immer noch die Murmel durch den Kopf. Er hatte gedacht, sie müsse unter der Leiche sein, aber da war sie nicht. Schließlich mußte er Polizeichef Ottermole sagen, wonach er suchte.

»Wissen Sie, auf diese Weise habe ich sie überhaupt gefunden. Ich bin auf eine der verstreuten Murmeln getreten und habe mich im Flur ziemlich schmerzhaft hingesetzt. Dann dachte ich, ich sollte sie besser alle aufsammeln, bevor ich noch mal hinfiel. Aber auch nach gründlicher Suche habe ich nur siebenunddreißig von achtunddreißig gefunden.«

»Moment mal. Behaupten Sie, daß Sie genau wußten, wie viele Murmeln in der Schale waren?«

»Natürlich«, sagte Professor Shandy, erstaunt über solch eine Frage. »Die fehlende Murmel ist gelb mit braunen Schlieren. Ich wünschte, Sie würden dem Leichenbestatter sagen, er möge unter ihren, eh, persönlichen Habseligkeiten danach schauen.«

»Aber sicher. Ich werde Harry sagen, daß Sie nicht alle Klicker beisammen haben.«

Shandy weigerte sich, in die Falle zu gehen. »Vielen Dank. Sie wurden mir von einem kleinen Mädchen geschenkt, das ich sehr gern mag. Ich würde sie ungern verletzen, indem ich sorglos mit ihren Geschenken umgehe.«

Das fragliche Kind war mittlerweile sechsundzwanzig, aber er hoffte, diese Erklärung werde Ottermole überzeugen, daß er nicht so angeknackst war wie seine Murmeln. Offenbar tat sie das. »Ach so, ich verstehe«, sagte der Polizeichef. »Na, ich denke, wir bringen die Sache besser in Gang. Sagen Sie, Sie kennen Professor Ames doch viel besser als ich.«

»Ja, Tim und ich sind alte Freunde. Wenn Sie wollen, bringe ich es ihm bei.«

»Herzlichen Dank. Das ist ein Job, den ich jederzeit gern weitergebe. Wir sehen uns später, Ed. Bis dann, Professor. Finden Sie keine Leichen mehr.«

»Ich hoffe aufrichtig, nie mehr eine zu finden. Aber Sie sagen Bescheid wegen der Murmel, nicht wahr? Ich weiß, daß es sich kleinlich anhört in diesem Augenblick, aber wenn das Kind herkommen und feststellen sollte, daß eine weg ist – «

»Wissen Sie, ich weiß, wie das ist. Ich habe selber Kinder.«

Der Polizist kletterte hinten in den Lieferwagen. Ed Grimble blieb, wo er war, schaute auf Professor Shandy und kratzte sich am Hinterkopf.

»Sagen Sie mal, Professor, ich glaube nicht, daß es meine Sache ist, aber diese Geschichte mit Ihren Klickern, die kapiere ich nicht. Sie hatten dieses kleine Mädchen von Ihrer Cousine manchmal hier, aber zum Teufel, das ist lange her. Muß doch selbst schon Kinder haben.«

»Drei«, sagte Shandy. »Sie haben völlig recht. Ich nehme an, daß sie ihre Glasmurmeln mittlerweile völlig vergessen hat. Ich habe nur versucht, einer ansonsten kaum plausiblen Bitte etwas mehr, eh, Glaubwürdigkeit zu verleihen. Haben Sie schon mal Ahnungen, Grimble?«

»Ab und zu. Wie gerade, da hab' ich 'ne Ahnung gehabt, daß Sie Fred Ottermole was zu tun geben wollen.«

»Es ist wichtig, daß er nach der fehlenden Murmel forscht. Wenn sich herausstellt, daß sie in Mrs. Ames Kleidern steckt, dürfen wir mit Sicherheit annehmen, daß sie die Schale selbst heruntergeworfen hat. Wenn nicht, müssen wir unsere Daten überprüfen.«

»Worauf wollen Sie hinaus, Professor?«

»Grimble, ich verstehe nicht, wie diese Murmeln verstreut worden sind. Ich war am Donnerstagabend der letzte hier, und ich schwöre, daß sie auf der Etagere in der Ecke dort waren – nicht weil sie mir besonders aufgefallen wären, sondern gerade weil sie es nicht taten. Kleine runde Gegenstände auf dem Fußboden haben es an sich, ihr Vorhandensein spürbar zu machen.« Er rieb sich nachdenklich die linke Pobacke.

Der Wachmann schüttelte den Kopf. »Weiß nicht, worüber Sie sich so aufregen. Mrs. Ames war eine große Frau, und sie hatte dieses verdammte alberne Cape um sich rumflattern wie Wäsche im Sturm. Muß ziemlich unter Strom gestanden haben.«

»Das gestehe ich Ihnen zu, aber warum hätte sie in die Nähe der Etagere gehen sollen? Wie Sie sehen, steht sie nicht auf dem Weg zwischen Tür und Fenster, und Mrs. Ames kannte sich in diesem Haus gut genug aus.«

Die Studenten vom Restaurant betrieben einen vorzüglichen Partyservice, und Shandy war nie geizig, wenn es um seinen gerechten Beitrag zur Bewirtung ging. Jemima war immer mit Tim zu seinen Festen gekommen und hatte dazwischen allzu oft hereingeschaut, um ihn mit diesem oder jenem zu belästigen.

»Schauen Sie.« Er zeigte auf die augenfällige Ursache ihres Ablebens. »Sie wußte sogar, wo sie diese Trittleiter finden würde, die in die Küche gehört, obwohl sie sich ohne weiteres auf einen Stuhl hätte stellen können.«

»Jesses, ich weiß nicht, Professor. Vielleicht, wenn man im Dunkeln rumfummelt – «

»Aber es ist nicht dunkel gewesen. Mit all den Kerzen und dem Zeug in den Fenstern muß das Haus so hell erleuchtet gewesen sein wie ein, eh, Weihnachtsbaum. Das heißt, vorausgesetzt, daß die Lichter an waren. Ich vermute, daß jemand an meinen Schaltern hantiert hat.«

»Also, das war so: Alle fingen an, mich wegen der Musik zu triezen. Sie übertönte die Sänger und die Glöckchenklingler und machte die Nachbarn wahnsinnig, wenn Sie mir die Bemerkung gestatten. Wir haben versucht, Sie aufzutreiben, um das Ganze was zu dämpfen, aber Sie waren nirgends zu finden. Also habe ich Jamie Froude von den Hausmeistern gesagt, er soll den Schaltkasten auffummeln, den Ihre Männer draußen am Haus neben dem Zähler angebracht hatten. So haben wir es geschafft, die Musik abzustellen. Manche Leute wollten, daß wir auch die Lichter ausmachen, aber die Kinder hatten so 'nen Spaß an den blinkenden Nikoläusen und allem, daß ich zu Jamie sagte: ›Zur Hölle, sie sind doch hergekommen, um Lichter zu sehen, oder?‹ Also haben wir nur die Timer eingestellt, damit die verdammten Dinger nicht so schnell blinkten, und haben dem Nachtwächter gesagt, er soll sie auf seiner Ein-Uhr-Runde abschalten. Danach haben wir jeden Nachmittag bei Einbruch der Dämmerung alles bis auf die Musik von Hand angemacht und ließen es den Nachtwächter abstellen, wenn alle gegangen waren. Ihr Haus ist der Hit der ganzen Show.«

»Mein Gott«, murmelte der Professor. »Kurz gesagt heißt das also: Wenn Jemima irgendwann vor ein Uhr nachts gekommen ist, waren die Lichter an, und wenn sie später gekommen ist, lag das Haus im Dunkeln.«

»Richtig. Jetzt, wo Sie es erwähnen, würd' ich nicht glauben, daß eine Frau mitten in der Nacht allein in jemand anderes Haus rumschnüffeln geht.«

»In diesem Fall ich auch nicht. Mrs. Ames war eher ein Stürmer als ein Dribbler. Ich möchte behaupten, sie hatte vor, mich bei den Dysarts abzukanzeln, und als sie feststellte, daß ich nicht auf der Party war, kam sie geradewegs hierher. Wir werden Nachforschungen anstellen müssen.«

»Das können Sie machen, wenn Sie Lust haben«, meinte der Wachdienstchef. »Ich werde meinen Kopf nicht für eine gelbe Murmel hinhalten.«

Professor Shandy seufzte tief. »Ich glaube, ich kann Ihnen dafür keinen Vorwurf machen. Zweifellos ist das alles sehr nebulös. Ich bin die ganze Nacht gefahren und denke vielleicht nicht klar. Sie können ebensogut wieder an Ihre Arbeit gehen. Ich werde mir einen Happen zum Frühstück machen und dann hinübergehen und versuchen, dem armen Tim Ames begreiflich zu machen, was passiert ist.«

Viertes Kapitel

Im Kühlschrank waren ein paar Eier. Shandy schlug sie in die Pfanne und machte sich noch eine Tasse Pulverkaffee. Dann nahm er ein heißes Bad und rasierte sich. Danach fühlte er sich nicht mehr ganz so, wie Jemima Ames ausgesehen hatte. Er zog ein hellgraues Hemd, einen dunkelgrauen Anzug und eine dezente Krawatte an – nicht, weil sie zu dem Auftrag paßten, den er auszuführen hatte, sondern weil er außer den Kordhosen und Flanellhemden für die Feldarbeit keine andere Art von Kleidung besaß.

Er stelle sich vor den Spiegel und kämmte sein graumeliertes Haar. Er trug es ziemlich kurz und gab sich keine Mühe, seine kahle Stelle zu bedecken. Peter Shandy war gerne korrekt gekleidet und trug Anzüge von ausgezeichneter Qualität, die jahrelang hielten und ihm auf lange Sicht Ärger ersparten, aber niemand hätte ihn eitel nennen können.

Er hatte nie geglaubt, irgendwelchen Anlaß zur Eitelkeit zu haben. Er war weder klein noch groß, weder dick noch schlank. Sein Gesicht war nicht regelmäßig genug, um hübsch, noch auch häßlich genug, um interessant zu sein. Er hielt es vor allem für eine Stelle, um seine Brille abzulegen. Er setzte sie auf, ging hinab, um seinen grauen Filzhut und seinen grauen Tweed-Ulster anzuziehen, und machte sich auf, um Timothy Ames zu finden.

Wie würde der alte Tim die Neuigkeiten verkraften? Es war müßig, darüber zu spekulieren, denn Shandy würde es bald genug herausfinden, aber natürlich war er besorgt. Ames war sein ältester und engster Freund in Balaclava. Der Bodenspezialist war der erste gewesen, der Shandys Idee zur Verbesserung von Gemüsesorten verstanden und unterstützt hatte. Im Lauf der Jahre war seine Hilfe unschätzbar geworden. Zusammen hatten die beiden gearbeitet, studiert, gejubelt, getrauert und still, aber hartnäckig für Forschungsstipendien gefochten, für mehr Laborplatz, für bessere Gerätschaften, für all die Requisiten, die echte Wissenschaftler brauchen, aber meistens die Angeber kriegen.

In der Mehrzahl der Fälle hatten sie gewonnen, weil Thorkjeld Svenson kein Dummkopf war und weil sie Ergebnisse brachten. Shandy, Ames und das College hatten gemeinsam den Balaclava-Protz zur Strecke gebracht, eine Riesenrübe, die so fruchtbar und als Viehfutter so nahrhaft war, daß man ihr allein den größten Teil des Dungs für die Produktion des Methans verdankte, mit dem das Kraftwerk des College beschickt wurde – von den sprudelnden Lizenzgebühren der Saatgutfabrikanten von fern und nah ganz zu schweigen.

Der Protz war ihr größter, aber keineswegs einziger Triumph, und in den ganzen achtzehn Jahren der Zusammenarbeit war ihre Beziehung nur von einem kleineren Zerwürfnis getrübt worden. Dabei handelte es sich um ein extra schnell keimendes Veilchen, das Shandy ›Agile Alice‹ nennen wollte, während Ames für ›Jumping Jemima‹ votierte. Schließlich hatte sich Dr. Svenson zum Schiedsrichter ernannt und sie mit Gewalt auf ›Siegreiche Sieglinde‹ festgelegt, zu Ehren von Mrs. Svenson.

Shandy wünschte mittlerweile, er wäre nicht so starrköpfig gewesen. Jumping Jemima war bei weitem der beste Name von den dreien. Außer, daß er zu gut paßte. Er dachte an den eingedellten Schädel und wünschte, er hätte die drei Eier nicht gegessen.

Die Stunde der Wahrheit war gekommen. Er trat vor die Ames'sche Haustür und begann sein übliches Bombardement. Kein gewöhnliches Klopfen hätte Tims Aufmerksamkeit erregen können.

Heute allerdings mußte Professor Ames auf dem *qui vive* gewesen sein. Shandy hatte kaum drei Minuten oder so an die Tür gehämmert, als sein alter Genosse erschien.

»Pete! Schön, dich zu sehen.«

Das war nicht bloß eine Platitüde. Ames grinste wie ein Kasperle, schlug ihm auf den Rücken und fiel in einen Kicherkrampf, der den sich krümmenden Mann auf die Fußmatte zu legen drohte. Shandy brachte sie beide schnell nach drinnen und schloß die Tür. Eine öffentliche Darbietung von Heiterkeit war kaum das richtige für einen frischgebackenen Witwer. Mittlerweile war es sieben Uhr vorbei. Mindestens ein Nachbar mußte schon auf sein und von einem Fenster aus zusehen. Kaum ein

Ereignis auf dem Crescent blieb unbeobachtet oder unkommentiert, nicht einmal in der Lichterwoche. Genau deswegen war es so schwer zu glauben, daß niemand von ihnen wußte, daß Jemima seit drei Tagen in dem Backsteinhaus gewesen war.

An sein peinliches Anliegen erinnert, versuchte Shandy, etwas zu sagen. Tim war nicht in Stimmung für betrübliche Neuigkeiten.

»Das«, keuchte er, »war das beste – mein Gott, Pete, seit siebenundzwanzig Jahren bete ich, daß jemand genug Courage hätte – « Er fand noch ein paar unbenutzte Quietscher, schied sie aus und wischte sich die Augen. »Wie zum Teufel hast du den Mut gehabt?«

»Ich weiß nicht«, erwiderte Shandy absolut ehrlich. »Ich habe es einfach getan.«

»Du bist ein großer Mann, Pete. Einen Drink?«

»Ein bißchen früh, oder?«

Professor Ames dachte über die Frage nach. »Vielleicht hast du recht. Wie wäre es dann mit Kaffee? Ich glaube nicht, daß ich schon gefrühstückt habe. Wenn ich überlege, bin ich nicht einmal sicher, daß ich zu Abend gegessen habe. Willst du ein paar Eier oder so etwas?«

»Nein, ich habe gerade gegessen. Ich koche aber für dich.«

Shandy war kein brillanter Akteur in der Küche, aber nicht so inkompetent wie sein Freund, wie der Zustand des nie besonders ordentlichen Raumes bezeugte.

»Ich lebe als Strohwitwer«, erklärte Ames, während er herumkramte und vergeblich nach einer sauberen Bratpfanne suchte. »Jemima ist irgendwo unterwegs. Um diese Jahreszeit ist sie immer unterwegs, aber in letzter Zeit ist sie nicht mal zum Schlafen nach Hause gekommen, soweit ich weiß. Ich habe Grimble gefragt, ob er sie irgendwo gesehen hat, und er wurde ganz aufgeregt. Hat mich gefragt, wann sie das letzte Mal hier war. Woher zum Teufel soll ich das wissen?«

»Wann hast du sie vermißt?«

»Gestern nachmittag um genau fünfzehn Uhr. Ich erinnere mich daran, weil Jemmy aus Kalifornien anrief, um uns Fröhliche Weihnachten zu wünschen. Da fiel mir auf, daß wir noch nichts wegen des Weihnachtsessens arrangiert hatten und daß die Geschenke noch auf dem Tisch lagen. Wir hatten nicht vor, eine große Sache aus dem Fest zu machen, jetzt, wo die Kinder aus dem Haus sind und sie so in diese gottverdammte Lichterwoche eingespannt ist, aber ich dachte, sie schneit wenigstens lang genug herein, um ihre Päckchen aufzumachen. Ich wünschte wirklich, sie würde auftauchen. Wir haben gar nichts mehr da. Jetzt kann ich keinen Kaffee mehr finden.«

»Sieh mal, Tim, warum kommst du nicht mit rüber zu mir?« sagte sein Freund verzweifelt. »Ich habe Kaffee. Wir können dort, eh, über Jemima sprechen.«

Er wandte unwillkürlich den Kopf ab, als er den Satz beendete, so daß Ames keine Chance hatte, ihm mehr als die Einladung von den Lippen abzulesen, die er bereitwillig anzunehmen schien. Er zog das fadenscheinige Tweedjackett an, die einzige Freiluftkluft, die er – ob Winter oder Sommer – je trug, und trottete neben Shandy über den Crescent.

Bedauerlicherweise brachte ihn der Anblick jener acht Plastikrentiere wieder zum Lachen. Shandy hoffte nur, daß jemand, der ihnen zuschaute, nachdem sich die Nachricht von Mrs. Ames Tod verbreitet hatte, zu dem Schluß kommen möge, ihr Gatte sei vor Kummer hysterisch geworden.

Nach der Düsterkeit und Unordnung in Tims Haus wirkte das Backsteinhaus wie eine heitere Zuflucht, trotz des Packpapierbündels, das erst vor so kurzer Zeit herausgetragen worden war. Professor Shandy hatte bisher nie viel über sein Haus nachgedacht. Die altmodischen Möbel des früheren Bewohners hatten ihm ganz gut gefallen, und er hatte wenig geändert, bis darauf, daß er das Gerümpel ausmistete und dafür sein eigenes hereinbrachte, vor allem Bücher und Topfpflanzen, an denen er forschen mußte und die er sich als Gesellschaft hielt. Es hing auch ein schönes Aquarellporträt des Balaclava-Protzes da, das Werk einer Botanikprofessorin, die gehofft hatte, das Herz ihres Kollegen über seine Rübe zu erreichen. Die Fremdbestäubung hatte nicht geklappt. Die Dame heiratete jemand anderen, und Shandy führte sein bequemes Junggesellendasein weiter, in dem Mrs. Lomax für die Ordnung sorgte und die Fakultätsmensa für seine Mahlzeiten.

Wenn er überhaupt an die Zukunft dachte, stellte er sich vor, er werde mehr oder weniger so weitermachen wie bisher. Nun fragte er sich zum ersten Mal, ob das möglich sein würde.

Er hatte es immer geschafft, nicht persönlich in eine der Fehden verwickelt zu werden, die während seiner Dienstzeit auf dem Crescent getobt hatten, aber er wußte nur zu gut, wie hoch die Wogen der Leidenschaft über Untaten schlagen können, die bei weitem nicht so anstößig wie die waren, die er begangen hatte. Er hatte Jemima natürlich nicht töten wollen, aber er hatte absichtlich und mit böswilligem Vorbedacht die ehrwürdigste Tradition und die wichtigste außerkurrikulare Geldquelle des Crescent übel verspottet. Wenn Tim genug Grips besaß, um seine Tat genau als das zu sehen, was sie war, dann auch die restliche Fakultät und – noch mehr zu seinem Verderben – jene rasenden Stymphaliden, die Professorengattinnen. Und es war einfach unvorstellbar, daß Präsident Svenson seine Motive mißdeuten würde.

Shandy machte sich eigentlich keine Sorgen, seinen Job zu verlieren. Zunächst einmal war er Professor auf Lebenszeit, und es würde so etwas wie einen Kongreßbeschluß brauchen, um ihn zu relegieren. Außerdem würde Präsident Svenson nicht wild darauf sein, sozusagen die Gans, die goldene Eier legte, zu schlachten. Es bestand immer die Chance, daß Shandy noch einen Balaclava-Protz ausbrütete.

Auf jeden Fall hatten sein eigener Anteil an den Lizenzgebühren aus diesem und anderen geglückten Experimenten im Verein mit seinem Gehalt als ordentlicher Professor und seinem relativ bescheidenen Lebensstil Peter Shandy zu einem recht wohlhabenden Mann gemacht. Er könnte morgen in Pension gehen, wenn es dazu kommen sollte.

Er wollte nicht, daß es so käme. Mit sechsundfünfzig war er einfach viel zu jung, um abzutreten. Er würde seine Arbeit, seine Kollegen, seine Studenten vermissen. Er würde die Geselligkeit des Campuslebens vermissen, so ermüdend er sie auch manchmal fand, und er würde sein Haus vermissen.

Und doch wußte er sehr gut, daß es ihm unmöglich sein würde, hierzubleiben, wenn ihn die geballte Kraft des Mißfallens seiner Kollegen träfe. Sein Leben würde auf unzählige kleine Arten unerträglich. Sein Rasen würde eingehen, seine Fichten würden Keimwurm bekommen, der Strom würde ausfallen, und die Leitungen würden einfrieren – und niemand wüßte, warum. Die Sekretärinnen würden vergessen, ihn von Fakultätssitzungen zu benachrichtigen, zerstreute Gastgeberinnen würden vergessen, ihn auf die Einladungsliste zu setzen, seine Studenten würden überlaufen. In der Fakultätsmensa würde ihm sein Essen kalt serviert, und kein Kollege könnte es wagen, sich zu ihm an den Tisch zu setzen. Mit Ablauf des nächsten Semesters würde er entweder aus freien Stücken gehen oder sich in einen griesgrämigen Einsiedler verwandelt haben.

Na, wenigstens hatte er den alten Tim kräftig zum Lachen gebracht. Wieviel Spaß würde sein Freund an dem Streich haben, wenn er erfuhr, daß er ihn seine Gemahlin gekostet hatte?

Shandy wuselte in seiner eigenen, peinlich sauberen Küche herum, setzte Wasser auf und richtete an, was er an Eßbarem finden konnte. Dann nötigte er Ames in das, was Mrs. Lomax hartnäckig die Frühstücksecke nannte.

»Setz dich, Tim, setz dich. Ich hol' die Marmelade. Ach, und wie wäre es mit ein bißchen Obstkuchen? Elizabeth schickt mir immer einen Obstkuchen.«

»Ich weiß, daß Elizabeth dir immer einen Obstkuchen schickt. Was zum Teufel ist los mit dir, Pete? Du rennst herum wie eine kopflose Henne.«

Shandy setzte sich ihm gegenüber und stützte beide Ellbogen auf den Tisch, um Halt zu gewinnen.

»Die Sache ist die, Tim: Ich habe schlechte Neuigkeiten für dich.«

Sein Gast setzte die Tasse ab, die er zum Munde erhoben hatte.

»Pete, es ist doch nicht – nicht die Portulaca Purple Passion? Oh mein Gott, sag bloß nicht, die Keimlinge haben die Umfallkrankheit?«

»Nein, nein! Es ist nicht – « Shandy wollte sagen: »Es ist nicht so schlimm«, aber er fing sich noch rechtzeitig. »Es ist Jemima, Tim. Ich habe sie gefunden.«

Eine Weile zeigte Tim keinerlei Reaktion. Shandy fragte sich schon, ob er ihn gehört hatte. Dann sagte er: »Du meinst, sie ist tot, nicht?«

Shandy nickte. Sein Freund senkte den Kopf und starrte in seine Kaffeetasse. Schließlich nahm er sie, trank die erkaltete Flüssigkeit aus und wischte sich mit ruhiger Hand den Mund ab.

»Wie ist es passiert?«

»Ich weiß es nicht.«

Nun, da das Eis gebrochen war, fiel es Shandy leicht fortzufahren. »Ich kam heute morgen nach Hause – ich war seit Donnerstagabend fort gewesen – und fand sie mit gebrochenem Schädel hinter dem Sofa liegen. Dr. Melchett sagt, sie ist sofort tot gewesen, wenn dir das ein Trost ist. Sie ist fast die ganze Zeit, die ich weg war, hier gewesen. Sie hatte dieses lange, purpurrote

Cape und ein Abendkleid an. Es sieht so aus, als sei sie hereingekommen, um diese verfluchten Dekorationen abzunehmen, und dabei gestürzt. Sie hatte sich offenbar eine kleine Trittleiter aus der Küche hier hereingeholt – «

»Wozu?«

»Um sich draufzustellen, nimmt man an.«

»Wer nimmt das an?«

»Grimble und der Polizeichef, ein Kerl namens Ottermole. Kennst du ihn?«

»Ein junger Rotzlöffel, der vier Nummern zu groß ist für seine Klamotten? Den sollte ich wohl kennen.«

Eine Weile atmete Ames heftig durch seine üppig behaarten Nüstern, und Shandy erinnerte sich, daß es Ottermole gewesen war, der Tim den Führerschein abgenommen hatte.

»Schau, Pete, ich will, daß du verdammt noch mal aufhörst, auszuweichen. All dieses ›offenbar‹ und ›angenommen‹ – warum sagst du nicht einfach, daß diese Hundesöhne das Beweismaterial falsch gedeutet haben, was ich von so ein paar Blödmännern auch erwartet hätte. Zeig mir, wie du sie gefunden hast.«

Der Witwer schob sich ein ganzes Stück Kuchen in den Mund und stand auf. Heftig kauend folgte er Shandy ins Wohnzimmer.

»Das Sofa war nicht so vorgerückt wie jetzt«, erläuterte Shandy. »Wir mußten es wegschieben, um an die – an Jemima zu kommen.«

»Zeig es mir.«

Shandy schob das schwere Möbelstück an seinen üblichen Platz zurück, parallel zum Fenster und etwa einen Meter vor die Wand.

»Und der Schemel war wie?«

»So.« Er legte die kleine Leiter dorthin zurück, wo er sie gefunden hatte. »Jemima lag auf dem Rücken, mit dem Kopf gegen die Oberkante, und dieses Nikolausdings auf ihr drauf. Soll ich es dir vormachen?«

»Ja.«

Shandy quetschte sich in die Position, so gut er konnte.

»So hat sie gelegen«, fragte Tim, »in Linie mit dem Hocker?«

»Genau. Sie hätte auf keine andere Weise hergepaßt. Hier hinten ist nur ein Meter Platz.«

»Mhm. Und wie hast du sie gefunden?«

»Also, das ist etwas, was mir rätselhaft ist. Ich bin auf eine Murmel getreten.«

Shandy ging zur Etagere herüber und nahm die kleine Schale in die Hand, die Alice ihm vor so vielen Jahren geschenkt hatte. »Ich weiß nicht, ob dir das hier schon mal aufgefallen ist, aber Elizabeths Nichte hat es mir vor langer Zeit geschenkt. Du erinnerst dich, daß sie mich manchmal besuchen kam?«

»Natürlich erinnere ich mich. Nettes kleines Mädchen. Verdammt viel besser erzogen als meine eigenen.«

»Eh – jedenfalls habe ich diese Schale mit Murmeln immer auf der Etagere stehen. Es waren achtunddreißig.«

Ames nickte flüchtig. Er nahm es als gegeben an, daß Shandy so etwas wußte.

»Als ich heute morgen nach Hause kam, waren die Murmeln im Wohnzimmer und bis in den Flur hinaus auf dem Boden verstreut. Es wäre mir vielleicht nicht aufgefallen, da mir kalt war und ich Hunger hatte und mich im Zustand einer, eh, allgemeinen Verwirrung befand, aber ich bin auf einer von ihnen ausgerutscht. Also machte ich mich auf die Suche nach dem Rest. Zuerst dachte ich nicht daran, hinter das Sofa zu schauen, weil es mir unmöglich vorkam, daß eine dorthin gekommen sein könnte. Der Sockel reicht bis auf den Boden, wie du siehst, und außerdem fällt der Boden ein bißchen in die andere Richtung ab. Es ist ein altes Haus, weißt du. Aber ich wußte, das mir eine fehlte, und ich habe überall nachgeschaut, so – «

»Hast du die Murmel gefunden?«

»Nein. Ich habe gebeten, in ihren Kleidern nachschauen zu lassen. Sie ist vielleicht in ihrer Tasche oder so. Aber, verflucht noch mal, Tim, ich weiß nicht, wie sie diese Murmeln hätte verstreuen können. Sie hatte keine Veranlassung, in die Nähe der Etagere zu gehen.«

»Was mich verblüfft, ist die Trittleiter«, sagte Ames. »Warum zum Teufel hat sie sich die Mühe gemacht, sie herzuschleppen? Diese Decken sind nicht besonders hoch, und Jemima war eine große Frau. Sie hätte diese Maske mühelos vom Boden aus erreichen können. Versuch es mal. Du bist größer als ich.«

»Und sie war mindestens zwei Zoll größer als ich.«

Shandy ging zu einem anderen Fenster und langte nach oben. Er hatte keine Mühe, das Plastikornament zu berühren.

»Siehst du«, sagte der Ehemann. »Jedenfalls hätte es Jemima nicht ähnlich gesehen, sich mit dem Hocker abzumühen. Zumindest ein verdammt ungeeigneter Platz, um ihn hinzustellen. Sie hätte wohl eher das Sofa zum Fenster rübergeschoben und wäre draufgesprungen, wenn es nötig gewesen wäre, was aber nicht der Fall war. Jemima hat ihr halbes Leben damit verbracht, auf Möbeln rumzuspringen. Deswegen wollte ich sie damals Jumping Jemima nennen. Du erinnerst dich, daß wir uns damals gestritten haben. Ich versuchte wohl, ihr irgendwas heimzuzahlen, was, habe ich vergessen. Schnee von gestern. Je nun, eine böse Tat weniger auf dem Gewissen, dank deines Starrsinns.«

»Dank mir ist sie tot«, sagte Shandy bitter. »Wenn ich nicht die Geduld mit ihr verloren und nicht diese verdammte blöde Glanznummer abgezogen hätte, wäre sie gar nicht erst hergekommen.«

»Du bist sicher, daß sie von selbst hergekommen ist?«

Die beiden alten Freunde sahen sich an. Shandy schüttelte langsam den Kopf.

»Das einzige, dessen ich sicher bin, ist, daß ich sie tot in meinem Haus gefunden habe. Melchett sagt – «

»Dieser Pferdearsch würde alles sagen, was Dr. Svenson hören will. Das weißt du.«

»Ja, ich weiß. Und Grimble sagt, daß sie wahrscheinlich direkt von der Party bei den Dysarts hergekommen ist, um halb zehn abends am zweiundzwanzigsten.« Shandys Lippen zuckten. »Zumindest gibt mir das ein Alibi. Zu der Zeit war ich dabei, zur See abzuhauen.«

Er gab Ames eine knappe Darstellung seines kurzen Abenteuers an Bord der *Singapore Susie*. Sein Freund nickte.

»Glück für dich, Pete. Du zumindest bist aus dem Schneider. Läßt mich natürlich im Regen stehen.«

»Dich?« Shandy starrte ihn verblüfft an. »Tim, wenn du deine Frau ermorden wolltest, hättest du es schon lange getan.«

»Das ist Ansichtssache und kein Beweis.«

Trotzdem kehrte Professor Ames Grinsen für einen Moment zurück. »Sie war eine verflucht anstrengende Frau zum Verheiratetsein, Pete. Sie war die miserabelste Hausfrau der Welt, sie kümmerte sich um alle Angelegenheiten außer um ihre eigenen, und soweit ich mich erinnern kann, hat sie nie den Mund zugemacht. Trotzdem hatte es seine guten Seiten, ihr Mann zu sein. Zumindest hat es mich davon abgebracht, meine Taubheit für ein Leiden zu halten.«

Er stieß ein komisches kleines Schnaufen aus, das unter anderen Umständen ein Kichern geworden wäre. »Es ist gut, einen

Freund zu haben, dem ich garstige Dinge sagen kann, ohne mich wie ein Stinktier zu fühlen.«

»Das ist nicht so garstig«, erwiderte Shandy. »Zum Teufel, Tim, du mußt mit deiner Taubheit leben. Hättest du mit jemand anderem als Jemima zusammengelebt, wärst du ständig bei dem Gedanken frustriert gewesen, etwas zu verpassen, was sie sagt. Mit einer nicht so energischen Frau hätte dein Gewissen dich dazu getrieben, gesellschaftliche Mühen auf dich zu nehmen, die du schwerlich bewältigen kannst. So wie es war, konntest du tun, was dir paßte, und hattest immer noch jemanden, der deine Hemden zur Wäscherei brachte. Ich drücke mich nicht gut aus, aber du weißt, was ich meine. Ich nehme an, es gibt ein paar Leute hier, die dich in deiner Lage beneidet haben.«

»Ich weiß verdammt gut, daß es die gibt. Ich bin zwar taub, aber nicht blöd. Du nimmst doch nicht an, daß sie einer von denen aus Wut umgebracht hat?«

»Das ist eine Unterstellung, die ich ungern wagen würde, ohne sie untermauern zu können«, sagte Shandy. »Eh – du bist wirklich sicher, daß sie tatsächlich jemand umgebracht hat?«

»Mein Gott, Pete, von dem Moment an, da du sie gefunden hast, bist du doch auch sicher gewesen, und versuch nicht, mir einzureden, es wäre nicht so. Du bist für mich wie ein offenes Buch. Was war dein erster Eindruck?«

»Daß jemand schlau gewesen ist«, gab Shandy zu. »Wirklich ein schlauer Bubi. Die verstreuten Murmeln gehörten zu einer absolut geschmacklosen Verzierung. Ich vermute, sie sollten den Eindruck erwecken, als wäre sie im Dunkeln umhergetappt, wohl weil sie sich bei den Dysarts einen zuviel genehmigt hatte. Jemima trank ganz gerne einen, wie du weißt.«

»Das sollte ich wohl. Ich bin oft genug beschuldigt worden, sie dazu zu treiben. Aber sie war nie betrunken, Pete, das nicht. Ihr Gesicht wurde rot, und sie fing an, jemanden rauszuekeln oder mit den Möbeln um sich zu schmeißen. Deswegen bin ich so sicher, daß die Szene gestellt ist. Sie war nicht ungeschickt, sie war kriegerisch. Sie hätte eher gleich nach oben gelangt und diese Lichter ohne Rücksicht auf die Täfelung einfach runtergerissen, oder sie wäre in ihren dreckigen Stiefeln einfach auf deine Polstermöbel gestiegen. Wo bewahrst du den Hocker übrigens auf?«

»Im Schrank im hinteren Flur. Ab und zu, wenn Mrs. Lomax besonders dazu aufgelegt ist, holt sie ihn heraus für diese herkulische Arbeit, zu der eine Menge Keuchen und Fluchen und Rauf- und Runterklettern und Spritzen mit Seifenlauge gehört. Ich glaube nicht, daß er bis auf die paar Mal oft benutzt wird. Ich habe mich selbst gewundert. Es paßte nicht zu ihrem Charakter.«

»Verdammt richtig. Noch so eine geschmacklose Verzierung. Ich bin derselben Ansicht, Pete. Wir haben es mit jemandem zu tun, der schlau, aber nicht sehr intelligent ist, was nach meiner Meinung fast alle von dieser gottverdammten Fakultät einschließt. Was glaubst du, Pete? Du kennst sie besser als ich.«

»Das sei dahingestellt. Ich komme mehr unter die Leute als du, weil ich sonst ein einsamer Mann wäre, aber bis auf die Enderbles stehe ich mit keinem auf besonders vertrautem Fuß. Warum glaubst du, daß es jemand von der Fakultät sein muß?«

»Also wirklich, Pete, es muß jemand gewesen sein, der Jemima gut genug kannte, um sie umbringen zu wollen.«

»Ja, aber wurde sie sozusagen an sich getötet oder aus irgendeinem Grund, der, eh, keine persönlichen Faktoren beinhaltet?«

»Woher soll ich das wissen? Also gut, ich gebe zu, daß sie nicht lange zögerte, wenn es darum ging, irgendwo hereinzuplatzen und sich aufzudrängen, aber ich gehe vom Augenschein aus. Wir müssen annehmen, zumindest ist das meine Meinung, daß sie von jemandem ermordet wurde, der wußte, wie aufgebracht sie über deinen Streich war, der wußte, wie man in dein Haus kommt, und der wußte, wo du deine Trittleiter aufbewahrst.«

»Zugegeben. Und außerdem von jemandem, der wußte, daß ich verreist war. Da ich in Eile aufgebrochen war, ohne Grimble Bescheid zu sagen, scheint das das Feld einzuengen.«

»Jedenfalls in gewissem Maß. Ich glaube, wir können als gegeben annehmen, daß jeder Bewohner des Crescent durch den Vorhang lauerte, als du in den LKW geklettert bist. Ich ja auch.«

Trotz seiner Beschäftigung mit der Hypothese des Mordes an seiner Frau kicherte Ames wieder. »Verdammt, das war der amüsanteste Nachmittag für mich, seit Präsident Svenson seine Schuhe verlor, als er dem Landwirtschaftsminister zeigte, wie wir Methangas machen. Ich war schrecklich enttäuscht, als ich sah, daß du einen Koffer trugst. Ich hatte gehofft, wir hätten den Nachmittag gemeinsam verbringen und uns an den Reaktionen erfreuen können.«

»Hätten wir doch bloß!« rief Shandy. »Tim, ich kann dir gar nicht sagen, wie sehr mich diese grausige Geschichte angreift.«

»Zum Teufel, Pete, das brauchst du nicht. Ich nehme an, ich werde mich selbst ziemlich eklig fühlen, wenn ich mich an die Vorstellung gewöhne, daß sie wirklich dahin ist. Schließlich und endlich war Jemima meine Frau, verdammt noch mal. Ich habe sie nicht besonders gern gehabt, aber ich habe sie irgendwie geliebt, gewissermaßen. Aber abgesehen von den persönlichen Gefühlen meine ich, wir sollten im Kopf behalten: Wenn du nicht einen bequemen Parkplatz für ihre Leiche bereitgestellt hättest, hätte sich ein anderer gefunden.«

»Dann meinst du, der Mord war geplant.«

»Das muß er gewesen sein. Schau dir dieses Zimmer an. Glaubst du wirklich, jemand hätte Jemima hier lebend hereinbringen können, sie bei aufgezogenen Jalousien und mit all den Lichtern in den Fenstern und gottweiß wie vielen Leuten draußen über den Schädel hauen, den Zinnober mit der Trittleiter veranstalten, die Murmeln über den ganzen Fußboden verstreuen und abhauen können, ohne daß jemand hereingeschaut und bemerkt hätte, was er vorhatte? Zunächst einmal wäre Jemima gar nicht so einfach zu töten gewesen, wenn man nicht verdammt sicher war, sich anzuschleichen und einen sauberen Schlag zu landen, der die Sache erledigte. Und es mußte an der richtigen Stelle passieren und mit der richtigen Waffe. Selbst dieser Trottel Melchett hätte irgendeine deutliche Diskrepanz zwischen der Form der Wunde und der Form des Schemels bemerkt, oder?«

»Ja, und ich auch, und es gab keinen. Die einzige Alternative ist, daß es einen Streit gegeben hat und daß sie jemand von vorne geschubst hat, so daß sie hinfiel und auf einen harten Gegenstand, ähnlich dem Schemel, gefallen ist.«

»Wer zum Beispiel? Nenn mir einen einzigen in Balaclava Junction bis auf Präsident Svenson und diesen Behemoth, mit dem er verheiratet ist, den Jemima nicht mit einer Hand fertiggemacht hätte. Jeden, der versucht hätte, sie niederzuschlagen, hätte man mit dem Aufnehmer wegwischen müssen.«

»Eh, jedenfalls hätte der Vorfall Aufsehen erregt, da er sich fast mit Sicherheit vor Zeugen hätte abspielen müssen. Ich verstehe, was du meinst. Der ordentliche Raum und die, eh, gestellte Szene weisen darauf hin, daß Jemima woanders getötet und dann hierhergebracht wurde, als die Lampen aus waren.«

»Kannst du dir eine andere logische Erklärung denken?«

»Ich kann überhaupt nichts mehr denken.« Shandy sank auf das

Sofa und vergrub sein Gesicht in den Händen. »Lieber Gott, bin ich müde.«

»Klar doch, Pete.« Ames klopfte seinem alten Freund auf die Schulter. »Warum schläfst du nicht ein bißchen? Ich muß die Kinder anrufen, und dann gehe ich wohl besser runter in die Stadt und kriege raus, was sie mit ihr gemacht haben. Ich komme später wieder her.«

»Danke, Tim. Ich werde hier sein.«

Shandy geleitete seinen alten Freund hinaus, schloß die Tür und ging nach oben in sein Schlafzimmer. Er sollte die Dysarts anrufen. Er sollte Tim begleiten. Er sollte seinen Kopf untersuchen lassen, weil er diese fürchterliche Ereigniskette überhaupt angezettelt hatte. Stattdessen schlief er ein.

Fünftes Kapitel

Professor Shandy schlief erheblich länger, als er vorgehabt hatte. Als er steif und verfroren erwachte, zog sich die Dämmerung bereits zusammen. Dasselbe taten offensichtlich auch die Volksmassen. Er hörte das Stimmengewirr vom Crescent heraufdringen und ein einleitendes Läuten des Glockenspiels vom Kirchturm. Während er noch dalag, seine Sinne zusammenraffte und seine verkrampften Muskeln lockerte, wurde das Schlafzimmer plötzlich in vielfarbiges Licht getaucht und diese vermaledeiten Nikolausgesichter begannen zu blinken. Grimble mußte den Schalter betätigt haben. Fluchend richtete er sich auf und langte nach seinen Schuhen.

Er hatte die Absicht, diese gräßlichen Masken abzunehmen und darauf herumzutrampeln, aber als er nach der erstbesten griff, piepste eine schrille, junge Stimme von unten: »Ach, Mister!« Er begnügte sich damit, die Jalousie herabzulassen, erkannte, daß der Stoff gegen die heißen Glühbirnen gedrückt wurde und in Brand geraten könnte, und mußte sie wieder hochziehen. Es gab kein Entrinnen aus seiner Narretei.

Wenigstens konnte er zeitweise in die Fakultätsmensa flüchten. Er und Tim würden sich mit einer warmen Mahlzeit im Bauch besser fühlen. Er würde seinen alten Freund abholen gehen.

Es war seltsam, fiel ihm jetzt ein, daß die Polizei den Gatten am Morgen nicht herübergeholt hatte, statt Jemimas Leiche geradewegs in die Stadt hinabzuschaffen, ohne Tim auch nur Bescheid zu sagen, wo sie war. Allerdings hätte er wohl nicht lange suchen müssen. In Balaclava Junction gab es nur einen Leichenbestatter, und der gehörte zur selben Loge wie Grimble und Ottermole und hatte sicherlich den Auftrag gekriegt. Aber sie hätten Professor Ames Einverständnis einholen können, bevor sie seine Frau an Harry den Ghoul übergaben. Tatsache war, daß die Leute Tim als Person nicht ernst nahmen.

Shandy verstand durchaus, warum. Ames war nicht völlig taub. Er besaß ein Hörgerät, aber ein merkwürdiges Knochengebilde in seinen Ohren ließ das Gerät manchmal als eingebauten Zerhakker funktionieren. Man wußte nie, ob er gerade die richtigen Wörter, die falschen Wörter oder einen Mischmasch aus unzusammenhängenden Lauten hörte. Er konnte sehr gut von den Lippen ablesen, war aber so kurzsichtig, daß er dem Sprechenden sehr nahe kommen mußte, und so schüchtern, daß er nicht immer den Mut dazu hatte.

Vielleicht infolge dieser Behinderung konzentrierte sich Ames so wütend auf sein eigenes Fach, daß er normalerweise auf nichts anderes achtete und so zur natürlichen Zielscheibe für alle Witze über zerstreute Professoren wurde. Sogar seine äußere Erscheinung war zum Lachen: eingesunken, knorrig, oben kahl und überall sonst behaart.

Jemima hatte, vielleicht nicht mit Absicht, aber aus dem ihr eigenen Bedürfnis heraus, wichtig zu erscheinen, den Mythos genährt, daß ihr Mann außerhalb seines Fachgebietes im allgemeinen nutzlos wäre. Seine Kinder mochten ihn als eine Art Haustier, schienen ihm aber nie den schuldigen Respekt als Vater zu zollen. Dabei war Professor Ames ein überaus kluger, fähiger und vor allem logischer Mann. Wer auch immer Jemima diese gräßliche Sache angetan hatte, hatte das nicht gewußt.

Shandy vermochte wirklich nicht zu erkennen, ob das seine Verdächtigenliste besonders schmälerte. Bis auf ihn und Präsident Svenson und vielleicht ein paar der aufmerksameren Studenten wußten es nicht viele Leute. Es war immer schwierig zu sagen, was die Studenten mitbekamen und was nicht.

Es war nicht die Zeit für solche Grübeleien. Shandy zog seinen guten grauen Mantel und den guten grauen Filzhut an und außerdem einen dunkelroten Kashmirschal, den Alice ihm geschickt hatte, denn es lag eine Kühle in der Luft, die durch die Wände des Backsteinhauses drang – vielleicht, weil er den Thermostaten zuvor heruntergestellt und vergessen hatte, ihn wieder aufzudrehen.

Bevor er ging, machte er sein Versäumnis wett. Tim würde vielleicht herüberkommen und eine Weile herumsitzen wollen, und es wäre gut, das Haus für ihn gemütlich zu machen. Zu schade, daß sie mit dem gleißenden Licht fertig werden mußten, aber ihm war klar, daß in diesem Stadium seine einzige Hoffnung, die allgemeine Ächtung zu vermeiden, darin bestand, es durchzufechten und so zu tun, als hielte er seine Dekorationen für hübsch. Statt ihm offen den Krieg zu erklären, könnten seine Nachbarn ihrem Unmut ja Luft machen, indem sie hinter seinem Rücken über seinen schlechten Geschmack herzögen.

Das bedeutete, daß er im nächsten Jahr – vorausgesetzt, er schaffte es zu bleiben – keine Verteidigung finden würde gegen den nächsten Hüter der Lichterwochen, der Jemimas gefallene Fackel aufnehmen und ihm anbieten würde, sein Haus zu schmücken. Das war, so dachte er, nur ein gerechter Preis. Vielleicht war die *Singapore Susie* bis dahin repariert, oder er könnte wegfliegen und die Feiertage mit Alice verbringen, wie sie ihn seit ihrer Heirat immer gebeten hatte. Vielleicht würden Henry und Elizabeth einen bezahlten Ausflug als Weihnachtsgeschenk statt der üblichen Zigarren und Pralinen mögen.

Er bezweifelte es. Sie waren zwei zufriedene alte Käuze, wie er bis vor kurzem noch selber einer zu werden gehofft hatte. Seufzend öffnete Professor Shandy die Haustür und überließ sich dem Mahlstrom des Frohsinns. »Vorsicht, Professor!«

Er sprang gerade noch rechtzeitig beiseite. Ein Schlitten, beladen mit kreischenden Touristen und angetrieben von einer blonden Amazone in einem ausgebeulten roten Pullover und ohne nennenswerte Beinbekleidung, abgesehen von ihren dicken grünen handgestrickten Strumpfhosen, preschte den Bürgersteig hinunter.

Die Schlittenzieher wußten ganz genau, daß sie mit den Schlitten von den Gehwegen bleiben sollten, aber diese Regel wurde ständig verletzt, insbesondere von den Mädchen, die hübsch genug waren, um zu glauben, daß sie sich alles leisten konnten. Professor Shandy war keineswegs unempfänglich für feminine Reize, aber knackige Blondinen ließen ihn so kalt, wie diese Andeutungen von Höschen sie selbst nach seinem Ermessen lassen mußten. Er würde ein Wörtchen mit dieser jungen Frau reden, wenn er sie je dazu brächte, lang genug stillzuhalten, und wenn er es schaffte herauszufinden, wer sie war. In diesen albernen Kostümen, die Nikolauswichtel darstellen sollten, sahen sie alle ziemlich gleich aus. Er hätte nicht einmal gewußt, daß diese hier weiblichen Geschlechts war, wenn sie eine andere Regel beachtet und die Strickhaube getragen hätte, die zu dem Kostüm gehören sollte.

Murrend bahnte er sich einen Weg durch die Schlenderer und Gaffer und schaffte es, Ames Haus mehr oder weniger unbeschädigt zu erreichen. Bevor er auch nur angefangen hatte zu klopfen, öffnete Tim die Tür.

»Hi, Pete. Ich dachte mir schon, daß du rüberkommst. Hab' aus dem Fenster geschaut.«

»Gut so. Ich hätte mich bei diesem gottlosen Getöse nie bemerkbar machen können. Es wird jedes Jahr schlimmer.«

»Du hast deinen Teil beigetragen. Mein Gott, war das komisch.«

Ames machte diese Bemerkung automatisch und zeigte keine Neigung, noch einen Lachanfall zu bekommen. Shandy konnte verstehen, wieso.

»Wie bist du mit Ottermole zurechtgekommen?«

»Ganz gut, denke ich. Er stellte mir eine Menge blöder Fragen, wann ich sie das letzte Mal gesehen habe und so weiter. Glaubte anscheinend, daß ich geistig behindert bin, weil ich es ihm nicht sagen konnte. Aber, verdammt noch mal, so hat Jemima eben gewirkt. Sie fegte herein und zog sich um oder schnappte sich einen Korb voll Gerümpel für diese Stände, ging wieder auf die Jagd und blieb, bis der letzte Schuß gefallen war und der Rauch sich verzogen hatte. Wir haben getrennte Zimmer, seit die Kinder ausgezogen sind, woher zum Teufel sollte ich wissen, ob sie zum Schlafen heimgekommen ist? Fragte mich, ob das Bett gemacht war. Hier hat seit siebenunddreißig Jahren keiner mehr ein Bett gemacht. Gut, das ist vielleicht ein bißchen übertrieben. Ich nehme an, sie hat ab und zu das Bettzeug gewechselt, aber du kannst deine süße Alice darauf wetten, daß sie es nicht während der Lichterwoche getan hat. Willst du einen Drink?«

»Ich möchte behaupten, daß ich einen brauchen kann. Ich wollte vorschlagen, daß wir rüber in die Mensa gehen.«

Ames schnaubte. »Du hörst dich an wie Jemima. ›Wenn du essen willst, gehst du besser zum College hoch. Ich habe Wichtigeres zu tun, als in der Küche herumzustehen.‹ Natürlich hat sie einen ganzen Tag damit verbracht, diese verdammten, blöden Kokosfladen für den Plätzchenverkauf zu backen. Ich habe nie gewußt, wieso sie alle Arbeiten erledigen konnte außer den eigenen. Also, wo zum Teufel hat sie den Whisky hingetan?«

Er zog ab und suchte nach einer Flasche, die ebensogut leer sein konnte, wenn er sie je finden würde. Shandy bot nicht an, ihm zu helfen. Er hoffte nur, Tim würde der Jagd bald müde und sie kämen hier heraus. Die schreckliche Unordnung im Haus der Ames hatte ihn immer deprimiert, aber jetzt, ohne Jemimas tatsächliche oder drohende ungestüme Präsenz, schien es noch toter.

Konnte es wirklich sein, daß er diese Frau vermißte? Er nahm an, es sei möglich. Tim hatte gesagt: »Ich mochte sie nicht, aber ich habe sie gewissermaßen geliebt.« Das war mehr oder weniger, wie er selbst zu ihr gestanden hatte; sicherlich weder Liebe noch Freundschaft, aber die widerwillige Zuneigung, die man für langweilige, aber wohlmeinende Verwandte hegt.

Wunderbarerweise schaffte es Tim nicht nur, den Whisky aufzutreiben, sondern auch einige saubere Gläser. Shandy tat so, als sei er froh, den Drink zu bekommen, weil der alte Tim so erfreut war, daß ihm dieser Versuch in Haushaltsführung gelungen war. Wie in Gottes Namen würde er hier je alleine zurechtkommen?

»Hast du die Kinder angerufen?« fragte er.

»Hab' das Ozeanographische Institut angerufen, um zu erfahren, ob ich Roy irgendwie erwischen kann. Sie sagen, er ist noch auf See, unterwegs zur Ross Bay. Sie werden dem Schiff ein Telegramm schicken. Das ist alles, was sie im Moment tun können. Später werden sie versuchen, eine Art Funkverbindung herzustellen, so daß ich mit ihm am Stützpunkt sprechen kann.«

»Gut. Und Jemmy?«

»Sie glaubt nicht, daß der Arzt sie herkommen lassen wird. Das Baby ist in ein paar Tagen fällig. Jemima wollte hinfliegen. Hatte schon das Ticket gekauft. Jemmy konnte nur sagen: ›Jetzt kann Mami nicht bei mir sein.‹ Ich dachte nicht, daß sie es so schwer nimmt. Nehme an, es ist schon ein Schock, am anderen Ende des Kontinents zu sein ohne einen von ihren eigenen Leuten dabei.«

»Warum fährst du nicht mit Jemimas Ticket?«

»Wie? Ich? Was zur Hölle könnte ich tun?«

»Du könntest bei ihr sein.«

»Was auch immer das wert ist.«

»Es ist vielleicht mehr wert, als du glaubst, Tim. Warum rufst du sie nicht an und schlägst es ihr vor?«

»Ich wüßte nicht mal, was ich ihr sagen soll.«

»Sag, du kommst, sobald die Beerdigung vorbei ist, wenn sie will.«

»Und wenn nicht?«

»Dann bleibst du hier.«

»So hört es sich einfach an.«

»Warum auch nicht? Sie ist deine eigene Tochter, oder?«

»Oh ja, ohne Zweifel.« Ein Lächeln huschte über das Gnomengesicht. »Jemima hatte ihre Fehler, aber das war keiner davon. In Ordnung, Pete, wenn du es sagst.«

»Soll ich dir helfen, die Leitung zu bekommen?«

»Nein danke, ich komme zurecht.«

Ames stellte sein Glas ab und ging dahin, wo das Telefon sein mußte. Shandy blieb, wo er war. Er wollte nicht die gekränkte Stimme seines Freundes hören, falls Jemmy absagte.

Offenbar tat sie es nicht. Ames kam zurück und sah schafsgesichtig, aber glücklich aus.

»Sie ist hocherfreut. Hat mir gesagt, wann das Flugzeug abfliegt, und sagt, ich soll bloß kommen, weil Dave sich freinimmt, um mich abzuholen. Gibt gleich den Ton an, genau wie ihre Mutter.«

»Das freut mich, Tim«, sagte Shandy mit Nachdruck. »Das wird eine große Sache für euch beide. Ich kann ein Auge auf das Haus werfen, während du weg bist.«

»Zur Hölle, das hat sie auch geregelt. Irgendeine von Daves Tanten, ein spätes Mädchen, war da und brachte ihr ihre Pflanzen. Sie hat gerade ihren Job verloren oder so und wollte die Stadt sowieso verlassen, so daß Jemmy die schlaue Idee hatte, sie herzuschicken, um mein Haus zu versorgen.«

»Warum auch nicht? Wahrscheinlich wirst du sie nicht lange zwischen den Füßen haben. In Balaclava Junction gibt es nichts, was eine Frau lange hält, falls sie nicht beschließt, dich zu heiraten oder Jemimas Job bei der Sammlung Buggins zu übernehmen.«

Das letzte war eine besonders häßliche Bemerkung, und es tat Shandy sofort leid, daß er es gesagt hatte, aber Tim wußte genau, was für ein Dorn im Auge ihm die Sammlung Buggins immer gewesen war.

Damals in den 20er Jahren hatte ein entfernter Verwandter des Gründers Anstoß daran genommen, daß Balaclava Buggins seinen Vornamen seinem Nachnamen vorgezogen hatte. Um den Familiennamen im College zu verewigen, vermachte er seine persönliche Bibliothek der Institution – mit der Klausel, daß sie separat untergebracht und Sammlung Buggins genannt würde.

Da er nur eine kleine Summe zur Pflege der Sammlung hinterlassen hatte und da die Bücher nichts mit Landwirtschaft zu tun hatten, wurden sie in einem Raum hinten im Bibliotheksgebäude abgeladen und eingeschlossen, bis jemand beschließen sollte, sie in Ordnung zu bringen.

Das College wuchs. Der Bibliothekar bekam mehr zu tun. Die Sammlung Buggins verstaubte. Ab und zu schloß jemand die Tür auf, nieste ein paarmal, schüttelte den Kopf und schloß sie wieder zu. Die Bücher konnten nicht ausgeliehen oder auch nur eingesehen werden, weil sie nicht katalogisiert waren. Niemand kümmerte sich darum, weil sie sowieso niemand lesen wollte, bis Peter Shandy der Fakultät beitrat.

Professor Shandy hatte einen vergnüglichen Altherren-Geschmack für Verse – im Gegensatz zur Lyrik. Er war mit Macaulay, Joel Barlow und John G. Saxe aufgewachsen. Er konnte nie »Jim Bludsoe of the Prairie Belle« lesen, ohne über jene unsterblichen Zeilen »I'll hold her nozzle agin the bank / Till the last galoot's ashore« in Gelächter auszubrechen. Er konnte »The Dinkey Bird goes singing / In the amfalula tree« aufsagen, obwohl er es nicht mehr getan hatte, seit Alice erwachsen war.

Er dachte an die gereimten Schätze, die unter diesen spinnbewebten Haufen schlummern mußten, und wünschte bei Gott, jemand würde aktiv werden und sie in Ordnung bringen. Gerne hätte er es in seiner Freizeit selbst getan, aber der Bibliothekar Porble überließ niemals jemandem den Schlüssel zum Buggins-Raum, weil die Bücher nicht verliehen werden konnten, da sie nicht katalogisiert waren, und es war gegen die Bibliotheksvorschriften, daß Unbefugte dort hineingingen und herumwühlten.

Also begann Shandy, als die feste Anstellung ihn mutig gemacht hatte, auf den Fakultätssitzungen zu intonieren: »Wir sollten etwas mit der Sammlung Buggins machen.« Zuerst war es witzig, dann wurde es langweilig. Nichts passierte, bis er tat, was er von vornherein hätte tun sollen, und auf einer Cocktailparty Mrs. Svenson sein Anliegen vortrug. Jemima Ames, die eine Vorliebe dafür hatte, zur unpassendsten Zeit am falschen Ort aufzutauchen, hatte gelauscht und bot sich sofort als Hilfsbibliothekarin für die Sammlung Buggins an.

Sieglinde Svenson kannte Mrs. Ames als unermüdliche Arbeiterin für die Sache des Colleges. Sie sprach mit Thorkjeld. Präsident Svenson wußte, daß im Buggins-Fond Geld lag, das nicht für irgendeinen nützlicheren Zweck angetastet werden konnte. Er wußte nichts von Mrs. Ames totaler Unfähigkeit, bei irgendeiner Sache zu bleiben, bei der sie wirklich bleiben sollte, und stellte sie ein.

Zum Zeitpunkt ihres Ablebens hatte Jemima den Posten seit fast einem Jahr innegehabt. Sie hatte Karteischränke angefordert und ein großes Theater mit den Library-of-Congress-Listen veranstaltet. Sie hatte viel Zeit und Mühe auf einen Wettbewerb für den Entwurf eines besonderen Exlibris für die Sammlung Buggins verwandt, worum sich niemand kümmerte, weil es keine Preise gab und weil es ohnehin überflüssig gewesen wäre, da der selige Mr. Buggins bereits seine eigenen Exlibris eingeklebt hatte. Sie hatte mit ihrem Titel geprotzt und von der vielen Arbeit geredet, die zu erledigen war, aber kein einziges Buch war abgestaubt worden, geschweige denn eingeordnet.

Wenn Shandy tatsächlich derjenige gewesen wäre, der Tims Frau dahingemetzelt hatte, wäre es die Sammlung Buggins gewesen, die ihn dazu getrieben hätte. Da niemand sonst einen Pfifferling auf die alten Bücher gab, mußte eine andere Frustration die Untat ausgelöst haben.

Aber woher konnte er wissen, daß Frustration das Motiv war? Jemima hatte seit Jahren die Leute vor den Kopf gestoßen, und bisher hatte sie niemand ermordet.

»Noch etwas Whisky, Pete?«

»Eh, nein danke.« Er setzte das Glas ab, das er geleert hatte, ohne es zu merken. »Ich denke, wir sollten uns zur Mensa begeben, sonst ist nur noch Truthahnhaschee übrig. Um die Wahrheit zu sagen, habe ich mich gerade gefragt, warum irgend jemand Jemima töten wollte. Ich meine, so sehr wollte, daß er oder sie es tatsächlich getan hat. Ach, verdammt, du weißt, was ich sagen will.«

»Ich weiß, Pete. Sie konnte die anstrengendste Frau auf der Welt sein, aber im Grunde war sie nicht böse. Ich habe mich das selber schon gefragt.«

»Hast du Ottermole gesagt, daß wir zu dem Schluß gekommen sind, daß es eher ein Mord als ein Unfall war?«

»Nein, ich dachte, das lasse ich besser. Er glaubt sowieso, ich stehe einen Schritt vor der Klapsmühle, und ich dachte, er würde nicht auf mich hören. Er ist überzeugt, daß er ein brillantes Stück Detektivarbeit geleistet hat.«

»Ich nehme an, das will er ohnehin glauben. Die Leute aus der Stadt möchten Svenson nicht mehr in die Quere kommen als wir. Hast du es geschafft, die Murmel zu finden?«

»Keine Spur davon. Ich ließ Harry den Ghoul ihre Kleider durchsuchen, während ich dabeistand und zusah. Das war noch so eine Sache, die Ottermole überzeugte, daß ich am überschnappen bin.«

»Das tut mir leid.«

»Wozu? Verdammt, mir tut es auch leid, aber nicht wegen dem, was diese Heinis von mir halten. Komm, Pete, wir können uns ebensogut den Futtersack umhängen.«

Sechstes Kapitel

Sie suchten sich einen Weg durch die Apfelweinsüffler und Lebkuchenknabberer, die Schlidderer und die Schlenderer, den schlüpfrigen, ausgetretenen Crescent hinauf zum College. Während sie knöcheltief durch den Matsch stapften, staunte Shandy darüber, daß so viele Menschen bereit waren, weite Strecken über zweit- und oft drittklassige Straßen zurückzulegen für das Privileg, von den Parkplatzbanditen von Balaclava ausgenommen und von Mitgaffern herumgestoßen zu werden. Zu seinem Entsetzen konnte er feststellen, daß »Shandys Wahn« tatsächlich der Höhepunkt der Show war.

»Junge, wer auch immer in diesem Haus wohnt – er hält was davon, uns was für unser Geld zu bieten«, hörte er einen Touristen ausrufen. »Dessen Stromrechung möchte ich aber nicht kriegen.«

Der Professor zuckte zusammen. Das hatte er nicht bedacht. Der Strom von der Keksfabrik, wie sie respektlos genannt wurde, war nicht gerade billig. Kein Wunder, daß Svenson die Lichterwoche in all ihren Exzessen ermunterte. Das College mußte zu allem Überfluß noch ein nettes Geschäft mit den Stromgebühren machen. Shandy teilte diese Feststellung seinem Gefährten mit.

Tim hörte nicht. Er brabbelte von seinen eigenen Problemen und formte Worte, ohne zu wissen, daß kein Laut herauskam. Das passierte oft. Shandy stieß ihn in die Rippen.

»Sprich lauter, Tim.«

»Eh? Oh, ich dachte nur laut über Harry den Ghoul nach.« Beerdigungsunternehmer Goulson war in der Stadt beliebt, aber sein Spitzname war unwiderstehlich. »Er belästigte mich damit, worin ich Jemima aufgebahrt haben will. Zeigte mir eine Menge feiner Kleider ohne Rückenteil. Die unanständigsten Dinger, die ich je gesehen habe. Hab' ihm gesagt, für so was Abscheuliches würde ich nicht geradestehen, und das werde ich auch nicht. Pete, ich werde mit dieser Sache nicht fertig. Ich wünschte bei Gott, Jemmy hätte herkommen können.«

Er trat nach dem gefrorenen Matsch und schlug eine andere Richtung ein. »Ich weiß nicht, ob es dir klar ist, Pete, aber wir werden hier bald so berühmt sein wie ein paar Stinktiere auf einer Gartenparty. All die Leute, die Jemima nicht leiden konnten, als sie noch lebte, werden sich schuldig fühlen und uns vorwerfen, daß wir sie haben töten lassen. Du kommst besser mit mir nach Kalifornien.«

»Nein, ich trotze dem Sturm. Du hattest nichts damit zu tun.«

»Ich habe sie drei Tage liegenlassen. Sie werden mich einen brutalen Schurken nennen. Nehmen wir mal an, ich bin es.«

»Nein, bist du nicht«, sagte sein Freund loyal, obgleich er wußte, daß die Nachbarn es sagen mußten, und noch eine Menge mehr. Die Bestätigung erschien in Form von Jemimas treuer Verbündeten Hannah Cadwall, die mit feurigem Blick auf sie niederstieß. Shandy, der wußte, daß seine einzige Verteidigung im Angriff lag, zog schneller. »Hannah, wir haben Sie gesucht.«

Seine direkte Lüge stoppte ihre Attacke. Shandy vergrößerte seinen Vorsprung.

»Tim sagte gerade, wir bräuchten die Hilfe einer Frau in dieser schrecklichen Zeit. Ich nehme an, Sie haben von der, eh, Tragödie gehört?«

Mrs. Cadwall nickte, unsicher, was sie erwidern sollte. Auch Professor Ames nickte und war geistesgegenwärtig genug, das Reden Shandy zu überlassen.

»Vielleicht macht es Ihnen nichts aus, uns zum Speisesaal zu begleiten. Ich versuche, ihn dazu zu bringen, daß er etwas ißt«, fügte Shandy in verschwörerischem Flüsterton hinzu.

»Aber natürlich. Alles, was ich tun kann – solch eine fürchterliche – kann noch gar nicht fassen, daß sie – « Mrs. Cadwalls ernsthaftes Gestammel war ein willkommener Ersatz für die Vorwürfe, die sie zweifellos bereits parat hatte. Sie zeigte eine lästige Neigung, den erschütterten Witwer am Arm zu führen, aber das mußte man hinnehmen. Wenn er sie dazu bringen konnte, Ames als Opfer statt als Schurken und ihn selbst als wohlmeinenden Tollpatsch zu sehen, könnte die öffentliche Meinung noch zu ihren Gunsten umschwenken, denn Hannah war ein Klatschweib, und ihr Mann desgleichen. Shandy zog das Tremoloregister noch eine Raste weiter.

»Leider kann keines seiner Kinder bei ihm sein. Roy ist am Südpol, und Jemmy bekommt ein Baby, wie Sie sicherlich wissen. Sie ist so schrecklich verstört wegen ihrer Mutter, daß Tim ihr versprochen hat, nach der Beerdigung hinzufahren. Wirklich herzzerreißend, finden Sie nicht auch?«

Mrs. Cadwall pflichtete mit einem Schniefen bei. »Die arme Seele, was wird nur aus ihm werden. Jemima war so – so – «

»Das war sie wirklich. Es ist ein schmerzlicher Verlust für uns alle. Hannah, vor Ihnen, einer alten Freundin, gebe ich zu, daß ich starke Schuldgefühle wegen dieser garstigen Sache habe. Nach diesen, eh, kleinen Vorträgen, die Sie beide mir gehalten haben, habe ich versucht, eh, etwas gutzumachen, wie Sie wohl gemerkt haben. Sie können nicht behaupten, ich hätte es nicht wenigstens versucht.«

»Nein, versucht haben Sie es gewiß«, mußte Mrs. Cadwall zugestehen.

»Polizeichef Ottermole meint, daß Jemima im Begriff gewesene sein muß, meine Bemühungen zu, eh, modifizieren, als sie ausrutschte und stürzte. Ich werde mir nie verzeihen.« Der letzte Satz zumindest war kein Unsinn.

»Also, Peter, es hat keinen Sinn, daß Sie über etwas nachgrübeln, was nicht mehr zu ändern ist. Ich nehme an, es ist genausosehr meine Schuld wie Ihre. Ich habe Sie reichlich bedrängt, daß Sie dekorieren. Nächstes Jahr würde ich gerne – «

»Es ist genau dieser Moment, Hannah, in dem wir Sie am dringendsten brauchen. Meinen Sie, Sie könnten Jemima vielleicht als ihre, eh, engste Freundin und Vertraute einen letzten Gefallen erweisen?«

»Aber ja, alles, was Sie wollen!«

»Tim sagte gerade – Tim«, brüllte er dem Witwer ins Ohr, »warum fragen wir nicht Hannah wegen des Kleides?«

Ames, der von den Lippen abgelesen hatte, so gut er konnte, nahm das Stichwort auf.

»Goulson wollte wissen, worin er sie aufbaren soll. Versuchte mir ein Stück Unsinn aufzuschwätzen, das er da unten hat. Sah nicht nach ihrem Stil aus. Können Sie nicht aus ihren Sachen was raussuchen, was sie mochte, worin sie sich wohl fühlte?«

Die letzten Worte kamen freilich etwas wirr heraus, vielleicht weil sein Gebiß rutschte. Hannah nahm es für Erregung und war besiegt.

»Überlassen Sie das mir, Tim. Ich werde Harry dem Ghoul den Kopf zurechtrücken. Soll ich auch die Blumen bestellen? Der Florist ist sein Schwager, und sie ziehen Ihnen das Fell über die Ohren, wenn Sie nicht energisch werden.«

»Hannah, Sie sind eine echte Freundin. Tun Sie das – machen Sie es so, wie Sie glauben, daß Jemima es gewollt hätte, und schicken Sie mir die Rechnungen.«

Mrs. Cadwall schneuzte sich. »Peter«, schniefte sie, »achten Sie darauf, daß er etwas Anständiges ißt.«

Es gabe eine Menge Schulterklopfen und Händedrücken, bevor Mrs. Cadwall zu ihrem Liebesdienst eilte. Die Verabschiedung fand direkt vor der Mensa statt und wurde von einer befriedigenden Anzahl von Fakultätsmitgliedern beobachtet. Beinahe verdarb Ames die Vorstellung, als er bemerkte: »Mein Gott, Pete, du spielst auf ihr wie auf einer Geige«, aber glücklicherweise vergaß er, den Ton aufzudrehen. Shandy brachte ihn schnell hinein und bat die Kellnerin in angemessen gedämpftem Ton um einen Tisch in einer ruhigen Ecke.

Sie bekamen ihr Essen recht schnell. Die Studentin, die sie bediente, war flink und umsichtig. Die anderen Gäste, die herüberkamen, um ihr Beileid abzustatten, hielten sich nicht lange am Tisch auf. Es war nie einfach gewesen, mit Professor Ames zu plaudern, und das Thema war nicht erfreulich.

»Die Beerdigung?« beantwortete Tim die Frage zum sechsten Mal. »Morgen früh um zehn in der Collegekapelle. Ich will es nicht hinauszögern und der Lichterwoche einen Dämpfer aufsetzen. Das hätte Jemima nicht gefallen.«

Er seufzte und griff zur Dessertgabel. Der Frager verstand den Wink und ging.

Tim sah furchtbar müde aus, dachte Shandy. Das mußte eine schreckliche Anspannung für den tauben Mann sein, der so daran gewöhnt war, in seiner stummen Welt zu leben. Wahrscheinlich wäre das beste für ihn, ihn direkt nach Hause zu bringen. Für Shandy selbst konnte es keine Ruhepause geben. Unter anderem mußte er die Dysarts anrufen – nicht nur, weil er ihnen eine Erklärung schuldig war, sondern auch, weil er mehr über Jemimas letzte öffentliche Taten erfahren wollte.

Er zeichnete die Rechnung ab, hinterließ ein üppiges Trinkgeld, weil er meinte, daß er besser so viele Leute wie möglich auf seine Seite brächte, und geleitete seinen alten Freund den Hügel hinab. Keiner von beiden sprach viel, bis sie in dem Haus waren, das seine selige Herrin von außen so überschwenglich geschmückt hatte und das innen ein so abscheuliches Durcheinander bot.

»Macht es dir was aus, allein hier zu bleiben, Tim?«

»Warum zum Teufel sollte es? Ich nehme sowieso an, daß Hannah sehr bald kommt, um dieses Kleid zu holen. Ich habe vergessen, ihr einen Schlüssel zu geben.«

»Wo wir gerade von Schlüsseln reden: Ich habe mich gefragt, ob ihr einen Schlüssel für mein Haus hattet.«

»Ich will verdammt sein, wenn ich das weiß.« Ames blickte sich hilflos in dem überfüllten Raum um. »Wenn ja, ist er irgendwo vergraben. Sie hatte ihn jedenfalls nicht dabei. Sie hatte nicht mal einen Schlüssel für dieses Haus bei sich. Sie wußte, daß ich immer da war.«

»Dann frage ich mich, wie sie hereingekommen ist. Sie, oder wer auch immer sie gebracht hat. Ich konnte kein Anzeichen für ein gewaltsames Eindringen finden.«

»Vielleicht haben sie das Schloß geknackt.«

»Es soll von der einbruchssicheren Sorte sein. Man muß beim Kommen und beim Gehen den Schlüssel benutzen. Tim, das ist noch ein Fehler! Ich mußte meinen eigenen Schlüssel nehmen, um hineinzukommen. Wenn sie keinen Schlüssel dabei hatte, wie zum Teufel sind die Türen dann abgeschlossen worden? Ich glaube, wir müssen zurück und versuchen, Ottermole ein bißchen Verstand einzubleuen.«

»Unmöglich, Pete, glaub es mir. Er wird behaupten, daß die Tür offen war und du es nicht gemerkt hast oder daß der Schlüssel da war und du ihn versteckt hast oder irgendeinen anderen blühenden Unsinn. Er will keinen Mord während der Großen Lichterwoche, und er wird keinen bekommen und damit basta. Oh Himmel, Pete, ich werde nicht fertig damit.«

»In Ordnung, Tim. Du konzentrierst dich darauf, die Beerdigung zu überstehen und drüben bei Jemmy zu sein. Ich werde nichts tun, was du nicht willst.«

»In diesem Stadium wüßte ich nicht, was ich will, außer ein paar Stunden Schlaf. Ich werde dich nicht bitten, dich darauf einzulassen. Du bist Wissenschaftler. Wenn dir eine Pflanze eingeht, hältst du es für einen Teil deiner Arbeit, herauszufinden warum. Wenn jemand in deinem Haus getötet wird, muß dasselbe Prinzip gelten, nehme ich an. Ich habe immer mit dir zusammengearbeitet, so gut ich konnte, und ich mache jetzt keinen Rückzieher, insbesondere, wenn es meine eigene Frau ist, die tot ist. Ich frage nur, wieviel du damit zu erreichen hoffst, wenn du einen Skandal machst. Du bist bereits in Ungnade gefallen, weil du versucht hast, die Lichterwoche zu sabotieren. Du weißt verdammt gut, daß es das ist, was du vorhattest, und das weiß auch jeder andere hier, der kein kompletter Idiot ist, trotz deiner prima Beinarbeit eben mit Hannah Cadwall. Werden sie nicht denken, das sei einfach ein neuer Plan, um Ärger zu machen, weil dein erster geplatzt ist?«

Shandy zuckte mit den Schultern. »Du hast mich noch nie schlecht beraten, Tim. Ich werde warten, bis ich etwas Greifbares vorzeigen kann. Eh – du planst nicht zufällig eine Feuerbestattung, oder?«

»Nein, wir habe eine Familiengruft oben bei Groton. Ich lasse sie dort beisetzen, sobald man die Erde aufgraben kann. Inzwischen werden sie sie in so einer verdammten Gefriergruft aufbewahren, die sie irgendwo haben. So daß wir die nächsten paar Monate an die Leiche können, ohne eine Exhumierung beantragen zu müssen. War es das, woran du gedacht hast?«

»Eh – ja. Obwohl die Todesursache klar genug zu sein scheint. Tim, ich kann diese gräßliche Geschichte nicht so einfach vor meiner Haustür liegenlassen. Es schadet doch sicher nichts, im Stillen herumzuschnüffeln?«

»Es könnte eine Menge schaden, wenn die falsche Person Wind davon bekommt, worauf du aus bist. Du weißt selber, daß die Geflügelzuchtstudenten immer zimperlich sind, wenn sie ihr erstes Huhn töten, aber danach geht es ihnen leicht von der Hand.«

»Für jemanden, der nicht viel redet, hast du ein ansehnliches Talent für Worte, alter Freund. Ich werde versuchen, nicht in der Suppe zu landen.« Shandy legte seinen Schal wieder um. »Florence Nightingale ist im Begriff, an deiner Tür zu klingeln. Ich überlasse dich ihr.«

»Danke, Alter. Begleitest du mich zur Beisetzung? Ich sollte früh da sein, damit die Leute über mich weinen können.«

»Ich hol dich um viertel nach neun ab.«

Shandy öffnete Hannah Cadwall die Tür, drückte ihr die Hand, wurde mit einem wäßrigen Lächeln belohnt und trat hinaus, um sich abermals den Fluten der Heiterkeit entgegenzustemmen. Er hatte keine Skrupel, seinen Freund mit Hannah alleinzulassen, denn sein Hörgerät konnte Tim jederzeit abstellen.

Diese Bemerkung von Tim über die Hühner war peinlich scharfsinnig. Er selbst hatte nicht an die Möglichkeit gedacht. Es schien eine Menge Dinge zu geben, an die er nicht gedacht hatte. Aber zumindest hielt er sich für sicher genug, um sich bei den Dysarts zu entschuldigen.

»Vorsicht, Professor!«

Da war dieses verfluchte Mädchen wieder und bugsierte irgendeinen armen Kreischer auf ihrem vermaledeiten Schlitten über die vereisten Spuren.

»Selber Vorsicht, junge Frau«, schnappte er. »Ihr sollt die Schlitten von den Gehwegen halten.«

Sie flitzte mit provozierendem Hinterngewackel vorbei, bevor er die Worte herausbrachte. Eine andere falsche Wichtelin, anonym hinter ihrer Strickmaske, gellte aus einem der Lebkuchenhäuschen: »Seien Sie kein Spielverderber, Professor. Wie wäre es mit einem heißen Apfelwein, um dieses kalte, kalte Herz aufzutauen?«

»Ich habe gerade gegessen, danke sehr«, erwiderte er mit dem Rest von Würde, der ihm geblieben war. »Ich nehme aber ein Paket von diesen, eh, Kokos-Kuhfladen.«

Die Dysarts standen sehr auf Schnickschnack.

»Sie werden es nicht bereuen«, versicherte ihm die Studentin, nahm eine Fünf-Dollar-Note entgegen und gab ihm eine schockierend geringe Menge Kleingeld zurück.

»Ich bereue es schon«, versetzte der Professor und starrte betrübt auf das Häufchen in seinem Handschuh. »Aber ich habe nicht vor, sie selbst zu essen, so daß mir das Schlimmste erspart bleibt. Eh – wo wir gerade vom Überleben sprechen: Können Sie mir sagen, wie diese, eh, blonde Granate heißt, die ständig versucht, mich mit ihrem Schlitten zu überfahren? Ich frage mich, ob sie das aus persönlicher Animosität oder aus Kurzsichtigkeit tut.«

Die Wichtelin starrte ihn aus garngesäumten Sehlöchern an. »Sie meinen, Sie kennen Heidi Hayhoe nicht?«

»Offenbar nicht. Gibt es einen Grund, warum ich sie kennen sollte?«

Während die Wichtelfrau noch nach Worten rang, wurde ihr Stand plötzlich von einer Horde Leute überfallen, die wild darauf waren, kaltes Bargeld gegen warmen Apfelwein einzutauschen. Shandy schnappte sich seine Tüte Fladen und kämpfte sich frei.

Die Dysarts wohnten im letzten und größten Haus auf dem Crescent. Eigentlich lag es zur Shropshire Avenue hinaus, der Straße, die sich vom College bis zur Hauptstraße von Balaclava Junction hinabschlängelte. Aber der Crescent zählte das hübsche schindelgedeckte Bruchsteinanwesen zu seinem Bereich, weil es der Nachbarschaft zum Vorteil gereichte. Das taten, wie die meisten Leute meinten, die Dysarts auch.

Sie waren das einzige Paar der Fakultät, das so verrückte Dinge anstellte, wie zum Mardi Gras nach New Orleans hinunterzujetten oder zum Oktoberfest nach Milwaukee. Sie waren die einzigen Leute in der Stadt, die einen Porsche besaßen, und gehörten zu den wenigen, die wußten, wie man das ausspricht. Außerdem besaßen sie einen verbeulten Volkswagen.

Niemand brauchte zwei Autos in einem Dorf, in dem alles zu Fuß erreichbar war, aber das gehörte zur Aura der Dysarts. Adele bestand darauf, den VW etwa einmal im Monat zum Supermarkt zu kutschieren. Das betagte Vehikel brach fast jedes zweite Mal auf dem Parkplatz zusammen und gab ihr Gelegenheit zu demonstrieren, daß sie genauso eine gehetzte Hausfrau war wie alle anderen. Adele war diejenige mit dem Geld.

Außerdem hatte sie eine Menge Zähne. Professor Shandy wunderte sich stets über die Zähne von Adele Dysart, aber niemals mehr als jetzt, da er ihr seinen Sack bukolischer Köstlichkeiten übergab und seine Entschuldigung stammelte, daß er ihre Weihnachtsparty geschnitten hatte, ohne Bescheid zu geben.

»Ich wurde, eh, unerwartet aus der Stadt gerufen.«

»Das hörten wir, nur haben wir es ein bißchen anders gehört. Hallöchen, Pete.«

Bob Dysart schlingerte vorwärts. Bob schlingerte immer. Nun, da Shandy in der Lage war, zu vergleichen, erinnerte er ihn an die *Singapore Susie*.

»Nimm einen Drink, und erzähl uns alles darüber.«

»Es, eh, gibt nicht viel zu erzählen. Danke, gerne. Einen kleinen Scotch und Wasser, wenn es nichts ausmacht. Etwa halb so viel wie das, was du bei einer älteren Dame mit leicht angegriffener Gesundheit für ein vernünftiges Quantum halten würdest.«

Bob verteilte Schnaps wie alles andere: in großem Stil. Shandy wollte sein Register gesellschaftlicher Schnitzer nicht dadurch komplettieren, daß er sich halb besäuselt den Crescent hinaufkämpfen mußte. Er bahnte sich einen Weg durch die Möbelsammlung der Dysarts, mied den Kamelhocker und den Stuhl aus Büffelhorn und ließ sich auf einem Rattanthron mit einer Lehne wie ein Pfauenrad nieder. Man saß nicht allzu schlecht, und er mußte nicht auf das blicken, was hinter ihm war.

»Wie schmeckt's?«

Sein Gastgeber drückte ihm ein Glas mit einem großen orangen »D« darauf in die Hand. Shandy kostete die Mixtur aufmerksam und beschloß, das Eis ein bißchen schmelzen zu lassen.

»Gut, Bob. Ich nehme an, ihr habt von den, eh, schrecklichen Neuigkeiten gehört?«

»Wir haben gehört, daß Jemima gestürzt ist und sich die Birne aufgeknackst hat.« Bob hielt sich etwas darauf zugute, das Kind bei einem möglichst vulgären Namen zu nennen. »Ob das schrecklich ist, darüber habe ich noch nicht nachgedacht.«

»Achte nicht auf ihn, Peter«, sagte Adele. »Er ist in einer seiner Oscar-Wilde-Launen. Ich selbst halte es für ganz gräßlich. Die arme Jemima war so eine vitale Persönlichkeit.«

»Das kommt darauf an, wie du vital definierst«, lenkte ihr Mann ab. »Immer in Bewegung und nirgendwohin kommen, aber viel Lärm darum machen wie eine Stimmgabel? Wenn du das meinst, bin ich völlig deiner Meinung.«

»Das ist nicht schlecht, Schatz. Vielleicht schreibst du es besser auf. Bring mir auf dem Rückweg einen Bourbon mit.«

»Du hast schon einen Bourbon gehabt.«

»Ich hatte zwei, aber was gibt's da zu zählen. Sag, Peter, war sie ganz blutig und entsetzlich?«

»Nein, nichts dergleichen. Sie, eh, lag einfach da.«

»Oh.«

Adele bemühte sich, nicht enttäuscht auszusehen. »Hannah erzählte mir, sie ist von einer Leiter oder so etwas gefallen, als sie versuchte, deine phantastischen Nikoläuse abzuhängen. Ich weiß, daß sie sagte, sie würde das tun.«

»Das sagte sie? Das habe ich nicht gewußt.«

»Das hättest du aber, du böser Bube, wenn du nicht meine Party geschwänzt hättest. Wie heißt sie?«

»Wer – sie?«

»Die, mit der du Weihnachten verbracht hast. Warum sonst hättest du mich versetzen sollen?«

Shandy fühlte sich von einem weiteren jener höllischen Impulse gepackt.

»Eh, sie heißt Susie. Strengstens vertraulich, natürlich.«

»Ich werde kein Sterbenswörtchen sagen«, meinte Adele mit einer Ernsthaftigkeit, die niemanden täuschte. »Wie ist sie?«

»Nun, eh, sie mag Wasser sehr gerne. Du sagst, Jemima hätte versucht, meine Nikoläuse abzuhängen. Ich hielt sie selbst für ziemlich bunt.«

»Das sind sie, und noch einiges mehr«, grölte Bob. »Komm, Pete, uns kannst du nichts vormachen. Alle wissen, was du im Schilde geführt hast.«

»Wie traurig. Ich hoffte, es würde mir gelingen, euch vom Gegenteil, eh, zu überzeugen.«

»Vergiß es, Alter. Die Stimmung war ziemlich geladen bei der Party. Nicht geladener als die Gäste allerdings, muß ich zugeben.«

»Du weißt, was passiert, wenn Bob den Punsch macht«, sagte Adele. »Ich bin nicht sicher, ob es diesmal der Kirschlikör oder der Tequila war.«

»Zu schade, daß ich es verpaßt habe«, sagte Shandy, unfähig, ein Schaudern zu unterdrücken. »Dann war Jemima also ein bißchen neben sich, sozusagen?«

»Nicht schlimmer als alle andern«, setzte Adele an, aber ihr Mann unterbrach sie.

»Hat keinen Sinn, was zu beschönigen, Dell, Peter weiß Bescheid, nehme ich an. Jemima war besoffen wie ein Kutscher. Erinnerst du dich nicht, wie wir alle am Fenster standen und ihr zusahen, wie sie den Weg hinabtorkelte und dieses scharlachrote Cape hinter ihr herflatterte? Herrje, wir haben uns krank gelacht.«

»Na, tu es nicht nochmal«, sagte seine Frau. »Peter, du würdest nicht glauben, mit was für einem Tohuwabohu ich am nächsten Morgen fertig werden mußte. Das nächste Mal, wenn du eine deiner Zeitbomben in den Punsch schmeißt, machst du das Bad sauber, Schätzchen.«

»Ist sie nicht süß, Pete? Wie ist der Drink? Fertig für die Dividende?«

»Nein danke. Ich arbeite noch am, eh, Stammkapital. Ich möchte bloß wissen, ob ihr eine Ahnung habt, wer sie hineingelassen hat?«

»Wer weiß das noch?« erwiderte Adele. »Entweder Bob oder ich, nehme ich an, oder sie ist einfach hereingeplatzt, ohne zu klingeln. Das pflegte sie immer zu tun.«

»Ich meinte: in mein Haus«, erläuterte Shandy. »Dort kann sie nicht hereingeplatzt sein, weil ich sorgfältig abgeschlossen habe, bevor ich ging.«

Dysart zuckte mit den Achseln. »Sie muß einen Schlüssel gefunden haben. Adele und ich lassen sie immer bei den Nachbarn, wenn wir verreisen, und das tun auch alle anderen. Wahrscheinlich hast du ihr irgendwann selber einen gegeben.«

»Ich bin ziemlich sicher, daß ich das nicht getan habe. Jemima war nicht besonders zuverlässig. Außerdem kümmert sich im allgemeinen Mrs. Lomax um das Haus, wenn ich weg bin.«

»Diesmal aber nicht.«

»Nein, aber – «

»Verdammt, Pete, es hat keinen Sinn, aus so einer Kleinigkeit ein Problem zu machen. Du hast ihn vor so langer Zeit irgend jemandem weitergegeben, daß du es vergessen hast, das ist alles. Was ist mit den Feldsters? Das wäre am logischsten, wo sie deine nächsten Nachbarn sind.«

Shandy war nicht dieser Meinung. Mirelle Feldster versuchte seit fünfzehn Jahren, den armen, einsamen Peter Shandy unter ihre mütterlichen Fittiche zu nehmen. Er konnte nicht glauben, daß er dumm genug gewesen wäre, ihr einen Schlüssel für sein Haus zu geben und ihn nicht zurückzufordern. Es gab allerdings immer noch die Möglichkeit, daß sie es geschafft hatte, ihn irgendwie zu ergattern.

»Waren sie auf der Party?«

»Sicher. Alle außer dir und den Cadwalls natürlich waren da. Ich wette einen Nickel, daß entweder Mirelle oder Jim Jemima den Schlüssel gegeben haben. Du kannst dir vorstellen, was sie von deinem netten Streich halten, wo acht Plastikrentiere genau in ihr Schlafzimmerfenster glotzen. Muß den alten Jim direkt aus dem Takt bringen.«

»Wenn du mich fragst, macht der schon lange keine Musik mehr«, warf Adele ein, aber Shandy achtete nicht darauf.

»Aber ihr erinnert euch nicht explizit, daß jemand einen Schlüssel erwähnt hat?«

»Zur Hölle, von halb neun an erinnere ich mich an gar nichts mehr mit besonderer Klarheit«, sagte Dysart.

»Darauf prost«, sagte seine Frau.

»Darauf und was immer dir sonst noch einfällt. Du hast selbst nichts mehr gemerkt, Schätzchen.«

Shandy wollte sie nicht abschweifen lassen. »Aber erinnerst du dich, wann Jemima gegangen ist, Bob? Wer hat sie hinausgelassen?«

»Du meinst, die Tür aufgehalten und Bye-bye gewinkt? Ich nicht. Ich glaube, ich ging mit ihr nach oben und holte ihre Decke und ihren Kriegsschmuck, weil ich ins Bad mußte und das unten besetzt war. Ich nehme an, sie ist dann allein runtergekommen, während ich Pipi machte.«

»Und ich weiß, daß ich es auch nicht war«, sagte Adele. »Im Gegensatz zu dem, was mein Göttergatte dir erzählen will, war ich stocknüchtern. Ich würde vor dieser Meute nicht wagen, irgendwas anderes zu sein. Ich konnte nicht mit Jemima zur Tür gehen, weil ich etwas im Ofen hatte. Sie war ein paar Minuten zuvor zu mir gekommen und sagte, sie müßte gehen, und ich sagte, sie könne nicht gehen, weil sie noch keine von meinen Kalmarpastetchen probiert hatte.«

»Deinen was?«

»Kalmarpastetchen. Ein griechisches Rezept. Sie müssen auf die Minute genau gebacken werden. Ich rannte raus, um eine Ladung in den Grill zu schieben, und das nächste, was ich weiß, ist, wie Bob johlte: ›He, ihr alle, werft mal einen Blick auf den Berg, der zum Propheten geht.‹ Also schaute ich aus dem Fenster, und da schwankte Jemima den Weg zum Trampelpfad hinab. Ich muß sagen, daß ich ein bißchen sauer war, wo ich mir extra wegen ihr so viel Mühe gemacht hatte.«

»Weißt du zufällig genau, wann das war?«

»Ja, weiß ich, weil ich auf die Pastetchen aufpaßte. Ich mußte sie um genau neun Uhr neunundzwanzig herausnehmen. Komisch, wie einem solche Sachen im Kopf bleiben.«

»Das stimmt«, sagte Bob. »Das Glockenspiel fing zu läuten an, während wir noch am Fenster standen und uns die bedröhnten Köpfe schieflachten. Gott, war das komisch.«

»Mach dich nicht lächerlich, Darling«, flötete seine Frau. »Die anderen haben deinen schlechten Witz nur mitgemacht, weil du den Schnaps bezahlst, was du selbstverständlich nicht tust. Ich hoffe, du glaubst nicht allen Ernstes, du kannst hier jemandem vormachen, daß du bei uns die Rechnungen bezahlst.«

Das Gespräch war dahin gelangt, wo das Geplänkel der Dysarts früher oder später stets anlangte. Shandy stellte sein noch fast volles Glas ab und erhob sich.

»Ich fürchte, ich muß gehen. Ich habe Tim versprochen, ein paar Anrufe für ihn zu erledigen. Die Beisetzung ist morgen früh um zehn in der Kapelle, wißt ihr. Ihr kommt doch hoffentlich auch?«

»So bald?« schrillte Adele. »Ich habe noch nichts wegen der Blumen arrangiert. Gott, ich frage mich, ob Harry der Ghoul ans Geschäftstelefon geht? Vielleicht kann er den Floristen wekken oder so was. Es mußte aber auch genau am Sonntag sein! Warum hast du nicht früher Bescheid gesagt?«

»Reg dich ab, Dell«, sagte ihr Mann. »Sie werden da sein. Diese Kerle verpassen nie eine Chance, Dollars zu machen. Du kannst mit uns rechnen, Pete. Adele hat einen neuen schwarzen Nerzmantel, den ihr der Weihnachtsmann gebracht hat, und es juckt sie, ihn vorzuführen. Ich glaube, du findest die Tür?«

»Das nehme ich wohl an. Danke für den Drink.«

»Danke für die Kuhfladen. Bis morgen.«

Siebentes Kapitel

Nachdenklich spazierte Shandy den Weg zum Trampelpfad hinab. Das war der Weg, den Jemima gekommen war. So mußte es sein. Jemima war eine große Freundin von Abkürzungen gewesen. Er versuchte, sie sich vorzustellen, wie Dysart sie beschrieben hatte: eine gewaltige, torkelnde Masse aus flatternder roter Wolle.

Es ging nicht auf. Der Pfad war ordentlich freigeschaufelt, weil Adele ein Talent hatte, männliche Studenten dazu zu kriegen, Kleinigkeiten rund ums Haus zu erledigen, obwohl sie mit ihren Anliegen verschwiegen sein mußte, da Mrs. Svenson bezüglich der Beziehungen zwischen Studenten und Fakultät einen hohen Standard gesetzt hatte. Und trotzdem hatte der Schaufler sich nicht dazu hinreißen lassen, breiter zu graben, als er mußte. Es war einfach kein Platz für eine große Frau zum Torkeln und Flattern, ohne den aufgehäuften Schnee zu beiden Seiten herunterzufegen, und Shandy konnte keine Stelle finden, wo der glatte Wall beschädigt war.

Sie konnte nicht so weit hinüber gewesen sein, wie Bob angedeutet hatte. Das hieß nichts besonderes. Es war typisch für den Assistenzprofessor für Elektrotechnik, den Anschein zu erwekken, als wären seine Parties die reinsten Orgien. Tatsächlich waren sie alles in allem, selbst nach Mrs. Svensons Prinzipien und dem Temperament des Präsidenten, eher ziemlich gesittete Angelegenheiten.

Jedenfalls hatte Jemima die Dysarts tatsächlich aus eigener Kraft um kurz vor halb zehn verlassen – mit der geschworenen Absicht, Shandys Haus zu verwüsten. Er hätte fragen sollen, ob jemand mit ihr gegangen war, hielt es aber für unwahrscheinlich. Grimble hätte es erwähnt, und Bob hätte keine Gelegenheit versäumt, einen zweiten Zecher in seine Geschichte hineinzuziehen.

Wenn der Mörder außerdem ein Partygast war, mußte er oder sie sicherlich Verstand genug gehabt haben, ausreichend lange zu bleiben, um allen Verdacht auszuräumen. Jemima hätte beträchtliche Zeit gebraucht, die Tür aufzuschließen und sich einen Weg durch die verschiedenen Zimmer zu bahnen, und es hätte nicht länger als drei Minuten oder so gebraucht, hinter ihr her zum Backsteinhaus zu kommen und dabei die Menge als Schutz zu benutzen. Man hätte nur zu sagen brauchen: »Ich bin gekommen, um dir zu helfen«, warten müssen, bis sie sich umdrehte, sie niederschlagen, dann die Szene stellen und weggehen. Jemand, der von Tequila und Kirschlikör beschwingt war, hätte es vielleicht für schlau gehalten, die Murmeln zu verstreuen, aber vergessen, einen verräterischen Schlüssel bei der Leiche zu hinterlassen.

Und doch konnte Shandy sich nicht vorstellen, wie es jemand hätte schaffen können, mit diesem überdimensionalen Körper bei hochgezogenen Rollos und Touristen, die an den Scheiben klebten, durch sein Wohnzimmer turnte, oder warum es jemand hätte versuchen wollen. Es wäre so viel leichter gewesen, sie gleich hier im Gebüsch zu töten.

Sein Weg führte direkt zu einer riesigen Hecke zwischen den Dysarts und dem Haus, das tatsächlich das erste auf dem Crescent war. Der alte Dr. Enderble hatte die Büsche nie trimmen wollen, weil hier viele Vögel und Kleintiere nisteten und brüteten, und so waren die Büsche im Laufe vieler Jahre zu einem dichten Gestrüpp zusammengewachsen. Ab und zu schlich sich Mrs. Enderble mit ihrer Nähschere in der Schürzentasche hinaus und knipste ein paar wirklich lästige Zweige ab. Als die Dysarts vor ein paar Jahren das Nachbargrundstück gekauft hatten, hatte Bob ungeachtet der nachbarlichen Proteste wilde Attacken gegen die wuchernden Büsche geführt. Dann fand er heraus, daß die Enderbles von allen aus der Stadt verehrt wurden, und erklärte, daß er nur totes Holz herausgeschnitten hätte, um den neuen Wuchs zu beschleunigen. Das hatte er bestimmt getan. Man hätte keine Mühe, eine Leiche in diesem Dickicht zu verstecken, dachte Shandy.

Vielleicht wäre es aber doch nicht so leicht gewesen, wenn man gewollt hätte, daß die Leiche nicht sofort gefunden würde. Nicht wenige Partygäste mußten diesen Trampelpfad beim Kommen und Gehen benutzt haben. Das hatten wahrscheinlich auch einige der Touristen und vielleicht sogar einer oder zwei dieser aufdringlichen Wichtel, obwohl sie gehalten waren, sich von Privatgrundstücken fernzuhalten. Es wurde nie völlig dunkel, nicht einmal hier, wo der weiße Schnee hunderte und aberhunderte bunter Lichter vom ganzen Crescent reflektierte. Jedenfalls hätte John Enderble nicht umhingekonnt, diesen grellroten Umhang zu bemerken, als er im Morgengrauen herauskam, um nach seinen Vogelringen zu schauen.

Wie hätte man hier draußen außerdem einen plausiblen Unfall vortäuschen können? Es gab keinen großen Stein oder Baumstumpf oder Zaunpfahl am Pfad, an dem sie sich scheinbar hätte den Kopf einschlagen können. Man hätte sie nicht ins Gebüsch schleifen können, ohne eine Spur zu hinterlassen, und die Show wäre geplatzt.

Shandy konnte immer noch nicht sagen, ob jemand Jemima im Affekt erschlagen und dann die Szenerie arrangiert hatte, aber er neigte mehr und mehr zu der Ansicht, daß das Verbrechen im voraus geplant gewesen war. Aber warum Jemima Ames töten? Natürlich mußte jeder in Balaclava Junction, bis vielleicht auf Mary Enderble, die Vorstellung ab und zu gehegt haben, aber war es wirklich möglich, lange genug wütend auf die Frau zu bleiben, um sie umzubringen? Ihre Methoden konnten jeden zur Verzweiflung treiben, aber ihre Motive waren immer die besten. Selbst die Lichterwoche war eine wertvolle Sache, wie der Professor sich immer wieder klarmachen mußte. Die Agonie war bald vorbei, aber das Geld, das sie einbrachte, würde noch monatelang Gutes bewirken.

Nun, hier gab es ein Motiv zu bedenken. Hatte Jemima herausgefunden, daß jemand sich zu mehr als einem gerechten Anteil am Ergebnis der Lichterwoche verhalf? Die Organisation war angeblich recht narrensicher, aber mit so vielen Leuten bei so einer unkontrollierbaren Geschichte mußte es Schlupflöcher geben. Ben Cadwall als Finanzchef hätte es gewußt. Hannah Cadwall ohne Zweifel desgleichen, und Hannah war Jemimas Busenfreundin. Konnte jemand von ihnen eine Unterschlagung aufgedeckt und den anderen nichts davon gesagt haben?

Das hing davon ab, wer da unterschlug. Wenn es zufällig die Frau des Finanzchefs war, hätte die Freundschaft Jemima nicht abgehalten, sie aus Prinzip in Stücke zu reißen. Es war Jemima gewesen, wie alle außer Tim selbst wußten, die es Ottermole gesteckt hatte, daß die nachlassende Sehkraft ihres Mannes ihn unfähig gemacht hatte, noch zu fahren, ohne Rücksicht darauf, daß das Auto neben der Arbeit eines der wenigen Vergnügen von Ames war. Wenn sie Tim das angetan hatte, hätte sie jedem anderen alles angetan.

Es wäre interessant zu erfahren, wo Hannah Cadwall am Abend des 22. Dezembers um halb zehn war. Bob hatte gesagt, sie und Ben wären nicht auf der Party gewesen, und Shandy hätte es auch nicht von ihnen erwartet. Der Finanzchef schätzte die Art nicht, wie Professor Dysart mit dem Geld seiner Frau um sich warf.

Natürlich gingen die persönlichen Finanzen der Dysarts den Finanzchef nichts an. Eine Menge Dinge, in die Ben seine Nase steckte, gingen ihn nichts an, aber diese Tatsache hielt ihn nie davon ab, etwas wissen zu wollen oder irgend einen Text zu predigen, den er für passend hielt. Die Leute hörten Cadwall zu, weil er in einer Position war, die es gefährlich machte, ihn zu ignorieren, aber diese Manier, sich heiliger zu gebärden als der Papst, hatte ihn bei Nachbarn und Kollegen nicht beliebt gemacht.

War es wirklich möglich, so rechtschaffen zu sein, wie Ben Cadwall tat? Wenn er es war, wie konnte irgendeine Frau soviel Respektabilität ertragen, ohne daß schließlich etwas in ihr zerbrach? Shandy war nicht bereit zu glauben, daß Hannah sich in ein Verbrecherleben gestürzt hatte, nur um ihrem Mann eins auszuwischen, aber er fragte sich, ob sie sich nicht vielleicht einen privaten Notgroschen beiseite geschafft hatte, um sich demnächst selbständig zu machen.

Was den Mord an Jemima betraf, hatte Hannah mit Sicherheit die beste Gelegenheit gehabt. Es war unmöglich, daß Jemima Ames nicht vor ihrer besten Freundin geprahlt hatte, sie würde hinübergehen und Shandys Dekorationen abreißen, wie sie es vor den Dysarts getan hatte. Vielleicht hatten sie es sogar gemeinsam geplant – Mrs. Cadwall mit dem Auftrag, einen Schlüssel zu besorgen, während Mrs. Ames ihren Auftritt bei den Dysarts hatte.

Es würde durchaus zum Charakter der Cadwalls passen, einen eigenen Satz Schlüssel zu allen Häusern auf dem Crescent zu besitzen. Obwohl diese den Leuten gehörten, die darin wohnten, gehörte der Grund, auf dem sie standen, dem College, und sie konnten nur an andere Fakultätsangehörige oder Collegepersonal weiterverkauft werden. Das und die Tatsache, daß sie alle ihren Strom aus dem Kraftwerk des College bezogen, war Grund genug für den Erlaß Svensons gewesen, daß jeder Hausbesitzer einen Schlüssel beim Wachbüro zu hinterlegen hatte. Es war kein Problem für Grimble, Duplikate herzustellen, und er würde es tun, wenn Cadwall ihn darum bäte. Grimble würde nicht dem Mann widersprechen, der seine Gehaltsschecks unterschrieb.

Für Shandys Geschmack war Grimble wirklich allzu kooperativ. Er war ziemlich sicher, daß der Schlüssel, mit dem Jemima hereingekommen war, direkt oder indirekt vom Wachdienstchef stammen mußte. Die einzige Alternative war Mrs. Lomax, und sie war nicht nur treu wie Gold, sondern auch nicht in der Stadt. Außerdem schwatzte sie. Der Professor hatte eine Ahnung, daß Grimble, angemessen entschädigt, nicht schwatzen würde.

Es war allerdings nicht fair, solch ein Urteil zu fällen, ohne zuvor das Büro zu überprüfen und herauszufinden, ob es möglich war, einfach einen Schlüssel zu stehlen. Es gab eine Menge Dinge, die herausgefunden werden mußten. Er würde morgen anfangen. Jetzt im Moment fühlte er sich gräßlich müde. War es dieser tödliche Drink bei den Dysarts oder die Tatsache, daß er sechsundfünfzig war?

Warum mußte er auf einmal immer über sein Alter nachgrübeln? Er und Jemima waren im selben Jahr geboren. Jemmy hatte eine gemeinsame Geburtstagsparty für ihn und ihre Mutter organisiert, als sie noch zu Hause wohnte. Die Einladung hatte ihn gefreut, obwohl er eine Papierkrone tragen und eine Menge Kerzen auspusten mußte, die sich immer wieder von selbst entzündeten. Jemmy hatte eine bedauerliche Vorliebe für Streiche. Ihr Baby würde wahrscheinlich mit einer Pappnase und Plastikvampirzähnen auf die Welt kommen. Shandy war froh, daß Tim bei ihr war, wenn es passierte. Der arme alte Vogel brauchte etwas, was ihn aufheiterte.

Tim zum Flughafen zu schaffen war eine weitere Pflicht auf seiner Liste. Beide Dysarts würden Ames ohne Zweifel gern im Porsche hinbringen, aber sie fuhren wie die Teufel und rauchten wie die Schlote. Tim würde ein keuchendes Wrack sein, wenn sie ankämen. Er war nicht in guter Verfassung. Shandy würde bei der Garage unten in der Stadt einen Wagen leihen und seinem alten Freund die Reise so komfortabel wie möglich machen. Das war das mindeste, was er tun konnte, nach dem, was er angestellt hatte.

Aber potz Hölle und Verdammnis, was hatte er denn tatsächlich getan? Das war die Crux und wahrscheinlich der Kern der ganzen Situation. Hatte seine mißgeborene Laune diese Greueltat heraufbeschworen oder nur ein bequemes Mäntelchen für etwas geboten, was ohnehin passiert wäre?

Shandy fand wenig Zeit zum Nachdenken. Er war kaum im Backsteinhaus und zog einen Moment der dringend erforderlichen Entspannung mit Robert W. Service in Erwägung, als die Haustür sich leicht nach innen wölbte. Nur ein Mensch konnte so anklopfen. Jetzt wußte er, wie Rom sich fühlte, als die Goten kamen. »Herein, Herr Präsident«, sagte er.

Die Aufforderung war überflüssig. Präsident Svenson war schon drinnen und füllte die kleine Diele von einer Wand bis zur anderen und vom Boden bis zur Decke. Kein Raum schien je groß genug, um Thorkjeld Svenson zu beherbergen. Mit einem Pullover und einer Mütze aus ungefärbter grauer Schafswolle, die ihm seine Frau Sieglinde – wahrscheinlich mit Hilfe der Nornen – gestrickt hatte, sah er aus wie ein Berg, der von seinem felsigen Bett aufgestanden war. »Shandy, was haben Sie vor?«

»Das frage ich mich selber.« Bei Svenson hatte es keinen Sinn, herumzureden. »Wollen Sie sich nicht setzen?«

»Nein. Grimble sagte mir, daß Sie Mrs. Ames umgebracht haben.«

»Tut er das jetzt? Ich frage mich warum.«

»Weil er ein Eselsarsch ist, nehme ich an«, erwiderte der Präsident nachdenklich. »Was ist passiert?«

»Sie ist angeblich auf dem Heimweg von Dysarts Weihnachtsparty hier eingebrochen, um meine, eh, Dekoration zu entfernen, und dabei tödlich gestürzt.«

»Wieso angeblich?«

»Ich glaube, es hat sie jemand ermordet.«

»Warum?«

»Wenn Sie meinen, warum sie getötet wurde, weiß ich es nicht. Wenn Sie meinen, warum ich das glaube, so habe ich gute Gründe dafür.«

Shandy berichtete von den verstreuten Murmeln, der überflüssigen Leiter und dem Schlüssel, der bei der Leiche hätte sein sollen, es aber nicht war. Svenson kaute eine Weile daran.

»Die Polizei hat nichts bemerkt?«

»Die wollten nichts bemerken. Grimble und Ottermole fürchten sich auf den Tod, Sie aufzuregen.«

»Da tun sie verdammt gut dran. Sie haben es Ames gesagt?«

»Ja. Er ist derselben Meinung, insbesondere wegen der Trittleiter. Er sagt, seine Frau wäre eher aufs Sofa gestiegen.«

»Urgh.«

Der Präsident dachte noch ein wenig nach.

»Meine Frau klettert nie auf Sofas«, verkündete er schließlich.

Shandy fragte sich, welches Sofa sie wohl tragen könnte, hielt es aber für klüger, nicht danach zu fragen. »Mrs. Svenson ist eine sehr würdevolle Dame.«

»Ja, und sie verprügelt mich mit der Bratpfanne, wenn ich nicht rechtzeitig zum Mittagessen da bin. Mrs. Svenson wird das nicht gefallen, Shandy. Mir gefällt es auch nicht.«

Seine Stimme schwoll zu einem Sturm an. »Verdammt noch mal, Shandy, Sie haben schon versucht, die Große Lichterwoche zu sabotieren. Wenn Sie das College in einen öffentlichen Skandal wegen Jemima Ames verwickeln, werde ich Ihnen persönlich einen Balaclava-Protz in die Kehle rammen, daß er am anderen Ende wieder raus kommt.«

Professor Shandy mußte sich auf Zehenspitzen stellen und zurücklehnen, um seinem Vorgesetzten in die Augen zu blicken, aber er schaffte es.

»Was mich betrifft«, donnerte er zurück, »können Sie den Balaclava-Protz nehmen und darauf hocken bleiben, bis Sie beide verrotten. In meinem Haus ist ein Mord geschehen, und ich werde das nicht auf sich beruhen lassen. Wenn Sie Ihr Gehirn nicht im Hintern trügen, wäre Ihnen klar, daß Sie sich das auch nicht leisten können. Hat Ihre Großmutter Ihnen nie von dem einen faulen Apfel im Faß erzählt? Wissen Sie nicht, was ›moralischer Verfall‹ heißt? Lassen Sie ein Fakultätsmitglied damit davonkommen, und Sie wissen, was mit dem ganzen College passieren wird.«

Svensons Kinnlade klappte herunter. »Woher wissen Sie, daß es ein Fakultätsmitglied war?«

»Ich weiß es nicht. Es könnte ein Student oder jemand von den Hausmeistern oder Ihre eigene Sekretärin gewesen sein, aber ich glaube nicht daran. Es muß jemand gewesen sein, der den Crescent und die Leute gut genug kennt und gehört hat, daß Jemima in mein Haus eindringen wollte. Ich nehme an, es ist jemand, der eine Möglichkeit gefunden hat, Grimble einen Schlüssel zu stehlen, wenn der nicht mit in der Sache steckt, was mich nicht wundern würde, weil ich meine, daß er ebensosehr ein Schleicher und ein Lügner ist wie ein Eselsarsch, wie Sie so richtig bemerkt haben.«

»Urgh. Ich muß darüber nachdenken. Und Sie passen besser auf, wo Sie hintreten. In Ordnung, Shandy, da Sie uns diesen Schlamassel eingebrockt haben, können Sie ebensogut weitermachen und ihn auslöffeln. Machen Sie's schnell und ohne Peinlichkeiten für das College, oder Sie werden sich wünschen, daß Sie nie zurückgekommen wären. Ich trage mein Gehirn vielleicht im Hintern, aber dafür steckt verdammt viel Wumm in meiner Faust. Prost Neujahr.«

Der Präsident ging. Nach einer Weile hörten die Wände auf zu vibrieren. Shandy bereitete sich einen Schlaftrunk und ließ sich mit Robert W. Service nieder, aber »Shooting of Dan McGrew« war fades Zeug verglichen damit, was er an diesem Tag durchgemacht hatte. Um dem ganzen die Krone aufzusetzen, hatte er Thorkjeld Svenson getrotzt und war noch am Leben.

Wie lange noch? Jene Schmähung der geistigen Fähigkeiten des Präsidenten war nicht nur unhöflich und eines gebildeten Mannes unwürdig gewesen, sondern auch bedauerlich unzutreffend. Die Beleidigung hatte sich geschickt gegen ihn selbst gerichtet. Svenson wußte sehr gut, daß Ames und Shandy gemeinsam das vorhandene Beweismaterial auf keinen Fall so ungeheuerlich falsch interpretieren würden, daß Jemima ermordet worden wäre, wenn das nicht stimmte, und er wußte auch, daß es gleichermaßen moralisch unhaltbar wie administrativ unverantwortlich wäre, solch ein Verbrechen durchgehen zu lassen. Svenson hätte die Dreckarbeit selbst erledigt, wenn Shandy ihm nicht einen herrlichen Vorwand gegeben hätte, die Verantwortung abzuschieben.

Herumzuhocken und zu hoffen, daß Mrs. Svenson ihren Mann tatsächlich mit einer Bratpfanne krönte, führte zu nichts. Shandy legte das Buch hin und versuchte, seine Gedanken zu ordnen. Sein Gehirn schien sich aufgelöst zu haben. Er ging ins Bett.

Achtes Kapitel

Jemima Ames Begräbnis bildete einen düsteren Auftakt zu einem festlichen Wochenende. Die Leute waren kurzfristig zusammengetrommelt worden. Sie waren verstört und gehetzt und ungeduldig, mit ihren Vorbereitungen weiterzumachen. Da sie ihren Unmut kaum an der Leiche auslassen konnten, hefteten sie ihn Peter Shandy an. Nur die Tatsache, daß Tim sich an ihn klammerte wie ein Blutegel, verhinderte, daß ihm die Massen die kalte Schulter zeigten. Der Witwer war sich der Gefühle durchaus bewußt und zeigte ein macchiavellistisches Talent, sie zu bändigen.

»Wüßte nicht, wie ich es ohne den alten Pete hier geschafft hätte«, erzählte er gerade Sieglinde Svenson. »Verfluchte Sache für ihn, nach Hause zu kommen und sie so zu finden.«

»Es ist ein schrecklicher Verlust für uns alle.« Die Frau des Präsidenten verstand es, sich nicht zu kompromittieren. »Ihre Frau war eine wirklich aufopfernde Persönlichkeit.«

Sie versuchte nicht, sich darüber auszulassen, wem oder was sich Jemima aufgeopfert hatte, sondern richtete ein trauriges, unergründliches Lächeln an den Witwer, gab Shandy mit zwei Fingern ihres grauen Wollhandschuhs kaum die Hand und segelte davon wie eine majestätische Staatsfregatte. Sie trug ein einfaches blaues Tweedkostüm, ein blaues Angorabarett und enorme schwarze Lederstiefel. Eine glitzernde Rüstung hätte nicht zum Anlaß gepaßt, aber man nahm allgemein an, daß sie eine zu Hause hatte.

Hannah Cadwall hatte als Zeremonienmeisterin einen Imbiß vorbereitet, zu dem direkt nach den Obsequien eine ausgewählte Gruppe eingeladen wurde. Wohl oder übel ging Shandy mit und hoffte auf eine trinkbare Tasse Kaffee, die das Frösteln vertreiben sollte, das ihn ergriffen hatte, seit er zufällig einen Blick des Präsidenten aufgefangen hatte.

Zu seinem Erstaunen gab es nicht nur Kaffee, sondern auch einen Krug Bloody Marys und ein kaltes Buffet, das geradezu üppig wirkte. Ben Cadwall verteilte mit einer bedenkenlosen Freigebigkeit Erfrischungen, im glücklichen Bewußtsein, daß Timothy Ames für die Rechnung geradestehen mußte. Bob und Adele Dysart kauten und schlürften mit den restlichen Leuten.

Daß sie die Einladung angenommen hatten, war nicht bemerkenswert. Die Dysarts sagten zu allem ja, das in irgendeiner Weise an ein gesellschaftliches Ereignis erinnerte. Erstaunlich war dagegen, daß Ben es Hannah erlaubt hatte, sie einzuladen. Shandy dachte darüber nach und kam zu dem Schluß, daß die Cadwalls sich wegen all jener Einladungen verpflichtet fühlen mußten, die sie abgelehnt hatten. Dies war eine Möglichkeit, die Dysarts ohne Kosten für sie selbst zu entschädigen.

Leider kam ihm die Idee komisch vor. Shandy beging den schrecklichen Fauxpas, laut loszuprusten, und mußte dann vorgeben, er habe sich an einem Krümel verschluckt. Man schien allgemein beschlossen zu haben, ihn ersticken zu lassen, aber Mirelle Feldsters mütterliche Instinkte waren stärker als sie selbst. »Hier, Pete, trink das. Wir möchten nicht noch mehr Unfälle haben.«

Dem Professor fiel nichts ein, was er hätte erwidern können, also trank er den Kaffee, den sie ihm brachte, ohne etwas zu sagen. Mirelle war niemand, der Schweigen lange ertrug.

»Ich muß schon sagen, Pete, ich bin überrascht, daß du lang genug im Haus warst, um die arme Jemima zu finden, so ein Tunichtgut bist du in letzter Zeit. Ich bin auch ein bißchen verwirrt, weil du es nicht für angebracht gehalten hast, deinen alten Freunden zu erzählen, daß du dich mit dieser Frau in Baltimore verlobst.«

Shandy setzte seine Tasse ab. »Du hast nicht ganz zufällig gehört, wer sie ist?«

»Ich warte darauf, das du es mir erzählst.«

»Man sagt, der, eh, Gatte ist immer der letzte, der es weiß. Würde es dir was ausmachen, mir alle weiteren Informationen weiterzugeben, die dir über den Weg laufen?«

»Versuchst du mir einzureden, es sei nicht wahr?«

»Mirelle, ich habe keine Ahnung, wo dieses Garn gesponnen wurde«, sagte Shandy mit einem Seitenblick zu Adele Dysart, die es sorgfältig vermied, ihn anzusehen, »aber ich versichere dir, daß ich nicht im Begriff bin, eine Dame aus Baltimore zu ehelichen.«

»Vielleicht nicht aus Baltimore«, sagte Mrs. Feldster schelmisch.

»Und vielleicht keine Dame«, grölte Bob Dysart, bei dem man normalerweise damit rechnen konnte, daß er eine peinliche Situation noch schlimmer machte. »Was, Pete, alter Schwerenöter?«

»Tim«, sagte Shandy, »meinst du nicht, es wird Zeit für uns zum Aufbruch? Du darfst das Flugzeug nicht verpassen.«

Das läutete den Chor des »Wer fährt ihn zum Flughafen?« ein.

»Ich«, sagte Shandy.

»Aber du hast kein Auto«, protestierte Adele Dysart.

»Ich leih mir eins von Charlie Ross. Es ist alles arrangiert.«

»Ich wußte nicht mal, daß du fahren kannst. Allmählich glaube ich, es gibt ziemlich viel, was ich nicht über dich weiß.«

»Geht es uns nicht allen so?« murmelte Mirelle Feldster. »Tim, wer schaut nach deinem Haus, während du weg bist? Ich würde mit Freuden ein- oder zweimal am Tag rüberlaufen.«

»Nicht nötig«, sagte Ames. »Irgendeine Verwandte vom Mann meiner Tochter kommt – oh mein Gott! Pete, ich habe ganz vergessen: Jemmy hat gestern abend nochmal angerufen. Die Frau kommt um zwölf Uhr zweiundvierzig an, und wir sollen sie treffen.«

»Jetzt ist es weit nach elf«, sagte Hannah Cadwall. »Das schafft ihr nie.«

»Das«, versetzte Shandy, »steht noch dahin. Komm, Tim.«

»Ich hol' dir deinen Mantel«, sagte Ben. »Er ist im Gästezimmer.«

»Bemüh dich nicht, ich finde ihn schon.«

Shandy rannte nach oben. Sein Mantel lag irgendwo in dem Haufen auf dem Bett bei all den anderen, darunter auch Hannahs eigenes, unverkennbares rot-grünes Plaid und der schäbige braune Ulster, den Ben trug, soweit Shandy zurückdenken konnte. Während der Professor in den Kleidern fischte, rollte etwas auf den Fußboden und hüpfte unter das Bett. Grummelnd beugte er sich, um es aufzuheben. Es handelte sich um eine gelbe, innen merkwürdig gesprungene Glasmurmel mit braunen Schlieren. Er hätte sie überall erkannt.

Es war unmöglich, zu sagen, aus welcher Falte oder Tasche die Murmel gefallen war, und es hatte auch keinen Sinn, sich mit dieser Frage aufzuhalten. Er griff sich seinen Überzieher, verstaute die Murmel sorgfältig in der Innentasche und schlüpfte in die Ärmel. Als er herunterkam, stand Tim bereits auf der Schwelle, und Ben war dabei, ihn hinauszugeleiten. Sie riefen ein paar Dankesworte, schüttelten ein paar Hände und eilten zur Garage. Keiner der beiden sprach, bis sie sicher in dem Mietwagen saßen und der Autobahn zustrebten. Dann seufzte Timothy Ames tief auf und fummelte nach seiner Pfeife.

»Gott sei Dank, daß das vorbei ist. Ich bin verdammt froh, daß die Kinder nicht kommen konnten. Ein ziemlicher Blödsinn, aber sie wäre ohne Zweifel zurückgekommen, um bei mir zu spuken, wenn ich sie nicht richtig verabschiedet hätte.«

Er machte ekelhafte Geräusche mit seinem Pfeifenstiel und begann, Tabak in den ausgebrannten Kopf zu stopfen. »Was zur Hölle erzählt man über dich und irgendeine Frau? Ich konnte es nicht verstehen.«

»Du hast nicht viel verpaßt. Noch einer meiner blöden Witze, der nach hinten losgegangen ist.«

Shandy erläuterte seinen bösen Einfall und seine peinlichen Folgen. Ames hatte kein Mitleid.

»Allmächtiger, Pete, wenn du dich selbst in die Pfanne haust, läßt du dich aber auch gründlich durchbraten. Du weißt, was dir blüht?«

»Nein, aber ich möchte behaupten, daß ich es bald genug herausfinden werde.«

»Allerdings wirst du das! Sie werden da oben wahrscheinlich Münzen werfen, um zu entscheiden, wer als erste drankommt, dein Bett zu wärmen.«

»Was?« Shandy vermied knapp, auf einen Volvo zu klettern. »Du bist nicht bei Trost.«

»Wart's ab, Alter. Von jetzt bis Silvester wirst du mindestens sechs Anträge bekommen. Und was passiert, wenn die Feiertage vorbei sind und die Frauen Zeit haben, sich darauf zu konzentrieren, dich zur Strecke zu bringen, da kann ich nur sagen – « Ames gab sich einer unpassenden Heiterkeit hin.

»Es freut mich, daß dir dein eigener Witz gefällt«, erwiderte sein Freund verdrossen. »Ich kann dir versichern, daß in all meinen achtzehn Jahren in Balaclava keine dieser Frauen auch nur, eh, ihr Taschentuch in meine Richtung hat fallen lassen.«

»Das liegt daran, daß sie dich für ein nettes, unschuldiges Bürschchen gehalten haben. Von jetzt an werden sie verdammt viel mehr fallen lassen als nur Taschentücher. Pete, du weißt nicht, was auf dich zukommt. Wenn du dich nicht warnen lassen willst, ist das deine Beerdigung.«

»Na gut, Tim, wir wollen nicht streiten. Die Zeit wird auf die eine oder andere Weise darüber befinden.«

»Ich möchte bloß nicht zurückkommen und dich als zerschmettertes Wrack vorfinden.«

»Da zumindest sind wir absolut derselben Meinung. Wenn du jetzt vielleicht an etwas anderes denken könntest, habe ich dir etwas Wichtigeres mitzuteilen. Ich habe die Murmel gefunden.«

»Du hast was? Wo?«

»Als ich gerade eben bei den Cadwalls nach oben ging, um meinen Mantel zu holen. Sie ist vom Bett gerollt.« Er erzählte von dem Kleiderhaufen.

»Du könntest nicht sagen, wo sie herausgekommen ist?«

»Unmöglich.«

»Zumindest bin ich draußen«, sagte Ames. »Jetzt siehst du ein, daß es sich nicht lohnt, sich mit Mänteln abzugeben.«

»Herrgott, Tim, ich habe nie an dich gedacht.«

»Wieso nicht? Du kannst verdammt darauf wetten, daß Ottermole das täte, wenn er denken könnte. Jedenfalls sieht es so aus, als hätten wir das Feld eingeengt.«

»Das war mein erster Gedanke. Ich kann nur hoffen, daß ich mir merken kann, wer bei den Cadwalls war, bis ich Gelegenheit habe, die Namen aufzuschreiben.«

»Was ist mit den Cadwalls selbst? Sind sie draußen?«

»Sie sind drinnen. Ben und Hannah haben ihre Mäntel nicht aufgehängt, sondern sie einfach zum Rest geschmissen. Wir sind alle zusammen angekommen, wie du weißt, und ich nehme an, sie hatten es eilig, die Party in Schwung zu bringen. Jedenfalls habe ich mich ziemlich über das Paar gewundert.«

Er erzählte Ames, warum. Der Witwer nickte.

»Da könnte was dran sein, Pete. Mit Ben zu leben, muß die Hölle auf Rädern sein, und Hannah hat genug Gelegenheit, an das Geld zu kommen. Zumindest läuft sie rum und kassiert bei den Jungens mit den Schlitten ab. Sie sollen nicht mehr als ein paar Dollars Wechselgeld dabei haben, und du würdest überrascht sein, wieviel sie an Land ziehen.«

Er grinst über sein unbeabsichtigtes Wortspiel und machte noch mehr Geräusche mit der Pfeife. »Hannah sammelt auch das Geld ein vom Parkplatz und diesen unförmigen Lebkuchenbüdchen, was auf verdammt viel mehr hinausläuft, als du vielleicht glaubst. Es gibt ein ausgeklügeltes Überwachungssystem, damit alle ehrlich bleiben, aber Ben ist derjenige, der es sich ausgedacht hat. Weißt du, alter Knabe, das wird langsam zu einem interessanten Problem. Ich wünschte, ich würde nicht verreisen.«

»Unsinn! Jemmy würde das Herz brechen.«

Shandy trat aufs Gaspedal und konzentrierte sich darauf, den Flughafen zu erreichen, bevor Ames Gelegenheit hatte, sich die Reise auszureden. Für den Flug aus Kalifornien waren sie wohl schon zu spät.

Tatsächlich war dem nicht so. Dieses Flugzeug hatte Verspätung. Es stellte sich aber heraus, daß Tim die Abflugzeit nicht richtig verstanden hatte. Er mußte wie wild am Ticketschalter vorbei und zum Flugsteig geschleust werden, während Lautsprecher seinen Namen gellten. Erst als Ames sicher in der Luft war, fiel Shandy ein, daß er vergessen hatte, nach dem Namen der Frau zu fragen, die er abholen sollte.

Er produzierte hektisch Einfälle wie den, Jemmy anzurufen, als ein neuerliches Gellen der Lautsprecher eine Woge ungeduldiger Freunde und Verwandter zu einem Flugsteig schickte, der weitab von dem lag, wo man ihnen zu warten befohlen hatte. Shandy wogte mit dem Rest und beschloß, einfach herumzuhängen, bis nur noch eine Frau übrig blieb, sich dann vorzustellen und das beste zu hoffen.

Es ging nicht ganz so glatt. Abreisende Passagiere vermischten sich mit ankommenden. Er konnte auf keine Weise feststellen, wer wer war. Schließlich schoß er versuchsweise einen Pfeil ab und suchte sich eine ältere Frau mit einer roten Perücke und sechs Zoll hohen Stöckelschuhen als wahrscheinlichste Anwärterin aus.

»Eh, ich bin Professor Shandy vom Balaclava College.«

»Prima für dich. Zisch ab, Alter. Ich hab' geschlossen.«

Er versuchte, genug Mut für einen zweiten Versuch zusammenzuraffen, als eine sanfte Stimme irgendwo links von seinem Schlüsselbein ertönte:

»Entschuldigen Sie, ich glaube, ich hörte Sie sagen, Sie seien Professor Shandy?«

Die Sprecherin war eine kleine Frau von etwa vierzig Jahren. Shandys erste Reaktion war, daß sie außerordentlich gut zusammengebaut aussah. Ihr blaßblauer Mantel schmiegte sich ihrer kompakten Figur an, als wäre er gern da. Ihr hellblauer Hut ließ genau die richtige Menge blonder Locken sehen und bildete einen angenehmen Rahmen für einen pfirsichblütenfarbenen Teint. Ihre Augen waren hinter einer dunklen Brille versteckt, aber man durfte wohl annehmen, daß sie zum Kostüm paßten. Was er sehen konnte, stand in delikater Harmonie zum runden Oval ihres Gesichts. Er fühlte sich besser, weil er sie anschauen konnte. »Der bin ich«, sagte er dankbar. »Ich soll hier eine angeheiratete Verwandte der verstorbenen Jemima Ames abholen. Darf ich hoffen, daß Sie es sind?«

»Ich bin Helen Marsh. Ich dachte, Professor Ames käme. Ich hatte vor, ihn nach Fotos zu erkennen, die Jemmy mir gezeigt hat.« Sie streckte eine kleine Hand aus.

»Sie haben Ames um etwa zehn Minuten verpaßt«, berichtete ihr Shandy. »Es gab eine Verwechslung mit den Abflugzeiten, und sein Flugzeug ging, bevor Ihres ankam. Wir waren so durcheinander, daß ich vergaß, ihn nach Ihrem Namen zu fragen. Der meine ist Peter Shandy.«

»Ach ja, der Rübezahl.« Das Erröten stand Miss Marsh vortrefflich. »Entschuldigung. Jemmy hat mir so viel von Ihnen und ihrem Vater und der Riesenrübe erzählt – «

»Eigentlich handelt es sich um eine Kohlrübe, *Brassica napobrassica*, im Unterschied zur, eh, gemeinen Rübe oder *Brassica rapa*. Der Unterschied ist sehr interessant, wenn Sie, eh, zufällig an solchen Sachen interessiert sind.«

»Bestimmt ist er das. Haben Sie eine Ahnung, wo ich mein Gepäck abholen soll?«

»Hier entlang, glaube ich.«

Shandy entschied sich für einen schier endlosen Gang mit hellbraunen Terrazzofliesen, er fühlte sich erschöpft und nutzlos. Seltsamerweise schien Helen Marsh seine Stimmung zu spüren.

»Ich hoffe, Sie erzählen mir einmal von den *Brassicae*.«

Er blieb auf der Stelle stehen. »Sagten Sie *Brassicae*?«

»Oh je, muß es *Brassicidae* heißen oder so etwas? Ich bin so dumm mit botanischen Bezeichnungen.«

»Meine werte Dame, mich überwältigte nur die Freude, ein einfaches lateinisches Substantiv in der korrekten Pluralform zu hören. Es war wie ein vertrautes Gesicht in einem fremden Land. Sie, eh, möchten nicht zufällig einen Happen essen oder einen Drink oder so etwas?«

»Im Flugzeug wurde ein sogenannter Lunch serviert, aber ich würde zu einem kleinen Glas Sherry nicht nein sagen, wenn Sie nicht bloß höflich sind.«

»Es gibt Leute, die Ihnen sagen werden, daß ich nie höflich bin. Wir haben eine längere Fahrt vor uns und vielleicht ein halbe Stunde Wartezeit, bevor man aufhört, auf Ihren Koffern herumzuspringen. Ich dachte, wir könnten diese Zwischenzeit besser in dieser, eh, Grotte verbringen, als am Gepäckschalter herumzustehen.«

»Grotte ist ein hübsches Wort.« Miss Marsh nahm ihre Sonnenbrille ab, was Shandys Hypothese bestätigte, daß ihre Augen von einem besonders attraktiven Blau sein würden, und begleitete ihn mit allen Anzeichen der Vorfreude in die düsteren Kavernen. Eine Kellnerin tauchte aus dem verrauchten Rot-Schwarz auf wie eine von Persephones Kammerdienerinnen.

»Sagten Sie Sherry?« fragte er seinen Gast. »Trocken oder, eh, anderen?«

»Amontillado, wenn sie ihn haben.«

»Amontillado auf jeden Fall. Zwei bitte, Miss. Ich nehme an, in Kalifornien trinkt jeder Sherry.«

»Nein, rosa Chablis.«

»Haben Sie sich deswegen entschlossen, zurück in den Osten zu kommen?«

»Unter anderem deswegen. Ich habe mich nie angepaßt. Ich kann kein Yoga, im Kino werde ich schrecklich rot, und ich glaube, daß zuviel Zitrusfrüchte den Körper übersäuern. Zumindest hat irgendwas den meinen übersäuert.«

Sie aß fünf Bröckchen altes Popcorn, wie Shandy schweigend zählte, dann lachte sie. Sie hatte ein klares, kleines, gurgelndes Lachen, das gut zu ihrem Lächeln paßte.

»Hat Jemmy Ihnen erzählt, warum ich gefeuert wurde?«

»Ich habe nicht selbst mit Jemmy gesprochen. Tim sagte nur, daß Sie Bibliothekarin sind, was ich eine erfreuliche Nachricht fand, wenn ich so sagen darf. Eh – warum wurden Sie denn gefeuert?«

»Der Präsident des College, wo ich arbeitete, brachte mir ein Manuskript und fragte mich, ob ich meinte, daß die Universität es drucken solle. Ich schickte es mit einem Zettel zurück, ich fände, die Arbeit sei ein Haufen pompöser Quatsch in unsäglichem Stil. Es stellte sich heraus, daß er der Autor war. Wir hatten etwas,

was man eine Gegenüberstellung nennen könnte, nach der er sagte: ›Vielleicht möchten Sie nun Ihre Meinung ändern?‹ Ich nahm den Zettel und schrieb: ›Der Autor ist ein ungebildeter Windbeutel‹, und deswegen mußte ich die Stadt verlassen.«

Sie lachten beide und tranken ihren Sherry in der behaglichen Wärme des Beisammenseins.

Dann sagte Shandy: »Präsident Svenson ist ein bemerkenswert intelligenter Mann. Ich hoffe, Sie begehen nicht den Fehler, das, eh, zu übersehen.«

»Würde ich das?«

»Wahrscheinlich nicht, aber es hat schon Leute gegeben. Die Folgen sind gewöhnlich katastrophal und manchmal tödlich. Möchten Sie noch einen Sherry?«

»Nein danke, ich glaube, man hat mein Gepäck inzwischen ausgeladen.«

Sie ordnete ihren Schal und nahm ihre Handschuhe. Shandy zahlte und gab ein Trinkgeld, das ihm eine Rüge von Ben Cadwall eingetragen hätte. Er genoß es, Helen Marsh zu einem Drink einzuladen. Er genoß es sogar, sie über den Terrazzo zurückzugeleiten, wo zwei Koffer in passendem Blau standen wie Waisen im Sturm.

»Meine Güte, die waren pünktlich«, sagte sie. »Nein, bitte, lassen Sie mich einen nehmen.«

»Unsinn.«

Shandy ergriff beide Taschen und schaffte es, nicht zu stolpern. Es war ihm völlig klar, daß er angab und daß solch ein Benehmen für einen Mann in seinem Alter albern war. Vielleicht könnte er Miss Marsh später einmal eine Freude machen, indem er sich in seinem Leopardenfell von Baum zu Baum schwänge. Er bedachte die Vorstellung und fand sie nicht ganz ohne Reiz.

Neuntes Kapitel

»Wir werden das letzte Stück zu Fuß gehen müssen«, entschuldigte sich Shandy. »Autos können während der, eh, Festlichkeiten den Crescent nicht befahren.«

Helen Marsh wußte alles über die Große Lichterwoche. Jemmy hatte ihr daheim in Kalifornien von den Höhepunkten erzählt, und Shandy hatte während der Rückfahrt notgedrungen die Leerstellen ausgefüllt, wobei er so viel von Jemimas angeblichem Unfall verlauten ließ, wie die Nachbarn wußten. Er hielt es nicht für ratsam, ihr die Wahrheit zu sagen.

Er gab allerdings seinen eigenen Anteil bei der Herbeiführung der Tragödie zu. Zu seiner unaussprechlichen Erleichterung lachte sie fast so herzlich, wie es Tim getan hatte, wenn auch in etwas schicklicherer Manier, und sagte, sie hätte wahrscheinlich dasselbe getan, wenn sie so klug gewesen wäre, darauf zu kommen. Als er den Kofferraum öffnete, um ihr Gepäck herauszufischen, war Shandy in besserer Stimmung, als er für möglich gehalten hatte.

»Also, Sie werden diese beiden schweren Kisten nicht diesen großen, steilen Berg hinauftragen«, sagte sie nachdrücklich und packte einen Griff.

»Meine liebe Dame, ich habe nicht die Absicht, auch nur eine der beiden zu tragen. He, Hanson!«

Shandy winkte einen älteren Studenten heran, der auf dem Parkplatz auf der anderen Straßenseite herumlungerte. »Wollen Sie sich ein vorschriftswidriges Stipendium verdienen?«

»Wenn damit Geld gemeint ist, sicherlich.«

Der robuste Jüngling schnappte sich die Taschen wie ein paar Brezeln und war halb den Hügel hinauf, bevor die anderen sich auch nur in Bewegung gesetzt hatten.

»Wir haben ein ungeschriebenes Gesetz hier in Balaclava«, erklärte der Professor. »Tun Sie nie etwas selbst, wozu Sie einen Studenten beschwatzen können.«

»Wieviel wird der Schwatz in diesem Fall kosten?« fragte Miss Marsh und öffnete ihre Handtasche.

»Erlauben Sie doch bitte. Ich komme nicht oft dazu, den Galan zu spielen.«

Sie lachte erneut, noch entzückender als zuvor. »Das kann ich mir gar nicht vorstellen, so gut machen Sie es. Sie sind schrecklich nett gewesen, Professor Shandy.«

»Eh – mein Vorname lautet Peter.«

»Er steht Ihnen gut.«

»Meinen Sie? Eh, Helen ist immer einer meiner Lieblingsnamen gewesen.« Das war ihm allerdings gerade erst klar geworden.

»Warum?« neckte sie. »Hieß eine Kinderliebe Helen?«

»Nein, eigentlich war es eine Guernsey – « Shandys Stimme erstarb.

Der Student hatte in einem wahrscheinlich begreiflichen Irrtum die Koffer auf dem kurzen Weg vor dem Backsteinhaus abgeladen und studierte mit heiterem Interesse die Schwelle. Nach ein paar Schritten konnte Shandy erkennen, warum.

Den Plastikweihnachtsmann hatte er ganz vergessen. Einer der perversen Einfälle der Dekorateure war eine lebensgroße Puppe des alten Sankt Niklas gewesen. Das letzte Mal, als Shandy das Ding auf seinem Weg zur *Singapore Susie* gesehen hatte, stand es neben der Haustür, als ob es hinaufklettern und die Rentiere auf dem Dach füttern wolle. Nun war das Ding wieder da. Sein Rücken war den Passanten zugekehrt, seine Hände hielt er vor dem Körper, seine roten Flanellhosen lagen auf den Stiefeln, und über den Plastikhintern hatte jemand mit Leuchtstift geschrieben: »Sankt Nikolaus ist ein alter Lustmolch.«

»Helen, ich entschuldige mich«, sagte Shandy steif. »Eine weitere meiner, eh, ästhetischen Sünden ist zurückgekommen, um bei mir zu spuken. Hanson, wissen Sie zufällig irgend etwas darüber?«

Der Student zuckte mit den Achseln. Shandy zog der Puppe die Hosen hoch und legte sie auf die Schwelle.

»Ich werde diese Abscheulichkeit in den Keller bringen, sobald wir uns eingerichtet haben, Helen. Ohne Zweifel haben die Studenten dies Ding über den ganzen Campus gekarrt, seit ich weggefahren bin. Ich hätte es besser wissen und es überhaupt erst gar nicht herbringen sollen. Hanson, Miss Marsh ist eine Verwandte der Ames und wird in deren Haus wohnen.«

»Oh. Ach, Professor, was ist mit Mrs. Ames passiert?«

»Sie soll gestürzt sein und sich den Schädel gebrochen haben, als sie, eh, meine Weihnachtsdekorationen überprüfte, während ich in Ferien war. Polizeichef Ottermole ist aufgrund der vorliegenden Indizien zu diesem Schluß gekommen, ebenso wie ich aus dem blöden Grinsen in Ihrem Gesicht schließe, daß Sie ganz genau wissen, wer mit dem Nikolaus herumgezogen ist, aber vorziehen, es mir nicht zu erzählen.«

Mit rotem Gesicht nahm Hanson die Taschen auf. »Ach, Sie wissen, wie es ist. Diese Stoffel erwarten von uns, daß wir ständig albernes Zeug machen. Irgend jemand hatte die schlaue Idee, den Nikolaus zu kidnappen und als Geisel festzuhalten, aber da Sie nicht in der Gegend waren, ging der Gag ziemlich daneben.«

»Und wo ist die Puppe die ganze Zeit gewesen?«

»Ach, hier und da.«

»Zuletzt gesehen in der Gesellschaft von Till Eulenspiegel, nehme ich an?«

Shandy seufzte und zog eine Note aus der Brieftasche. »Dankeschön, Hanson. Wir, eh, nehmen es von hier aus mit.«

»Okay, Professor. Schönen Aufenthalt, Miss Marsh.«

Der Student eilte in großen Schritten den Hügel hinab. Shandy fischte das Schlüsselbund heraus, das dazulassen sich Timothy Ames wunderbarerweise erinnert hatte.

»Am besten bereiten Sie sich auf einen Schock vor, Helen. Jemima glaubte, ihre Seele wäre zu gut gewesen für Hausarbeit.«

»Jemmy warnte mich, was ich zu erwarten hätte.«

Als sie eintraten, fügte sie mit einem tapferen kleinen Lachen hinzu: »Meine Güte, es war nicht übertrieben, oder?«

»Im Gegenteil«, sagte Shandy. »Warten Sie, bis Sie die Küche sehen. Schauen Sie, Helen, wenn es zu fürchterlich ist, wartet bei mir ein einigermaßen bequemes Gästezimmer.«

»Dankeschön, Peter. Ich werde darauf zurückkommen. Allerdings bin ich gekommen, um dieses Haus zu verwahren, so daß ich annehme, ich sollte die Zähne zusammenbeißen und es versuchen. Darf ich rüberkommen und Staubwedel und solche Sachen borgen, wenn ich sie brauche?«

»Alles, was Sie möchten. Und, eh, das College betreibt eine ausgezeichnete Fakultätsmensa. Tim und Jemima haben normalerweise dort gegessen, und er tut es noch. Vielleicht gewähren Sie mir etwas später das Vergnügen Ihrer Gesellschaft?«

»Ich versichere Ihnen, das Vergnügen wäre ganz auf meiner Seite. Wann soll ich fertig sein?«

»Sie servieren Abendessen von halb sechs bis halb acht. Wir gehen hier mit den Hühnern zu Bett, wissen Sie.«

»Sollen wir dann halb sieben sagen? Das sollte mir Zeit geben, um mir einen Weg zwischen Bett und Bad zu sprengen. Himmel, eine Alliteration!«

»Und eine sehr hübsche«, bemerkte er sinnlos. »Dann, eh, überlasse ich Sie sich selbst.«

Das tat er widerwillig. Sie war wahrscheinlich froh, einen so unfähigen Begleiter loszuwerden. Welche Verrücktheit hatte ihn befallen, diese anmutige Frau nach der scheußlichen Episode mit dem Plastiknikolaus in sein Haus einzuladen? Die Beleidigung hatte einen direkten Bezug auf seinen so kürzlich und so unverdient erworbenen Ruf, daran zweifelte er nicht im geringsten. Wenn Helen eine Nacht unter seinem Dach verbrächte, wäre sie mit demselben Makel gezeichnet.

Auf halbem Weg über den Crescent hielt Shandy plötzlich inne. Die Studenten hatten seine Puppe gekidnappt, aber die Fakultät fabrizierte das Geschwätz. Wie zum Kuckuck war die Geschichte so schnell von einer Gruppe zur anderen gelangt?

Die College-Gemeinschaft hatte ein ungeschriebenes Gesetz: Was die Studenten nicht wissen, tut uns nicht weh. Während der Tratsch ungehindert auf dem Crescent und über den Hügel zu den oberen Regionen waberte, wo Präsident Svenson und einige andere Fakultäts- und Verwaltungsleute wohnten, war man sich einig, daß niemand je ein Wort vor den Studenten verlauten ließ. Da diese jungen Leute die Älteren ohnehin für einen langweiligen Haufen hielten, wurde das Gebot nur selten verletzt und wenn, dann nur durch allmähliche Osmose. In diesem Fall war etwas ungewöhnlich schnell durchgesickert, und er fragte sich, wer dafür verantwortlich war.

Statt in sein Haus zu gehen, wie er vorgehabt hatte, marschierte Shandy zur Haustür der Feldsters und hämmerte mit dem Klopfer. Mirelle erschien. Er kam sofort zur Sache.

»Hast du gesehen, wer dieses Ding heute nachmittag auf meine Schwelle gestellt hat?«

»Welches Ding?« Mirelle ließ ein verlegenes Kichern hören. »Ach, *das* Ding meinst du. Ehrlich, Peter, ich dachte, das geht ein bißchen zu weit.«

»Das dachte ich auch. Deswegen frage ich dich, wer dafür verantwortlich ist. Und auch, warum nicht du oder sonst jemand rübergegangen ist und irgendwas dagegen gemacht hat.«

»Wenn du dich erinnerst«, sagte seine Nachbarin garstig, »ist die letzte Person, die versuchte, etwas mit deinen abscheulichen Dekorationen zu machen, dabei umgekommen. Außerdem, woher sollten wir wissen, daß das nicht noch eine von deinen komischen kleinen Albernheiten war?«

Shandy schaffte es, sich zu beherrschen. »In Ordnung, Mirelle. Das habe ich verdient. Jetzt, wo du es losgeworden bist, kannst du vielleicht meine Frage beantworten. Wer war es?«

»Woher soll ich das wissen? Meinst du, ich verbringe meine ganze Zeit damit, aus dem Fenster zu gaffen?«

Der Professor gab keine Antwort. Nach einem Moment gab Mirelle zu: »Ich weiß nicht, wer sie waren. Sie hatten diese Wichtel-Strickmasken an.«

»Männlich oder weiblich?«

»Entweder oder. Du weißt so gut wie ich, daß alle Studenten und die halbe Fakultät Blue Jeans und Arbeitsstiefel und diese wattierten, langen Parkas tragen, die einen völlig formlos machen. Es hätte jeder sein können.«

»Wie haben sie die Puppe dorthin geschafft?«

»Mit schwarzem Plastik umwickelt und dorthin getragen. Ehrlich, das Ding sah aus wie eine Leiche. Das war es, was meine Aufmerksamkeit erregte.« Jetzt war Mirelle gesprächig. »Ich hatte den Eindruck, sie wollten es einfach abladen und abhauen, aber dann hatte wohl einer von ihnen eine bessere Idee.«

»Faszinierend, daß du dieser Ansicht bist.«

»Das ist nur so dahergesagt. Ich weiß nicht, was auf einmal in dich gefahren ist, Peter. Du warst immer so ein stiller Mann. Jetzt bist du – «, sie stockte, dachte darüber nach und trat einen Schritt näher – »interessant.«

Mirelles Lippen standen ein bißchen offen, sie atmete schwer, ihre Augen glänzten und waren feucht wie die eines Cockerspaniels, wenn es Futter gibt. »Wenn mir noch etwas einfällt«, murmelte sie, »komme ich vielleicht später auf einen Sprung herein und erzähle es dir. Jim hat ein Logentreffen, so daß ich allein und einsam sein werde.«

Meine Güte, das war schlimmer, als die Leiche zu finden. Shandy wich eilig die Stufen hinab zurück.

»Ich, eh, werde wohl den Großteil des Abends nicht zu Hause sein. Danke für die Information, Mirelle.«

»Gern geschehen, Peter.«

Schweißgebadet floh er zu seinem eigenen Haus, nur um von Mrs. Lomax in einem Zustand berechtigter Empörung gestellt zu werden.

»Ich muß schon sagen, Professor, ich hatte nicht erwartet, zurückzukommen und festzustellen, daß jemand im Haus gestorben ist.«

»Ich auch nicht«, erwiderte er. »Haben Sie eine Ahnung, wie Mrs. Ames an einen Schlüssel gekommen ist?«

»Wenn Sie glauben, sie hatte ihn von mir, müssen Sie sich was anderes ausdenken. Ich hätte der Frau nicht mal gesagt, wie spät es ist, wie die immer auf den Straßen rumrannte und alle rumkommandiert hat, und auf ihren eigenen Möbeln lag so dick der Staub, daß Sie überall Ihren Namen hinschreiben konnten. Nicht, daß sie keine ehrbare Frau gewesen wäre«, fügte die Haushälterin hastig hinzu, eingedenk des Umstands, daß es unhöflich war, schlecht von Dahingeschiedenen zu sprechen. »Hat eine Menge fürs College getan, das kann man nicht leugnen.«

»Ah«, sagte der Professor, »da, eh, treffen Sie den Kern der Sache. Wie Sie so richtig andeuten, war Mrs. Ames eine Frau mit gewissen Fähigkeiten, aber es fehlte ihr ein Talent zur, eh, Hausfrau. Die Tatsache hat zu einer höchst unglücklichen Situation geführt.«

»Ach?« Mrs. Lomax spitzte die Ohren.

»Die junge Jemmy, eh, die Tochter – «

»Gott im Himmel, ich kenne Jemmy Ames. Sie war mit mir bei den Bluebirds.«

»Gut«, strahlte Shandy, »dann sind Sie genau die Richtige, um das Problem zu lösen. Wissen Sie, Professor Ames ist ausgeflogen, um Jemmy bei ihrer, eh, anstehenden Niederkunft beizustehen, und eine Dame, eine Verwandte von Jemmys Mann, ist gekommen, um, eh, auszuhelfen. Ich habe sie vor einer Weile vom Flughafen abgeholt«, fügte er leicht befriedigt hinzu.

»Sagen Sie bloß! Sie meinen, sie ist den ganzen Weg von – «

»Kalifornien. Ich hoffte, Ihnen Miss Marsh vorstellen zu können, aber Sie, eh, waren nicht da.«

»Sie brauchen nicht darauf herumzureiten. Ich weiß, daß ich zu spät bin. Bin gegen Mittag nach Hause gekommen und fand eine kaputte Leitung unter der Spüle in der Küche. Sie können wohl nicht erwarten, daß ich gehe, bevor der Klempner kommt, oder?«

»Eh, nein, natürlich nicht. Und, eh, bei den Klempnern heutzutage – «

»Ich könnte Ihnen ein paar Geschichten über Klempner erzählen, Professor.«

Mrs. Lomax schien nicht abgeneigt zu sein, aber Shandy wußte aus Erfahrung, daß es dumm war, sie nicht zu unterbrechen.

»Deswegen ist die Dame jetzt drüben im Haus der Ames und versucht, wie sie es nennt, sich einen Kanal freizusprengen. Vielleicht könnten Sie rübergehen und ihr zur Hand gehen?«

»Sie meinen, jetzt sofort?«

»Das war die Idee dahinter.«

»Wie kommen Sie darauf, daß ich noch einen Job annehmen will?«

»Diese Entscheidung liegt natürlich bei Ihnen. Ich, eh, verglich bloß den Bedarf mit Ihren, eh, hervorragenden Fähigkeiten. Sie können die Zeit hier abziehen, wenn Sie die Arbeitsbelastung zu hoch finden. Aber man kann von einer Frau wie ihr nicht erwarten, in so einem Tohuwabohu zu wohnen.«

»Wie ist sie?« fragte Mrs. Lomax abrupt.

»Miss Marsh macht einen recht angenehmen Eindruck«, erwiderte Shandy vorsichtig.

Die Haushälterin schnaubte. »Passen Sie besser auf, Professor. Diese alten Jungfern sind mannstoll, jede einzelne von ihnen. Mannstoll«, wiederholte sie mit einem spekulativen Glitzern in den Augen, das ihr Arbeitgeber nie zuvor bei ihr bemerkt hatte.

Shandy fühlte, daß er schon wieder schwitzte. »Gut, dann, eh, überlasse ich es Ihnen. Sie brauchen mit Miss Marsh nicht über die Bezahlung zu sprechen. Lassen Sie mich wissen, was sie schuldig ist, und wir addieren es einfach zu Ihrem normalen Wochenscheck. Ich werde es mit Professor Ames verrechnen, wenn er zurückkommt.«

Wohl wissend, daß er nichts dergleichen vorhatte, floh er ins Badezimmer und blieb dort hocken, bis Mrs. Lomax das Haus verlassen hatte. Beim Warten studierte er seine Miene im Spiegel. Es war dasselbe unauffällige Gesicht mittleren Alters wie gestern, dasselbe, das er so lange und so gründlich ohne nennenswerte Resultate rasiert hatte. Warum hatte es auf einmal diesen merkwürdigen Effekt auf die unwahrscheinlichsten Frauen?

Der Himmel war mittlerweile fast dunkel, und sein Aussehen verhieß noch mehr Schnee. Ein Sturm würde den Feiernden leider keinen Dämpfer aufsetzen, sondern nur zu weiterem fröhlichen Gejuchze, Schneeballschlachten und dem Bau von obszönen Schneemännern in seinem Vorgarten führen. Er mußte daran denken, früh aufzustehen und jedes derartige Gebilde umzustoßen. Er wollte Helen nicht noch einmal schockieren.

Er mußte noch eine ganze Stunde totschlagen, bevor er herübergehen und sie abholen konnte. Eigentlich waren es eindreiviertel Stunden, aber er dachte, es wäre vielleicht eine höfliche Geste, etwas früher mit einer Flasche Amontillado einzutrudeln und einen vormahlzeitlichen Drink vorzuschlagen, da in der Mensa kein Alkohol serviert wurde. Er mußte allerdings sichergehen, daß Mrs. Lomax bis dahin gegangen war. Shandy fühlte sich noch ein bißchen nervös wegen ihres eigentümlichen Blicks von vorhin.

Inzwischen sollte er wohl mal nach nebenan gehen und herausfinden, ob man ihm irgendwelche Informationen über die Mordnacht oder über die jüngste Peinlichkeit geben könnte. Er nahm nicht an, daß man das tun würde. Die Jackmans waren eine Familie mit Kleinkindern, die so mit ihren vielfältigen Aufgaben beschäftigt waren, daß sie kaum mitkriegten, was in der Nachbarschaft vor sich ging.

Jetzt war wahrscheinlich die schlechteste Zeit, um bei ihnen hereinzuplatzen, aber das war auch jede andere Tageszeit. Murrend, denn er war müde an Leib und Seele, riß sich Shandy zusammen und trat wieder ins Freie.

Zehntes Kapitel

Die Jackmans waren zu Hause, daran war nicht zu zweifeln. Sogar durch das Palaver der Menge und das Läuten der Collegekapelle hindurch waren die Geräusche der »Sesamstraße« und die Schreie eines Kindes, das gerade gekämmt wurde, nur allzu deutlich vernehmbar. Shandy umklammerte das Paket mit Weckmännern, die er bei der bequemen, wenn auch ruinös teuren Bude im Park erstanden hatte, und begann, mit dem Klopfer zu hämmern. Nach einer Weile gelang es ihm, sich Gehör zu verschaffen.

»Mama, Mama, da ist jemand an der Tür«, schrillten Kinderstimmen.

»Na dann mach doch auf«, antwortete ein müder Erwachsener. »Du bist heute der Türsteher.«

»Nein, bin ich nicht. Wendy ist dran.«

»Bin ich nicht!«

»Bist du doch!«

»Hört jetzt beide auf!«

Mrs. Jackman kam selbst und sah entschieden fröhlich und mütterlich aus, während sich an jedes Bein ihrer Blue Jeans ein Knirps klammerte. Mrs. Jackman trug immer Blue Jeans. Sie besaß Jeans aus blauen Denim-Flicken und Jeans, die mit den Handabdrücken ihrer Kinder verziert waren, und straßbesetzte Jeans als Abendgarderobe. Shandy versuchte sich zu entsinnen, ob sie bei der Beerdigung schwarz gesäumte Jeans getragen hatte, aber er konnte sich nicht erinnern, sie überhaupt gesehen zu haben. Das war ein ebenso guter Eröffnungszug wie jeder andere.

»Eh – guten Abend, Sheila.«

»Was, Peter Shandy, was für eine Überraschung! Wendy und Dickie, sagt Professor Shandy guten Abend.«

Dickie heulte: »Ich will nicht«, und Wendy begann zu schniefen. Shandy machte den Fehler, zu versuchen, sie mit Weckmännern zu besänftigen. Ein resolutes »Nach dem Essen, Schätzchen« führte zu Protestgeschrei. Schließlich gelang es Sheila, die Kinder ins Spielzimmer zurückzubugsieren und die Tür hinter dem Getöse zu schließen.

»Sie sind übermüdet«, entschuldigte sie sich. »Wir sind erst vor kurzem nach Hause gekommen. Setz dich doch, Peter. Wo hast du gesteckt? Wir haben dich eine Ewigkeit nicht gesehen.«

»Ich weiß. Ich hoffte, wir würden uns bei der Beerdigung, eh, begegnen.«

»Oh Himmel, war das heute? Das habe ich völlig vergessen. Wir hatten doch diesen Rodelausflug geplant, weißt du, und Roger und die beiden älteren Jungen schlafen draußen in der Hütte, weshalb die Schlafsäcke zusammengerollt und Gas für den Campingkocher besorgt werden mußte und sie überhaupt rumrannten wie verrückt. Dann konnte ich in letzter Minute die Batterien für Jojos elektrische Socken nicht finden, was eine Hetzerei zum Sportshop bedeutete. Ich konnte die Kinder nicht enttäuschen und zu Hause bleiben, aber ich hatte vor, rüberzulaufen und eine Notiz in Professor Ames Briefkasten zu hinterlassen. Erklär es ihm doch, wenn du ihn siehst.«

»Er ist nach Kalifornien gefahren.«

»Wie schön.«

Sheila Jackman hätte dieselbe Antwort gegeben, dachte Shandy, wenn er ihr erzählt hätte, daß Timothy Ames Zoll für Zoll in einem Bottich mit kochendem Ätzkalk versenkt worden wäre. Sie hielt ein Ohr in Richtung Spielzimmer gespitzt und ihre Gedanken bei dem, was gerade auf dem Küchenherd überkochen wollte. Er hätte sich die Ausgaben für die umstrittenen Weckmänner genausogut sparen können. »Ich fürchte, ich komme zu einer ungünstigen Zeit«, wagte er einen Versuch.

»Oh, ganz und gar nicht. Ich lasse die Kinder ausnahmsweise eine halbe Stunde länger fernsehen, so daß es mit dem Abendbrot keine Eile hat. Heute gibt es etwas, das sie besonders mögen: Arme Ritter mit Salami und Kakao mit extra Marshmallows. Ich nehme kaum an, daß du zum Essen bleiben willst?«

»Eh, nein danke, ich habe eine andere Verabredung.«

»Dann laß mich dir einen Drink einschenken. Eine Sekunde, ich muß noch eben das Gas kleiner stellen. Ich mache Mulligan-Stew, das sie morgen mit zur Hütte nehmen sollen. Die Jungens machen ein Picknick.«

Sie ging hinaus, bevor der Professor ihr sagen konnte, daß er keinen Drink wollte, und kam mit zwei sehr großen, dunklen Old-Fashioned Bourbons zurück.

»Ich hoffe, dir schmeckt die Spezialität des Hauses. Rog und ich haben immer einen Krug im Kühlschrank. Wir erzählen den Kindern, es sei ein Saft gegen Verkalkung.«

Sie sank in ein kompliziertes Arrangement von Sofas und Ottomanen, deren Polster die Abdrücke winziger Füße trugen, und nahm einen langen, dankbaren Zug.

»Du glaubst wahrscheinlich, es ist schrecklich, ein Kind zu belügen, aber ehrlich, manchmal muß man es einfach.«

»Eh, man könnte es Überlebenstechnik nennen«, sagte Shandy.

»Wie nett, daß du das verstehst.«

Sheila schluckte noch etwas von ihrem Vitaminmix und begann, dem Besucher ihre ungeteilte Aufmerksamkeit zu widmen. »Du bist nett, Peter. Komm hier herüber, wo ich dich besser sehen kann.«

Sie klopfte auf die weichen Polster, und die Haare in seinem Nacken begannen sich zu sträuben.

»Danke, aber ich befürchte, daß meine, eh, alten Knochen einen harten Stuhl brauchen.«

»Sei nicht albern. Du wirst niemals alt.«

Es wurde mit jeder Sekunde schlimmer. Er hätte schwören können, sie zwinkerte ihm zu. Shandy schluckte und beeilte sich, sein Anliegen voranzutreiben.

»Sheila, ich bin gekommen, um zu fragen, ob du oder Roger am Abend des Zweiundzwanzigsten irgend etwas Ungewöhnliches bei meinem Haus gesehen habt.«

»Vor so langer Zeit? Wie sollte ich mich daran erinnern können?«

»Es war der Abend der Party bei den Dysarts. Und auch der Tag, an dem ich meine, eh, Dekorationen aufstellen ließ.«

»Ah, jetzt klingelt's bei mir. Wendy kam nach Hause mit Augen wie Untertassen. Sie spricht immer noch von diesen Rentieren auf deinem Dach. Jeden Abend wirft sie ihnen Kußhände zu. So.«

Shandy zuckte zusammen. »Bist du bei den Dysarts gewesen?«

»Ja«, maulte Sheila, »aber wir konnten nicht lange bleiben. Wir hatten Probleme, einen Babysitter zu kriegen. Alle waren entweder in Ferien oder arbeiteten bei der Lichterwoche mit.«

Shandy war nicht an Babysittern interessiert. »Wann seid ihr gegangen?« hakte er nach.

»Gegen Viertel nach neun.«

»Dann war Jemima Ames noch da, als ihr gingt?«

»Ich glaube schon. Ich weiß, daß sie gleich nach uns gekommen ist und in diesem schlabberigen Purpurcape einen großen Auftritt machte. Rog nennt sie das Batmobil. Oh je, das hört sich jetzt nicht mehr so komisch an, wie? Laß mich deinen Drink auffüllen, Peter.«

»Nein, danke. Ich muß gehen. Nur eins noch, Sheila: Hast du sie zufällig nach der Party noch gesehen?«

»Wie konnte ich? War das nicht die Nacht, in der sie umkam?«

»Ich meinte, am selben Abend auf dem Weg zu meinem Haus. Sie muß an eurem Haus vorbeigekommen sein, oder?«

»Vermutlich.« Sheila klang nicht sehr interessiert.

»Und sie ist nur ein paar Minuten nach euch gegangen. Adele Dysart sagt, es war kurz vor halb zehn.«

»Peter, das ist komisch.« Die junge Mrs. Jackman richtete sich plötzlich kerzengerade auf. »Weißt du, wir suchten doch nach einem Babysitter, wie gesagt. Ich jammerte der alten Mrs. Enderble was vor, daß wir die Party verpassen würden, und sie hat mir sehr nett angeboten, eine Zeitlang herüberzukommen. Sie bleiben nie länger als fünf Minuten bei den Dysarts, weißt du. Es ist einfach nicht ihr Geschmack. Aber deswegen mußten wir uns beeilen, weil es nicht sehr nett gewesen wäre, sie bis nach ihrer Schlafenszeit wachzuhalten. Sie gehen mit den Hühnern zu Bett, weißt du. Und außerdem wäre sie dann vielleicht nicht so bereit gewesen, mir beim nächsten Mal zu helfen. Überlebenstechnik.«

Mrs. Jackman knabberte an der Orangenschale aus ihrem Drink. »Also begann ich um Punkt neun, Rog zu drängeln, und vielleicht fünfzehn Minuten später schaffte ich es, ihn loszueisen. Aber dann standen wir noch mit Mary und schwatzten über die Party, und sie erzählte uns diese absolut phantastische Sache, die Dickie gesagt hatte – «

Shandy wollte nicht wissen, was Dickie gesagt hatte. Sheila fuhr mit ihrem Bericht fort. »Jedenfalls muß es ziemlich kurz vor halb zehn gewesen sein, als Roger sich aufmachte, Mary nach Hause zu bringen, und ich stand genau da drüben am Fenster und sah zu, ob sie es schafften. Ehrlich gesagt, glaubte ich nicht, daß Roger sich auf den Beinen halten konnte und um so weniger eine ältere

Frau, aber irgendwie gelang es ihm. Er hatte diesen widerlichen Punsch getrunken, den Bob gemacht hatte. Ich wette, er war radioaktiv. Ich nahm einen Schluck und schlich mich dann in die Küche und machte mir einen Bourbon, als keiner hinsah. Bist du sicher, daß du nicht noch einen willst?«

»Absolut. Aber du sagst, du hättest da gestanden und zugesehen.«

»Jedenfalls zehn oder fünfzehn Minuten. Sie kamen gegen die Masse nicht gut voran, und dann mußte Rog mit reingehen und John Hallo sagen und das Kaninchen streicheln. Er wird immer albern, wenn er einen im Tee hat. Es muß fast Viertel vor zehn gewesen sein, als er ins Haus zurückkam.«

»Und Mrs. Ames hast du überhaupt nicht gesehen?«

»Nicht das allerwinzigste Momentchen lang. Das erste, was ich gestern zu Roger sagte, als wir hörten, daß sie tot ist, war, daß wir ihr nicht mal mehr Auf Wiedersehen gesagt hatten, und jetzt würden wir sie nie mehr wiedersehen – was uns allen eine Lehre sein soll«, schloß Sheila ein wenig kryptisch.

»Aber den Dysarts zufolge ist Jemima auf dem Trampelpfad geradewegs in den Garten der Enderbles gelaufen. Es scheint höchst seltsam, daß sie Roger und Mary nicht getroffen hat.«

»Na, jedenfalls hat sie nicht. Das hätte Roger mir gesagt. Meine Güte, heute abend wird es einsam hier. Peter, könntest du nicht vielleicht – «

In diesem Moment flog die Tür auf, und Wendy stürzte sich, verfolgt von Dickie mit einer Gummischlange, in die Arme ihrer Mutter. Shandy nutzte den Vorfall aus, um zu entkommen.

Er war äußerst verwirrt. Wie war es möglich, daß keiner der Jackmans das grellrote Bündel auf dem Crescent gesehen hatte? Er mußte sich bei den Enderbles vergewissern. Aber nicht jetzt. Es wurde bald sechs, und das Paar neigte zu einer sanften Verschwatztheit, wie er es ohne Zweifel auch würde, wenn er in ihr Alter käme.

Warum dachte er auf einmal soviel über das Altern nach? Mißmutig, weil er keinen handfesten Grund finden konnte, ging Shandy zum Backsteinhaus zurück, nahm eine Flasche seines besten Sherrys, verbarg sie in einer gefalteten Zeitung und kämpfte sich seinen Weg zum Haus der Ames hinüber.

Tims Wohnung, wenn auch noch nicht völlig verwandelt, begann bereits, an eine menschliche Behausung zu erinnern. Man konnte wieder durch die Diele gehen, ohne über umgefallene Gegenstände zu stolpern. Das Wohnzimmer war fast aufgeräumt, und das Feuer im Kamin brannte zum ersten Mal ordentlich. Helen war noch nicht zufrieden.

»Ich fürchte, es ist immer noch alles in einem schrecklichen Zustand. Mrs. Lomax hat Wunder gewirkt, aber sie konnte nicht lange bleiben. Sie mußte nach Hause und ihre Katze füttern.«

»Das Biest hat einen heiklen Magen, soweit ich weiß.«

»Das sagte sie mir. Jedenfalls kommt sie morgen wieder.«

»Gut.«

Shandy packte sein Geschenk aus. »Ich dachte, Sie wollten vielleicht einen Drink vor dem Dinner. Das College serviert nichts Stärkeres als Hagebuttentee.«

»Peter, Sie sind ein netter Kerl. Ich hole uns Gläser.«

»Für mich nur ein kleines. Ich bin bereits dazu gepreßt worden, mit einem Nachbarn einen Cocktail zu trinken.«

»Ja, Mrs. Lomax sah, wie Sie ins Haus nebenan gegangen sind. Sie hat betont beiläufig erwähnt, daß der Gatte unterwegs sei.«

»Du meine Güte.«

»Ich nehme an, es gibt hier nicht viel, was sie nicht weiß.«

»Sie weiß oft eine Menge mehr, als die Fakten belegen«, sagte Shandy mißmutig. »Kann ich Ihnen mit dem Sherry helfen?«

»Nein, bleiben Sie sitzen. Sie müssen erschöpft sein.«

»Sie auch.«

»Ich nehme an, das bin ich, aber ich fühle mich nicht so.«

Miss Marsh gab ihm ein Glas und setzte sich auf die andere Seite der Feuerstelle. »Für Fröhliche Weihnachten ist es zu spät und für Frohes Neues Jahr ein bißchen zu früh. Und Prosit klingt angesichts der Umstände nicht besonders angebracht. Jemmy war schrecklich verstört wegen des Verlusts ihrer Mutter. Ich bin so froh, daß Professor Ames beschlossen hat hinzufahren.«

»Ich auch«, sagte Shandy. »Also auf Ihre Gesundheit. Das ist wohl sittsam genug, meinen Sie nicht? Ich hoffe, daß Ihnen Balaclava gefallen wird, Helen.«

»Ich auch. Ich werde zu alt, um umherzuziehen. Kalifornien war der schlimmste Fehler, den ich je gemacht habe. Ich hatte immer Alpträume, ich würde auf der Kante der Sankt-Andreas-Falte stehen, wenn sie endlich beschließt einzubrechen.«

»Zu schade, daß Sie in diesem Haus ein Chaos und vor der Tür einen Karneval vorfinden mußten.«

»Aber das Chaos dauert nicht ewig, hoffe ich, und verglichen mit dem, was da drüben los ist, könnte die Große Lichterwoche als die Stille selbst durchgehen. Ich will Sie nicht hetzen, aber meinen Sie nicht, wir sollten bald essen gehen? Ich habe erbärmlichen Hunger, und es ist nichts zu essen im Haus außer einem Paket Triback, an dem schon die Mäuse waren.«

»Wann immer Sie wollen«, erwiderte er und machte keine Anstalten, sich zu erheben. »Ich werde hinterher mit Ihnen Lebensmittel einkaufen gehen.«

»Wenn ich Sie bestimmt nicht aufhalte.«

»Keineswegs. Ich habe selber nur noch drei vertrocknete Brötchen.«

»Armer Peter.«

Helen nahm die leeren Gläser und brachte sie in die Küche. »Ich hole meinen Mantel.«

Shandy wünschte, sie hätten nicht loshetzen müssen. Er fand es gemütlich hier in dem aufgeräumten Zimmer vor dem hellen Feuer. Es war das erste Mal, daß er in Ames Haus war und nicht gehen wollte.

Aber auch die Aussicht, Helen Marsh zum Essen auszuführen, war erfreulich. Vielleicht würde sie ihn hinterher zu sich einladen. Er ertappte sich bei der Überlegung, ob sie wohl auch auf die Polster klopfen würde.

Nein, keine Chance. Helen war nicht von dieser Sorte. Aber andererseits hatte er es auch von den anderen nicht gedacht. Das Leben steckte in letzter Zeit voller Überraschungen. Sicherlich mußte eine davon zu seinen Gunsten ausschlagen.

Elftes Kapitel

Aufpassen, Professor!«

»Verflucht, ich habe Ihnen gesagt, Sie sollen mit diesem Schlitten vom Gehweg bleiben!«

Nicht erwähnenswert, daß das Mädchen unbekümmert weiterflitzte. Helen Marsh wandte sich um, um ihr nachzuschauen.

»Was für ein phantastisches Geschöpf! Wer ist das?«

»Eine Studentin namens Heidi Hayhoe.«

»Peter, das denken Sie sich aus.«

»Ich doch nicht.«

»Na, alles ist möglich, nehme ich an. Ist Heidi in einem Ihrer Kurse?«

»Ich wünschte, sie wäre es«, schnaubte Shandy. »Ich hätte viel Spaß daran, sie durchfallen zu lassen.«

»Wirklich? Ich hätte gedacht, Sie würden sie eher nachsitzen lassen.«

»Wozu? Meine Reputation als, eh, alter Lustmolch ist, wie ich Ihnen versichere, neu erworben und völlig unbegründet. Jedenfalls hat Präsident Svenson eindeutige Ansichten über das Thema der, eh, extracurricularen Fraternisierung zwischen Fakultät und Studenten.«

»Ich wette, Heidi Hayhoe hat das nicht. Irgendwie hatte ich nicht erwartet, so ein Mädchen an einem landwirtschaftlichen College zu finden. Ich weiß nicht weshalb. Sie sind verbreitet genug. Es tut mir leid. Ich weiß nicht, ob es an Ihrem Sherry liegt oder an meinem leeren Magen. Wie weit ist es bis zur Mensa?«

»Das erste Gebäude rechts oben auf dem Crescent. Meinen Sie, Sie schaffen es noch so weit?«

»Ich werde es versuchen. Ich fühle mich wirklich wie ein Lachs beim Laichen. Wird sie so übervölkert sein wie dieser Weg?«

»Oh nein. Das Publikum hat keinen Zutritt, und ich glaube nicht, daß viele von der Fakultät da sein werden. Ich fürchte, das Montagsessen kann durchaus eine aufgewärmte Version des Sonntagsessens sein.«

»Es kann unmöglich schlechter sein als die lauwarme Pappe, die ich zu Mittag hatte.«

»Eigentlich meinen wir, daß das Essen im allgemeinen nicht schlecht ist. Die Mensa wird als Teil des Kurses für Restaurantmanagement geführt, und die Köche bekommen ihre Noten nach ihren Plätzchen.« Er erklärte ein bißchen von dem einzigartigen Lehr- und Arbeitsprogramm, während sie den Hügel erklommen und das Restaurant betraten.

»Allmählich bekomme ich einen beträchtlichen Respekt vor diesem Ort«, sagte Helen. »Es klingt nicht nach irgendeinem der Lehrinstitute, wo ich bisher gewesen bin, aber es scheint die Studenten ohne Zweifel auf die spätere Praxis vorzubereiten.«

»Präsident Svenson wäre entzückt, Sie das sagen zu hören.«

»Ich bin entzückt«, dröhnte eine Stimme in ihre Ohren. »Wer ist diese hellsichtige junge Dame, und wieso kenne ich sie nicht?«

»Sie ist erst seit halb vier in der Stadt.«

Shandy stellte sie einander vor. »Sie ist die Verwandte von Timothy Ames Schwiegersohn, die gekommen ist, um, eh, in die Bresche zu springen.«

»Nett von Ihnen, daß Sie so kurzfristig abkömmlich waren. Mrs. Svenson muß Sie irgendwann mal zum Tee einladen.«

»Thorkjeld, was für eine Art, jemanden einzuladen«, schalt Sieglinde. »Wir werden Sie am Donnerstagnachmittag um halb fünf erwarten, Miss Marsh, und Sie müssen diesen bösen Peter Shandy mitbringen, um ihn eine kleine Weile von Missetaten abzuhalten. Peter, Ihre neueste Dekoration fand ich wirklich nicht amüsant.«

»Ich auch nicht«, versetzte er grimmig. »Ich versuche herauszufinden, wer dafür verantwortlich ist.«

»Thorkjeld, weißt du das nicht?«

»Nein, weiß ich nicht«, schnappte der Präsident. »Es scheint hier noch ein paar Dinge zu geben, die ich nicht weiß.«

»Wie überaus bemerkenswert.«

Mrs. Svensons hübsches Gesicht verlor tatsächlich für einen Moment seine Heiterkeit. »Na, suchen wir uns einen Platz. Zumindest werden wir erfahren, wer dafür verantwortlich ist, daß wir heute ein gutes Dinner bekommen. *Smaklig måltid, Fröken Marsh.*«

»*Tack, Fru Svenson*«, antwortete Helen, ohne mit der Wimper zu zucken.

Shandy war beeindruckt. »Sind Sie auch Schwedin, Helen?«

»Nein, aber ich habe eine Zeitlang in South Dakota gearbeitet.«

»Weshalb sind Sie dort gefeuert worden?«

»Peter, das ist nicht nett.«

Helen ließ sich auf demselben Stuhl nieder, den Timothy Ames tags zuvor eingenommen hatte, und studierte einen Moment lang die Karte. »Eigentlich drehte es sich um eine unüberbrückbare Meinungsverschiedenheit zwischen mir und dem Leiter des Fachbereichs Englisch.«

»Über welches Thema?«

»Das sage ich lieber nicht«, erwiderte sie störrisch. »Wäre es zu empfehlen, die Truthahnplatte zu bestellen?«

»Es gibt nur einen Weg, das herauszufinden. Zwei Truthahnplatten bitte, Miss.«

»Ja, Professor. Möchten Sie dazu etwas Preiselbeer-Mousse?«

»Wer hat die Mousse gemacht?«

»Ich. Wir sind knapp an Leuten wegen der Lichterwoche.«

»Dann müssen wir unbedingt davon kosten.«

Das Mädchen errötete vor Freude. »Ich bringe sofort die Suppe.«

Im Handumdrehen war sie zurück, bepackt mit den Salaten, warmem Brot und zwei dampfenden Tellern der unvermeidlichen Truthahnsuppe. Die Svensons, die noch nichts bekommen hatten, sahen etwas verärgert aus. Shandy bemerkte es und lächelte Helen gequält zu.

»Als ob ich nicht schon genug Ärger mit dem Boß hätte.«

»Weswegen haben Sie Ärger?«

»Zum Teil wegen diesem idiotischen Weihnachtsschmuck natürlich. Mrs. Svenson ist nicht amüsiert. Die arme Jemima war es auch nicht.«

»Peter, Sie dürfen sich nicht damit belasten. Sie machen sich doch nicht wirklich für ihren Tod verantwortlich, oder?«

»Ich glaube, wir reden besser später darüber«, murmelte Shandy und warf einen Blick auf die anderen Tische. Trotz des Aufgewärmten lief das Geschäft in der Mensa recht lebhaft.

Helen wirkte überrascht, aber wechselte das Thema. »Sie hatten recht mit dem Essen, Peter, es ist ausgezeichnet. Und Sie sagen, das Ganze wird von Studenten betrieben?«

»Unter Aufsicht natürlich.«

Er begann, den innovativen Lehrplan des College weiter auszuführen. Seine Begleiterin sah Präsident Svenson allmählich so anerkennend an, daß der große Mann sie zum Kaffee an seinen eigenen Tisch beorderte.

»Miß Marsh findet Sie faszinierend«, berichtete ihm Shandy.

»Das tut Mrs. Svenson auch«, sagte der Präsident. »Nicht wahr, Sieglinde?«

»Ja, Thorkjeld. Iß deinen guten Reispudding. Ist es sein Aussehen oder sein Verstand, den Sie bewundern, Miss Marsh?«

»Ich glaube, es ist sein gesunder Menschenverstand«, erwiderte Helen. »Ich habe an Colleges im ganzen Land gearbeitet, aber das ist das erste, an dem jeder zu wissen scheint, was er tut und warum.«

»Aha. Also das, Thorkjeld, ist ein Kompliment, das etwas wert ist. Sie haben recht, Miss Marsh, mein Mann ist ein vernünftiger Mann. Manche würden meinen, das machte ihn zu einem langweiligen Mann, aber in siebenundzwanzig Jahren habe ich ihn nie langweilig gefunden. Nein, Thorkjeld, keine Sahne in deinen Kaffee. Du hattest Sahne zum Pudding. Und was ist es, woran Sie arbeiten, Miss Marsh?«

»Ich bin Bibliothekarin.«

»Ja? Dann können Sie die Stelle übernehmen, die Mrs. Ames nicht verlassen hat. Ich sage ›nicht verlassen hat‹, weil sie sie nie angetreten hat.«

Mrs. Svenson schlug dem Präsidenten spielerisch die Hand von der Zuckerdose weg. »Sie war nur dann eine gute Arbeiterin, wenn sie sich um die Angelegenheiten anderer kümmerte. Was du mit ihr hättest machen sollen, Thorkjeld, wäre gewesen, jemand anders zum Assistenten für die Sammlung Buggins zu ernennen. Dann hätte sie ihm den Job unter der Nase weggeschnappt und im Nu erledigt. Denk daran, wenn du nochmal auf so jemanden triffst. Mein Mann ist wie ein Elefant, Miss Marsh. Er vergißt nie. Er würde auch wie ein Elefant aussehen, wenn ich ihn ließe. Nein, Thorkjeld, du brauchst keinen Kaffee mehr. Dann träumst du schlecht. Erklär Miss Marsh, was sie tun soll, und komm mit nach Hause.«

»Melden Sie sich morgen früh in der Bibliothek, und bitten Sie um den Schlüssel für den Buggins-Raum. Ich werde Porble sagen, daß Sie kommen.«

»Aber wollen Sie nichts über meine Laufbahn oder Qualifikation wissen?« staunte Helen.

Präsident Svenson erhob sich und rückte seiner Frau den Stuhl beiseite. »Das werde ich bald genug erfahren. Peter, Sie übernehmen sie. Und denken Sie daran, ich behalte Sie im Auge.«

»Das ist vielleicht ein Paar«, sagte Helen, als die Svensons außer Hörweite waren.

»Das sind sie und noch einiges mehr. Vorsicht, Stufe, junge Frau. Ist Ihnen dieser Mantel wirklich warm genug?«

»Nein, aber ich habe meine South-Dakota-Wollhosen darunter. Wohin gehen wir?«

»Ich meine, wir sollten besser bei Porble vorbeischauen und ihm beibringen, daß er eine neue Assistentin hat, bevor es jemand anders tut. Porble neigt dazu, leicht beleidigt zu sein.«

»Aber Dr. Svenson wird es ihn wissen lassen.«

»Die Buschtrommeln werden dröhnen, lange bevor der Präsident dazu kommt.«

Shandy nahm Helen beim Ellbogen und steuerte sie zur Tür. Sie waren noch nicht weit gekommen, als jemand sagte: »Wer ist deine Freundin, Peter?«

»Oh, hallo, meine Damen. Pam Waggoner und Shirley Wrenne, das ist Helen Marsh, die gerade zur Hilfsbibliothekarin ernannt worden ist.«

»Das haben wir gehört«, antwortete Miss Waggoner, eine dünne, dunkle Assistentin in der Nutztierhaltung. »Sie sind Jemmy Ames Schwiegermutter oder so, nicht wahr?«

»Nur eine Art Nenntante. Jemmy hat mich in die Bresche geworfen, als sie feststellte, daß ihr Vater eine Haushälterin brauchen würde.«

»Die hat er schon immer gebraucht«, sagte Miss Wrenne, eine langgesichtige Blondine in einer Menge handgewebter Sachen; sie war spezialisiert auf bäuerliches Handwerk. »Sind Sie eine richtige Bibliothekarin oder noch so ein Blender wie die Ames?«

»Meine Güte, Wrenne«, schnappte ihre Gefährtin, »wir wissen alle, daß du Jemima nicht ausstehen konntest, aber deswegen mußt du sie nicht noch nachträglich durch den Schmutz ziehen, jetzt, wo sie tot ist.«

»Du meinst, jetzt, wo sie bekommen hat, was sie verdient hat dafür, daß sie ihre Nase in Sachen steckte, die sie nichts angingen«, ergänzte Miss Wrenne und biß krachend in ein Radieschen.

»Ach, hör auf«, sagte Pam. »Viel Vergnügen hier, Miss Marsh, so kurz Ihr Aufenthalt auch sein mag. Ich kann mir nicht vorstellen, daß Sie es lange aushalten in Balaclava.«

»Ich bin eine qualifizierte Bibliothekarin«, erwiderte Helen, »und ich finde, daß Balaclava wundervoll ist. Sie müssen mich mal in der Bibliothek besuchen. Wenn ich irgendwelche Faith Baldwins in der Sammlung Buggins finde, hebe ich sie Ihnen auf.«

Bevor eine der beiden Frauen eine Antwort formulieren konnte, ging sie weiter, ein höfliches Lächeln auf den rosenfarbenen Lippen. Shandy verbeugte sich und ging ihr nach, wobei er sich fragte, ob Shirley Wrenne Jemima tatsächlich so herzlich gehaßt hatte, wie sie behauptete. Wenn ja, war es dumm, weiter so zu tönen, seit Tims Frau ermordet worden war. Aber niemand außer ihm selbst und Ames und Präsident Svenson wußten das. Also mußte ihre Garstigkeit ein Beweis ihrer Unschuld sein.

Andererseits konnte es eine schlaue Verteidigung sein. Wenn die Fakten später durchsickerten, wie sie durchsickern mußten, konnte sie sagen: »Wenn ich gewußt hätte, daß es kein Unfall war, meint ihr, ich hätte so über sie geredet?« Präsident Svenson stellte keine dummen Instruktoren ein.

Pam Waggoner war auch kein Dummkopf. Shandy fragte sich nicht zum ersten Mal, wie die Beziehung der beiden Frauen genau aussah. Die Tatsache, daß sie gemeinsam ein Haus bewohnten und viel zusammen umherzogen, bedeutete nicht unbedingt, daß sie die Gesellschaft des anderen mochten, von einer engeren Verbindung ganz zu schweigen. Sich zusammenzutun, war bei den Assistentengehältern wahrscheinlich eine steuerliche Notwendigkeit, und unverheiratete Frauen, denen in dieser überwältigend gattinnenhörigen Gesellschaft jede persönliche Beziehung zu den männlichen Studenten versagt war, mußten wohl oft ein arges Verlangen nach Gesellschaft empfinden.

Vor lauter Grübeln hätte er beinahe die Dysarts geschnitten. Adele aber ließ sich nichts dergleichen gefallen.

»Peter, redest du nicht mehr mit deinen Freunden? Willst du uns nicht bekannt machen?«

»Oh, tut mir leid. Adele und Bob Dysart, das ist Helen Marsh. Bob ist der mit dem Schnurrbart.«

»Helen?« Mrs. Dysart lachte vergnügt. »Ich war sicher, du würdest Susie sagen.«

»Miss Marsh ist aus Kalifornien hergekommen«, mahnte Shandy streng. »Wie du dich erinnern wirst, haben Timothy Ames und ich heute morgen nach der Beisetzung davon gesprochen, daß sie kommt.«

»Oh natürlich. Verzeihen Sie mir, Miss Marsh. Es ist bloß so schwierig, mit Peters Frauen auf dem laufenden zu bleiben. Ich hoffe, Sie werden Ihren Aufenthalt in Balaclava genießen.«

»Da werden wir verdammt drauf aufpassen«, sagte Bob und schwenkte Helens Hand viel zu lange und mit unnötigem Druck. »Wir müssen ein kleines Beisammensein planen, sobald wir uns vom letzten erholt haben. Zu schade, daß Sie unsere Weihnachtsparty verpaßt haben, Helen. Der alte Pete hier auch. Passen Sie auf diesen Kerl auf. Wenn er anfängt, Ihnen das Leben sauer zu machen, sagen Sie es mir.«

»Danke«, sagte Helen und schaffte es endlich, ihre Finger seinem Griff zu entwinden. »Ich bin sicher, das wird er nicht. Guten Abend.«

Sie war aus der Tür, bevor Shandy noch weitere Vorstellungen inszenieren konnte. Er mochte ihr nicht verdenken, daß sie entkommen wollte. »Vielleicht möchten Sie es bis morgen aufschieben, Porble kennenzulernen?«

»Ach nein. Die Leute sind überall gleich, oder? Wer ist Susie?«

»Eine weitere der Granaten, die nach hinten losgegangen sind.«

Während sie sich durch die wandernden Schaulustigen schlängelten, berichtete er von seiner jüngsten Dummheit und ihrem schrecklichen Widerhall.

»Also fing Adele natürlich an, links und rechts Andeutungen fallenzulassen, mit dem Resultat, daß man mich jetzt für einen, eh, Schwerenöter hält.«

»Oh Peter! Ich sollte nicht lachen, denn ich bin sicher, daß Sie bis zu den Augenbrauen im heißen Wasser stehen, aber Sie müssen zugeben, daß es komisch ist.«

»Es freut mich, daß Sie es so sehen. Das würde Tim auch, wenn er hier wäre. Er hat, eh, schauderhafte Konsequenzen vorhergesagt.«

»Haben sie schon angefangen, und sind sie wirklich so schauderhaft?«

»Ja auf die erste Frage. Was die zweite betrifft: Noch nicht, aber ich erwarte, daß sie es bald werden. Ich nehme an, ich hätte Sie warnen sollen, Helen. Mit mir in der Öffentlichkeit gesehen zu werden, wird wahrscheinlich, eh – «

»Meinen ehrlichen Namen beflecken? Das Risiko muß ich eingehen, nicht? Welches ist Porbles Haus?«

»Direkt hier unten. Das erste auf dem Crescent, wie Sie sehen. Porble geht nicht gern weiter, als er muß.«

»Warum? Ist er behindert oder einfach faul?«

»Weder noch. Er glaubt nicht an Verschwendung von Bewegung. Deswegen hat er die Sammlung Buggins so lange Staub fangen lassen. Er sagt, die Bücher hätten keinen praktischen Wert.«

»Was für Bücher?«

»Das weiß keiner. Die Bücher sind nicht einmal aufgelistet, geschweige denn katalogisiert. Und weil sie es nicht sind, dürfen wir nicht hineingehen und sie stören.«

»Sie dürfen es dem Bibliothekar nicht vorwerfen«, sagte Helen. »Er ist wahrscheinlich überarbeitet und unterbezahlt, wie wir alle. Die meisten Bibliothekare haben irgendwo einen Haufen alter Bücher verstaut, die sie sich nicht trauen wegzuschmeißen, aber für die sie auch keine Zeit haben, sich darum zu kümmern. Sie nehmen sich immer vor, sie irgendwann zu katalogisieren, tun es aber gewöhnlich nicht, bis sie jemand dazu treibt. Wer sitzt Mr. Porble im Nacken? Mrs. Svenson?«

»Nein, ich«, meinte Shandy unglücklich.

»Wieso sind Sie an der Sammlung Buggins interessiert?«

»Ich dachte einfach, es könnte etwas dabei sein, was ich gerne lese. Das ist eine Vorstellung, die Porble nicht versteht. Jemima auch nicht. Svenson hat ihr den Job nur gegeben, um mir das Maul zu stopfen, und sie benutzte ihn, um mich draußen zu halten.«

»War das einfach?«

»Ja, sehr. Sie werden sehen. Passen Sie auf hier. Er hat keine Bewegung darauf verschwendet, den Weg zu streuen.«

Shandy läutete beim Bibliothekar. Ein Mädchen von etwa vierzehn Jahren kam an die Tür.

»Guten Abend, Lizanne. Ist dein Vater da?«

»Er setzt sich gerade zum Abendessen«, sagte das Kind zögernd.

»Es dauert nur einen Moment. Ich möchte nur Miss Marsh vorstellen, die Mrs. Ames Stelle in der Bibliothek einnehmen wird.«

»Oh.« Lizanne musterte Helen erschrocken, rannte davon und rief: »Daddy! Professor Shandy will dir eine Dame vorstellen.«

»Was für eine Dame?«

Nicht der Bibliothekar, sondern seine Frau erschien. »Also Peter, ist das eine Überraschung. Ich war gerade dabei, den Tisch zu decken. Ich fürchte, ich kann Sie so kurzfristig nicht dazubitten.«

»Nein, nein, wir haben oben im College gegessen. Deswegen kommen wir zu einer so ungünstigen Zeit vorbei. Der Präsident war da und schlug vor, daß Miss Marsh die Assistentenstelle für die Sammlung Buggins übernimmt. Ich dachte, Phil sollte sie kennenlernen, bevor er es über die Buschtrommeln erfährt, aus, eh, Respekt vor seiner Position. Helen ist gekommen, um für Timothy Ames die Stellung zu halten. Sie erinnern sich: Wir haben heute morgen bei den Cadwalls darüber gesprochen.«

»Ach ja. Ich muß schon sagen, daß nicht viele Frauen von einem Moment zum nächsten die Zelte abbrechen und quer durch das Land fliegen können.« Sie ließ ein besonders häßliches kleines Lachen hören. Helen weigerte sich, beleidigt zu sein. »Eigentlich hatte ich sowieso vor zurückzukommen. Ich habe Buck und Jemmy meine Pflanzen und meine Möbel geschenkt, und sie bewahren meine Bücher und den Kleinkram auf, bis ich mich entscheide, wo ich mich niederlasse.«

»Ach, dann bleiben Sie nicht auf unbestimmte Zeit bei Tim?«

»Ich habe keine Ahnung. Ich versuche nur, in einem Notfall nützlich zu sein. Jemmy ist so ein Schatz, und sie machte sich große Sorgen, wo das Baby jetzt kommt und ihre Mutter tot ist und sie ihren Vater bei sich haben wollte und Angst hatte, was passiert, wenn er das Haus während der Lichterwoche leerstehen lassen würde, so daß ich einfach sagte, ich fahre.«

Mrs. Porble taute langsam auf. »Ich sage immer, die Familie muß in Notzeiten zusammenhalten. Jemimas Tod war für uns alle ein schrecklicher Schock. Ich sagte zu Phil – «

Sie erfuhren nie, was sie gesagt hatte, da Phil selbst in die Diele geschlurft kam.

»Also, Peter. Nett von Ihnen, daß Sie meine Arbeit für mich tun. Ich habe erfahren, daß ich eine neue Assistentin für die

Sammlung Buggins eingestellt habe. Miss Marsh, nicht wahr? Wäre es unhöflich zu fragen, ob Sie so etwas wie Bibliothekserfahrung haben? Vielleicht besitzen Sie einen Benutzerausweis? Sie sind doch wenigstens mal in einer Bücherei gewesen?«

»Ziemlich oft«, entgegnete Helen gelassen. »Ich habe meinen Doktor in Bibliothekswissenschaft am Simmons College in Boston gemacht.« Sie erwähnte ein paar ihrer früheren Stellen, und Porbles Verachtung verwandelte sich in Ehrfurcht.

»Mein Gott«, schluckte er. »Ich fühle mich, als hätte ich eine Auster gegessen und mich an der Perle verschluckt. Und Svenson hat Sie angestellt, um in der Sammlung Buggins zu arbeiten. Der Sammlung Buggins!«

Zum ersten Mal in ihrer achtzehnjährigen Bekanntschaft sah Shandy Porble außer Fassung. »Die Sammlung Buggins! Grace, hast du das gehört? Der Präsident hat mir eine Dr. bibl. für die Sammlung Buggins besorgt.«

Seine Frau schaffte es, pflichtgemäß zu kichern, obwohl sie offenbar eher verwirrt als amüsiert war. »Aber, Miss Marsh, wenn Sie so hochqualifiziert sind, was ist dann in Sie gefahren, solch einen albernen Job anzunehmen?«

»Ich habe ihn nicht eigentlich angenommen, er wurde mir gegeben. Sie kennen Dr. Svenson besser als ich. Seine Frau fragte mich, was ich tue, und ich sagte, ich bin Bibliothekarin, und das war es. Ich kann wohl ebensogut einspringen, bis Sie jemand anderen gefunden haben, wenn Sie möchten. Ich wollte Sie morgen früh aufsuchen, aber Peter meinte, wir sollten einfach hereinschauen und guten Tag sagen. Ich glaube, wir verschwinden jetzt wieder, bevor Ihr Essen kalt wird.«

Sie waren wieder auf dem Crescent, bevor sich Porble aus seiner Erstarrung gelöst hatte. Auch Shandy kicherte in sich hinein.

»Sie haben ihren Abend vergoldet.«

»Seinen, nicht ihren«, korrigierte Helen. »Mrs. Porble fühlt sich vielleicht jetzt erst recht bedroht. Sie ist eine nette Frau, meinen Sie nicht?«

»Ich meine, sie ist zu weit gegangen, als sie häßlich zu Ihnen war.«

»Das wäre ich auch, wenn jemand genau zur Abendbrotzeit in mein Haus stürmt und meinem Mann eine fremde Frau entgegenwedelt. Sobald sie den Schock überwunden hat, wird sie ein kleines Dinner für uns arrangieren. Es wird ein Büffet mit zwei verschiedenen Gängen, einem muffigen Salat und einem schicken Dessert aus *Better Homes and Gardens* sein. Sie wird ein langes Plaidkostüm und eine schwarze Nylonbluse tragen, weil das schick ist und man den Schmutz nicht sieht. Sie werden noch drei weitere Paare einladen. Wir werden einen sehr viel vergnüglicheren Abend haben, als wir erwartet hätten.«

»Erzählen Sie mir mehr.«

»Nein. Sie sind gemein. Aber warten Sie nur ab.«

»Mit Vergnügen.« Er hörte gern, wie sie von drei weiteren Paaren sprach.

»Wohin gehen wir als nächstes?«

»Lebensmittel. Auf der Hauptstraße gibt es eine Art Supermarkt, der rund um die Uhr aufhat. Da können Sie einkaufen und mich dann zum Frühstück einladen.«

»Peter Shandy, Sie Fuchs! Sagen Sie bloß nicht, daß diese fischäugige Blondine doch noch recht hatte.«

»Adele hat nie recht. Das glaubt sie bloß.«

»Sie ist diejenige mit dem Geld, nehme ich an?«

»Haben Sie je daran gedacht, sich als Hexe verbrennen zu lassen? Woher wissen Sie diese Dinge von Leuten, die Sie kaum erst kennengelernt haben?«

»Ich begegne ihnen überall. Er ist von der Sorte, die Geld heiraten, und sie ist von der Sorte, die auf Männer wie ihn hereinfallen, weil sie eigentlich nichts über Menschen weiß bis darauf, daß man sie als Publikum braucht. Ich nehme an, niemandem liegt viel an den beiden, aber jeder tut so, weil sie so hart um Aufmerksamkeit kämpfen, daß sie einem Schuldgefühle machen.«

Shandy lachte reumütig. »Daran habe ich nie gedacht. Wenn ich ihre Parties verlasse, frage ich mich immer, wieso alle anderen so viel mehr Spaß haben als ich. Vielleicht fragen sich die anderen das auch.«

»Ich weiß. Viel Lärm, harte Drinks, und Adele trägt eine Jellabah, die sie auf einer Marokko-Tour mit Führer erstanden hat. Ich bin gemein. Was essen Sie zum Frühstück?«

»Was immer Sie mir vorzusetzen belieben.«

Einem modernen Antäus gleich, der seine Kraft mit jeder Rippe, in die er stieß, erneuerte, pflügte Shandy einen Pfad für sich und Helen durch die Menge.

Zwölftes Kapitel

Mit braunen Papiertüten beladen, bahnten sie sich einen Weg zurück den Hügel hinauf. Shandy hatte versucht, ihre Einkäufe zusätzlich zu seinen eigenen zu tragen, aber sie ließ ihn nicht.

»Nein, wirklich, Peter. Ich würde mir vorkommen wie eine alte Frau.«

»Das ist unmöglich. Vermutlich wollen Sie nur verhindern, daß ich mir wie ein alter Mann vorkomme. Apropos Langlebigkeit – würde es Ihnen etwas ausmachen, wenn wir ein paar Minuten bei einem älteren Paar vorbeischauen, die Ihre Nachbarn sind, den Enderbles? Er ist emeritierter Professor für die lokale Fauna. Ein recht bekannter Wissenschaftler auf seinem Gebiet.«

»Nicht etwa der Enderble, der *So lebt man mit Wühlern* und *Biberdämme dämmt man nicht* geschrieben hat? Wie entzückend!«

»Er hat ein neues in Arbeit mit dem Titel *Heimisch werden bei den Schlangen.* Mrs. Enderble hält es für die Krönung einer langen und glänzenden Karriere. Sie ist, eh, vielleicht etwas aufgeschlossener gegenüber den Reptilien als die meisten Damen.«

»Ich liebe es, wie Sie ›Damen‹ sagen, Peter. Sie sind so viktorianisch. Sie sollten lavendelfarbene Gamaschen und ein Stöckchen zum Wirbeln tragen.«

»Ganz wie Sie befehlen. Ein Stöckchen wäre wirklich eine gute Idee. Ich könnte wütend um mich schlagen, wenn diese verflixte – Miss Hayhoe, wenn ich Sie noch einmal mit diesem abscheulichen Vehikel auf dem Crescent ertappe – «

»Machen Sie sich nicht ins Hemd, Professor!«

Mit einem fröhlichen Lachen flitzte die Amazone weiter.

»Mißratene Göre! Sie macht sich über mich lustig.«

Shandy zog seine Handschuhe aus und kratzte sich an der Nase.

»Das ist ziemlich seltsam, wenn man es recht bedenkt.«

»Warum? Hat sich noch nie jemand über Sie lustig gemacht?«

»Ich bezog mich nicht auf irgendeinen, eh, persönlichen Groll, sondern auf die flagrante Indifferenz der jungen Frau gegenüber einer vernünftigen Regel. Sie könnte einen Gaffer über den Haufen rennen und der Lichterwoche das Geschäft verderben. Ich bin überrascht, daß die anderen Studenten sie noch nicht in die Mangel genommen haben.«

»Sie ist der Typ, der mit so etwas davonkommt,« sagte Helen. »Mit einem Namen wie Heidi Hayhoe ist das Mädchen prädestiniert für die Rolle des Campus-Clowns. Sie ist hier wegen des Spaßes und der Männer, und sie macht kein Hehl daraus.«

»Warum um Himmels willen hat sie sich dann Balaclava ausgesucht?«

»Oh, ich nehme an, sie hat einen Verwandten, der ein reicher und großzügiger Alumnus ist. Ist es nicht ein Hayhoe, der diese Dreschmaschinen macht?«

»Hayhoe Harvesters! Grundgütiger, natürlich. Sie haben vor einiger Zeit einen gespendet. Die Schule baut eine Menge Getreide an, wissen Sie. Tim und ich arbeiten an einer Züchtung von extrem trockenheitsresistenter Hirse. Hirse ist ein hierzulande sehr unterschätztes Getreide. Außer natürlich bei Wellensittichen.«

»Aber ein Großteil der Welt lebt von Hirse. Peter, das ist atemberaubend! Darf ich irgendwann mal sehen, wie Sie arbeiten?«

»Natürlich, nur ist da nicht viel zu sehen. Agrostologie gehört nicht zu den, eh, spektakulärsten Berufen. Das ist mein eigentliches Gebiet.«

»Ich verstehe. Rüben sind nur ein Nebenzweig. Aber denken Sie an all die Kühe, die Sie glücklich gemacht haben. Die armen Dinger, das Fressen ist alles, worauf sie sich heutzutage freuen können. Ich wette, Professor Dysarts Gebiet ist die künstliche Besamung. Er sieht wie ein Chauvinistenschwein aus. Wahrscheinlich ein Schrecken aller Studentinnen.«

»Diesmal falsch geraten, Madam. Dysart ist Ingenieur, und Dr. Svenson ist sehr streng, was die Beziehung von Studenten und Lehrern betrifft.«

»Dr. Svenson sagt selbst, daß hier eine Menge vor sich geht, wovon er nichts weiß.«

»Das sagt er nur. Was er meinte, war, daß es eine bestimmte Sache gibt, von der er nichts weiß, und Gott steh' mir bei, wenn ich ihm keine Antwort liefere.«

»Was hat er vor?«

»Ich weiß es nicht.«

»Hat es mit Jemmys Mutter zu tun?«

»Ja.«

»Aber er wirft es doch nicht Ihnen vor?«

»Helen, könnten wir an einem weniger öffentlichen Ort darüber sprechen?«

»Entschuldigung, Peter. Hier also wohnen die Enderbles? Ich dachte, er hätte eine Hobbit-Höhle.«

»Das würde John vielleicht vorziehen, aber ich zweifle daran, daß Mary es auch würde. Ich kann mir Mrs. Enderble nirgendwo anders vorstellen als hier. Sie ähnelt der kleinen Frau im Wetterhäuschen, nie weit von der eigenen Haustür.«

Seine Beschreibung stimmte. Mrs. Enderble schoß wie aufs Stichwort heraus. Sie sah wie eine merkwürdige Märchengestalt aus mit dem Haarknoten, dem runden und rosigen Gesicht, den ständig verwundert fragenden Augen und den zu einem fröhlichen Lächeln geschürzten Lippen. Selbst der kastanienbraune Wollrock und die handgestrickte rosa Jacke schafften es irgendwie, wie eine Bauerntracht zu wirken.

»Peter Shandy! Ich hatte nicht erwartet, Sie so bald wiederzusehen! Das war ein entzückendes Leichenbegängnis, nicht wahr? Genau wie Jemima es gewollt hätte, obwohl ich behaupten möchte, daß sie es lieber ein paar Jahre aufgeschoben hätte, wie wir anderen auch. Kommen Sie doch beide herein. John ist im Arbeitszimmer und fragt sich, wo er irgendwas hingelegt hat, wie üblich.«

»Ich habe eine Bewunderin von ihm mitgebracht. Das ist Helen Marsh.«

»Ah, Sie sind die Dame aus Kalifornien. Wie nett! Ich sah Sie und Mrs. Lomax heute nachmittag Teppiche ausklopfen. Jemima konnte sich für vieles begeistern, aber sie sagte immer, der Haushalt gehöre nicht dazu. Sie schalt mich immer, weil ich soviel Zeit damit verbrachte, im Haus herumzuwursteln, wo so viele Dinge draußen passierten. Aber ich bin nie jemand für Komitees und so etwas gewesen. Man muß ein Haus spüren lassen, daß man es liebt, dann liebt es einen auch, meinen Sie nicht?«

»Ich glaube schon«, sagte Helen. »Ich habe nie ein eigenes Haus gehabt.«

»Ah, aber im Herzen sind Sie eine Nestbauerin wie ich«, sagte Mrs. Enderble. »Ich erkenne es daran, wie Sie einen Teppich ausklopfen. John, wir haben Gäste. Hier, lassen Sie mich Ihnen diese Bündel abnehmen. Was für ein hübscher Mantel, Miss Marsh! Trägt man das jetzt in Kalifornien? Ich dachte immer, man trägt dort überhaupt nicht viel, nach dem, was man in den Zeitungen sieht. Kommen Sie ins Arbeitszimmer, wenn Sie die Unordnung ertragen können.«

Die Unordnung bestand aus einem Wust von Papieren auf einem Schreibtisch aus heller Eiche und einem Korb mit Tannenzapfen, die auf dem Ofen verstreut waren. Zwei getigerte Kätzchen jagten die Tannenzapfen umher, während die Katzenmutter, ein großer Hund von unbestimmbarer Rasse, ein gewaltiger belgischer Rammler und ein Mann, nicht viel größer als der Hase, ihre Sprünge mit wohlwollender Nachsicht betrachteten.

»Peter, mein Junge, wie schön, Sie zu sehen. Was halten Sie von diesen kleinen Teufeln?«

Ein Kätzchen ließ seinen Tannenzapfen im Stich und kletterte Shandys Hosenbein hinauf. Er griff hinab und löste vorsichtig die nadelspitzen Klauen aus seinem linken Schienbein.

»Das reicht, junger Herr oder junge Dame. Ich bin kein Baum. Ich bin sicher, John, daß der Irrtum eher im jugendlichen Unwissen als in einer Verirrung der Natur liegt. Nein, Pussy, meinen Schlips ißt du nicht!«

»Die Tiere gehen immer sofort zu Peter«, erklärte Mary Enderble Helen. »Sie mögen sogar, wie er schmeckt. Ach, John, das ist Helen Marsh aus Kalifornien. Peter sagt, sie ist ein Fan von dir.«

»Freut mich zu hören.« Enderble gab ihr nicht ohne Mühe die Hand, da er mittlerweile des anderen Kätzchens habhaft geworden war. »Mary, haben wir irgend etwas, was wir diesen netten Leuten anbieten können?«

»Keine Umstände unseretwegen«, sagte Shandy, der versuchte, die Schnurrbarthaare des ersten Kätzchens zu zählen, während es an seiner Krawatte nuckelte. »Ihr besorgt besser ein Fläschchen für dieses irrende Baby. Es denkt wohl, ich wäre seine Mutter.«

»Oh je, es macht diese wunderbare Seide ganz naß. Geh zu Mami, Eugene.«

Mrs. Enderble setzte das winzige Geschöpf seiner Mutter unter den Bauch und wartete, bis es wonnig schnurrte, bevor sie nickte und sich in die Küche begab.

»Ihr beide setzt euch und wärmt euch auf. Die Dysarts haben irgendein feines Likörchen herübergebracht, und wir haben uns gefragt, wie es wohl schmeckt, aber es schien nicht recht, die Flasche nur für uns zu öffnen.«

Sie war mit Lichtgeschwindigkeit zurück und brachte fingerhutgroße Gläser, einen kleinen Krug und einen Teller Zuckergebäck mit. »Ouzo nennt man das. Riecht für mich wie Rizinus.«

»Gut,« meinte Helen. »Ich bin mit Rizinus aufgewachsen.«

»Ich auch, meine Liebe. Jetzt kann man keines mehr ohne Rezept kaufen. Ich weiß nicht, wo das noch hinführen soll. Naja, fröhliche Tage, obwohl ich nicht glaube, daß das nett ist, wenn man bedenkt, was Sie hergeführt hat.«

»Was hat sie hergeführt?« fragte Dr. Enderble.

»Na, sie ist doch diese Verwandte der Ames, die gekommen ist, um Tim das Haus zu verwahren.«

»Wie kann sie Tim das Haus verwahren, wenn er zu Jemmy gefahren ist?«

»Ach, John, du wirst ein Zänker bleiben bis zu deinem letzten Tag. Du weißt, was ich meine. Ich nehme an, das muß ein schrecklicher Schock für Sie gewesen sein, Helen. Es macht Ihnen doch nichts, daß ich Sie Helen nenne? Ich bin selbst noch nicht darüber hinweg – an einem Tag war sie noch da und am nächsten verschwunden, und keiner wußte Bescheid. Das war das Furchtbare daran, daß sie so lange niemand vermißt hat. Wir waren so daran gewöhnt, daß sie hier und da und überall war, daß alle dachten, sie müßte irgendwo anders sein. Versuchen Sie doch eins von diesen Plätzchen, meine Liebe, obwohl ich fürchte, daß eine Prise zuviel Vanille darin ist.«

»Kein bißchen. Sie sind perfekt. Ich hätte es sehr gern, wenn Sie mich Helen nennen, aber ich verdiene Ihre Sympathie nicht. Ich bin nur eine Cousine der Mutter von Jemmys Mann, und ich habe noch keinen der Ames kennengelernt.«

»Dann ist es um so netter, daß Sie hergekommen sind und aushelfen,« sagte Mrs. Enderble. »Meinen Sie nicht auch, Peter?«

»Allerdings meine ich das. Eh, wo wir gerade von Jemimas Angewohnheit sprechen, nicht da zu sein, wo man sie vermutete – ich bin auf ein kleines Rätsel gestoßen.«

»Erzählen Sie es John. Er ist gut im Rätsellösen.«

Mary nahm einen kleinstmöglichen Schluck aus ihrem winzigen Glas. »Da, ich wußte, daß es nach Rizinus schmeckt.«

»Was ist denn nun mit Jemima, Peter?« unterbrach sie John Enderble.

»Sie scheint nicht dort herausgekommen zu sein, wo sie hineingegangen ist. Den Dysarts zufolge verließ sie deren Party ein paar Minuten vor halb zehn und ging den Pfad zum Gebüsch hinab. Mehrere Gäste haben ihr aus dem Fenster nachgeschaut. Aber Sheila Jackman behauptet, daß ihr Mann Mary zur gleichen Zeit nach Hause gebracht hat und daß sie selbst die ganze Zeit, die er weg war, aus dem Fenster geschaut hat. Das waren vielleicht zehn oder fünfzehn Minuten, weil er Ihnen noch Guten Abend gesagt hat, John. Und sie besteht darauf, daß Jemima nicht aus dem Gebüsch herausgekommen ist.«

»Sie glauben doch nicht, daß sie stehengeblieben ist, um die Eule schreien zu hören?«

»Aber John«, protestierte seine Frau. »Mit all dem Brüllen und Lärmen und Fahren den Crescent hinauf und hinunter hätte sie nicht einmal eine Dampforgel unter Volldampf hören können, geschweige denn ein armes kleines Vögelchen, das zu verschüchtert war, um den Schnabel aufzumachen. Außerdem ist Jemima nie für irgend etwas stehengeblieben, das weißt du so gut wie ich. Du hast immer gesagt, daß Jemima die halbe Zeit nicht wußte, ob sie kam oder ging, aber sie lungerte nicht unterwegs herum.«

»Das habe ich? Nicht sehr christlich von mir, was?«

»Es war die Wahrheit«, sagte Shandy. »Jemima war nicht die Frau, die in einem dunklen, kalten Gebüsch rumstand, wenn sie etwas vorhatte. Sie hatte jedem auf der Party erzählt, daß sie rübergehen und diese, eh, schlecht gewählten Dekorationen von mir abreißen würde. Sie wurde in meinem Wohnzimmer neben einem dieser Dinger gefunden, aber wie ist sie dorthin gekommen, ohne gesehen zu werden?«

»Verdammt, wenn ich das wüßte«, meinte Professor Enderble, »wenn sich die Dysarts nicht in der Zeit vertan haben. Ich bin sicher, daß Sheila recht hat, weil der junge Jackman Mary tatsächlich gegen halb zehn nach Hause gebracht hat. Ich hatte selbst aus dem Fenster geschaut und mich gesorgt, was sie so lange aufhielt, und ich fragte mich, ob ich hinübergehen sollte, als ich sie über den Crescent kommen sah. Ich erinnere mich auch nicht daran, daß Jemima in dieser Zeit vorbeigekommen wäre. Sie hat dieses purpurrote Cape getragen, nicht wahr?«

»Soweit man weiß. Sie hatte es an, als sie die Dysarts verließ, und trug es noch, als ich sie fand.«

»Na, ich kann nur sagen, wenn sie durch unseren Garten gekommen wäre, hätte ich sie gesehen«, sagte Mrs. Enderble, »und John desgleichen. Wir haben beide gute Augen und sind trainierte Beobachter, und keiner von uns beiden leidet an Gehirnerweichung, obwohl man das meinen könnte, so wie wir uns von diesen kleinen Kreaturen herumkommandieren lassen. Peter, ich fürchte, Algernon frißt Ihre Schnürsenkel.«

Shandy zog seinen Fuß von dem mümmelnden Hasen weg. »Ich hoffe, er verschluckt sich nicht an den Enden.«

»Keine Angst. Er ist vielleicht ungezogen, aber nicht dumm. Hier sind sie.«

Mrs. Enderble klopfte auf die winzigen Röhrchen, obwohl sie im flackernden Feuerschein auf dem dunklen Teppich fast unsichtbar gewesen sein mußten. Sie sah wirklich ausgezeichnet.

»Vielleicht ist sie vorbeigekommen, als Sie hier drinnen mit Mr. Jackman geplaudert haben«, meinte Helen.

»Gott steh uns bei, wir würden niemals Roger hereinbitten, wenn er gefeiert hat. Er ist ein lieber Junge, aber er bringt es fertig, einem mit der besten Porzellanvase zu zeigen, wie man Steilpässe wirft. Wir standen bloß an der Tür, bis es so kalt wurde, daß wir einen Vorwand hatten, sie zu schließen und ihn loszuwerden. Jemima wäre nicht vorbeigegangen, ohne Hallo zu sagen.«

»Aha. Na, das läßt eine Möglichkeit offen, obwohl ich mich scheue, sie in Gegenwart von Herren auszusprechen.«

John Enderble kicherte. »Sie meinen, sie mußte mal? Daran habe ich auch schon gedacht, aber ich würde sagen, es ist ziemlich unwahrscheinlich. Sie hätte zu den Dysarts zurückgehen oder bei uns klopfen können, um unser Badezimmer zu benutzen. Es ist nicht so, als ob wir Fremde wären. Außerdem war sie nur ein paar Minuten von ihrem eigenen Haus entfernt. Ich glaube kaum, daß Jemima das Risiko eingegangen wäre, in einer unwürdigen Position ertappt zu werden, wenn sie es verhindern konnte. Und dann hätte sie Spuren im Schnee hinterlassen, und ich hätte sie bemerkt. Mary und ich gehen jeden Tag zum Gebüsch, um die Vogelhäuschen aufzufüllen, und wir achten immer auf Tierspuren und Eulendreck.«

»Und menschliche Fußspuren?«

»Nicht im tiefen Schnee. Der Pfad ist natürlich gut festgestapft.«

»Apropos stapfen«, sagte Helen, »meinen Sie nicht, Peter, wir sollten mal? Ich möchte den herzlichen Empfang nicht beim ersten Besuch überstrapazieren.«

»Keine Angst«, versicherte ihr Mary Enderble. »Kommen Sie herüber, wann immer Ihnen danach ist. John und ich gehen nicht viel aus, und wir sind immer froh über angenehme Gesellschaft. Macht es Ihnen nichts aus, allein dort drüben zu schlafen?«

»Oh nein. Ich schlafe seit mehr Jahren allein, als ich zählen möchte.«

»Dann verriegeln Sie Türen und Fenster. Dies ist gewöhnlich ein friedliches Dorf, aber man weiß nie, wer während der Lichterwoche hier herumstrolcht. In letzter Zeit hatte ich ein Gefühl, wie wenn man in den Wald geht und einen ein Tier beobachtet. John weiß, was ich meine.«

»Ja, das tue ich«, sagte ihr Mann, »und wenn ich es auch nicht selbst gefühlt habe, will ich es doch nicht herunterspielen. Mary ist intuitiver als ich. Wir versuchen nicht, Ihnen Angst zu machen, Helen, aber denken Sie daran, daß Nachbarn zur Hand sind und ein freies Zimmer, wenn es Ihnen unheimlich wird.«

»Vielen Dank. Ich werde versuchen, tapfer zu sein.«

»Wir würden Ihnen den alten Rex hier leihen, aber er ist stocktaub und als Wachhund auf dieser Welt nicht mehr von Nutzen. Außerdem würde er sich wahrscheinlich die ganze Nacht Sorgen machen und Sie wachhalten wegen Imogene und den Kätzchen.«

Mary Enderble packte sie in ihre Mäntel, erinnerte sie an ihre Einkäufe und winkte noch von der Türschwelle, als Shandy Helen zu ihrer neuen Heimstatt geleitete.

Dreizehntes Kapitel

Peter, das ist bizarr! Noch etwas Kaffee?«

»Danke, Helen, ich kann nicht mehr. Das war ein hervorragendes Frühstück. Dann glauben Sie nicht, daß Tim und ich uns nur einbilden, daß Jemima ermordet wurde?«

»Ich wüßte nicht, was Sie sonst denken könnten, insbesondere, seit diese Murmel bei den Cadwalls aufgetaucht ist.«

Miss Marsh begann, die Teller zusammenzuräumen. »Besteht die geringste Chance, daß sie selbst darin verwickelt sind?«

»Im Moment kann ich mir niemand Wahrscheinlicheren vorstellen.«

Shandy erzählte ihr, warum. »Natürlich ist das Motiv bisher reine Theorie.«

»Ja, aber es ergibt einen Sinn, und sie hatten die beste Gelegenheit. Die naheliegendste Antwort ist höchstwahrscheinlich die richtige. Wo wohnen sie?«

»Direkt hier.« Er deutete aus dem Fenster auf das Haus nebenan.

»Dann könnte dies der Grund sein, wieso niemand Jemima aus dem Gebüsch hat kommen sehen. Mrs. Cadwall wartete zu Hause auf sie. Sie hatten vor, zusammen zu Ihrem Haus herüberzugehen. Um die Menge auf dem Crescent zu umgehen, hat Jemima die Abkürzung durch die Gärten genommen.«

»Wobei sie den ganzen Weg durch Schneewehen gestapft ist? Ich verstehe nicht viel vom Putz der Damen, aber ich schätze, daß nicht einmal Jemima soviel Verachtung für ihre Partykleider gezeigt hätte.«

»Nicht einmal bei dieser Nacht-und-Nebel-Aktion?«

»Die sie in höchsten Tönen im ganzen Dysartschen Wohnzimmer angekündigt hatte. Außerdem hätte sie eine Spur hinterlassen wie eine Herde Elefanten.«

»Es hätte schneien und ihre Spuren bedecken können.«

»Es hätte, aber offenbar hat es nicht. Ich kann noch die Spuren der Arbeiter erkennen, die diese verfluchten Lichter auf meine Fichten gesteckt haben, und das passierte an dem Nachmittag, bevor sie getötet wurde.«

»Oh, Peter, Sie machen mir die Sache schwer. Ich werde mir eine andere Theorie ausdenken müssen. Fürs erste gehe ich wohl besser Dr. Porbles Tag verschönern. Werden Sie mich zur Bibliothek hinaufbegleiten, oder haben Sie etwas anderes vor?«

»Ja zu beidem. Ich werde Sie Ihrem Job übergeben und Sie gegen halb eins zum Essen abholen, wenn das genehm ist.«

»Sind Sie sicher, daß Sie wollen?«

»Natürlich.« Er war sich in seinem Leben noch keiner Sache so sicher gewesen. »Warum, würden Sie lieber nicht?«

»Ich würde gerne mit Ihnen essen, aber die Leute könnten anfangen, sich etwas dabei zu denken.«

»Das wäre eine erfrischende Neuerung, die wir als Lehrende zu ermutigen die Pflicht haben. Wenn Sie meinen, man könnte über uns lästern, nehme ich an, das hat man bereits, so daß wir uns ebensogut als Schafe wie als Lämmer hängen lassen können. Ist das der Mantel, den Sie anziehen wollen? Ich wünschte wirklich, Sie hätten etwas Wärmeres.«

Helen lächelte ihn spöttisch an. »Gehen Sie mit mir einkaufen. Da würden ein paar Leute Augen machen.«

»Das würden sie wirklich. Wir müssen es auf unsere Liste von unerledigten Dingen setzen.«

»Machen Sie auch so gern Listen? Ich strahle immer vor Zufriedenheit, wenn ich Dinge abhaken kann.«

Shandy hoffte, sie plante nicht, ihn abzuhaken, wenn sie wieder den alten Drang verspürte weiterzureisen, aber er wagte nicht zu fragen. Er mußte mit dem zurechtkommen, was er kriegen konnte. Der Weg zur Bibliothek war viel zu kurz und Porble viel zu eifrig bei der Begrüßung seiner neuen Assistentin.

»Also, Helen. Es stört Sie doch nicht, wenn ich Sie Helen nenne? Wir sind eine glückliche Familie hier. Ich habe darüber nachgedacht, wie wir Sie am besten einsetzen.«

»Aber ich soll die Sammlung Buggins katalogisieren.«

»Unsinn! Ich kann jemanden mit Ihren Qualifikationen doch nicht damit verschleißen. Nein, ich dachte, wir fangen mit – «

»Könnte ich nicht wenigstens sehen, wo die Bücher gelagert werden?« bat sie. »Ich bin für Donnerstag nachmittag bei den

Svensons zum Tee eingeladen, und sie werden mich sicher nach meinen Fortschritten fragen. Der Präsident schien darauf zu bestehen, daß ich sofort mit der Sammlung anfange. Meinen Sie nicht auch, Professor Shandy?«

»Er schien sehr darauf zu bestehen«, bekräftigte Shandy.

Porble sah grimmig drein. »Dann nehme ich an, daß Sie etwas vorzeigen müssen. Es ist völlige Zeitverschwendung, aber wir wollen nicht, daß Svenson hier hereinstürmt und die Schreibtische durch die Gegend schiebt.«

Er fischte in seiner oberen Schublade nach einem Schlüssel, der sich in einem Gewirr aus Gummibändern verfangen hatte.

»Hier entlang.« Er öffnete eine Tür, die in einen rückwärtigen Flur führte, der mit Türen gesäumt war – eine zum Besenraum, eine zur Personaltoilette, eine zum Keller und schließlich eine zu einem Raum ganz am Ende. Er bemühte sich, diese aufzuschließen, aber es gelang ihm nicht.

»Verflixt! Ich habe wohl den falschen Schlüssel mitgebracht. Komisch, ich dachte, das wäre der einzige, den ich in dieser Schublade aufbewahre. Gewöhnlich bin ich sehr vorsichtig und lasse sie nirgendwo herumliegen, aber dieser eine war es nicht wert – na, ich muß zurückgehen und nochmal nachschauen.«

»Eine Sekunde«, sagte Helen. »Ich habe Mrs. Ames Schlüsselbund hier. Vielleicht ist einer dabei.«

Nach ein paar Versuchen fanden sie ihn. Die Tür öffnete sich in einen kleinen Raum, der wie ein einziges großes Buch aussah.

»Gott, was für ein Durcheinander!« rief der Bibliothekar. »Wie Sie sehen, Helen, hat Ihre Vorgängerin nicht viel zuwege gebracht. Sie hätte die Bücher zumindest ordnen können, statt sie zu einem Haufen aufzutürmen. Ich kann mir nicht vorstellen, wie der Raum in diesen Zustand gekommen ist.«

»Ordnung war nicht die Sache von Mrs. Ames«, pflichtete Miss Marsh bei. »Sind Sie sicher, daß hier nicht ein paar Erstsemester eine Bücherschlacht ausgefochten haben?«

»Unmöglich. Niemand außer dem Personal und den Putzfrauen hat Zutritt zu diesem Korridor. In der Regel halten wir diese Tür vom Lesesaal her verschlossen. Man braucht einen Schlüssel, um zur Toilette zu kommen. Ohne Zweifel werden Sie ihn auch an Mrs. Ames Schlüsselring finden. Sie war groß bei Vorrechten, aber mäßig in der Leistung. Ich glaube, da ist ein Schreibtisch unter diesen Trümmern.«

»Ich werde mir beizeiten einen Weg dorthin freikämpfen«, sagte Helen. »Zunächst brauche ich noch ein paar Regale und eine Ladung Staubtücher.«

»Wir haben einige alte Bücherschränke im Keller. Ich werde ein paar studentische Hilfskräfte beauftragen, sie heraufzubringen und mit dem Aufräumen anzufangen, falls dem Präsidenten einfallen sollte, Sie zu überprüfen. Er ist stolz darauf, ein schmukkes Schiff zu führen. Sein Großvater war Dritter Offizier auf einem Walfangschiff aus New Bedford oder so etwas. Ich vermute, seine Großmutter war einer der Wale.«

»Balaena mysticetus?«

»*Orcinus orca*, der Mörderwal, würde ich sagen«, versetzte Porble düster. »Man sagt, er tötet nicht aus Spaß, aber wir wollen kein Risiko eingehen. Richtig, Shandy?«

»Ganz und gar, Porble. Ich glaube, Sie handeln sehr weise, daß Sie gerade jetzt Volldampf voraus auf die Sammlung Buggins befehlen. Mrs. Ames Tod wird wohl bei der nächsten Generalversammlung Fragen aufwerfen. Ich weiß, daß Sie bei den Campusintrigen nicht mitspielen, aber es kann nicht schaden, denen zuvorzukommen, die es tun.«

Nachdem er seinen goldenen Apfel geworfen hatte, kam Shandy zu dem Schluß, es sei Zeit zu gehen, und handelte entsprechend. Er schaute in das Keimlabor, belächelte stolz die Vermiculittabletts, unter deren beschlagenen Plastikdächern die Hoffnung auf eine Portulaca Purple Passion heranwuchs, und ging dann, um den Wachdienstchef aufzusuchen. Grimble war in seinem Büro und schrie ins Telefon. Die Sache, um die es dabei ging, war bemerkenswert trivial, verglichen mit dem Getue, das er darum machte. Shandy lernte eine Menge über die Kunst des Drohens, bevor er dazu kam, sein Anliegen vorzutragen.

»Ich frage mich, wie Mrs. Ames in mein Haus gekommen ist.«

Grimble starrte ihn an. »Durch die Tür, glaube ich. Wie sonst?«

»Genau das ist der Punkt. Um hereinzukommen, brauchte sie einen Schlüssel. Um die Tür hinter sich abzuschließen, brauchte sie ebenfalls einen Schlüssel. Die Türen waren verschlossen, aber als ich heimkam, wurde weder bei ihr noch neben der Leiche ein Schlüssel gefunden. Wo ist er hingekommen?«

Der Wachdienstchef blies die Backen auf und kratzte sich am Kopf. Nach einer Weile antwortete er: »Na und? Jemand anders muß ihr aufgeschlossen und den Schlüssel mitgenommen haben.«

»Ja, aber wer?«

»Woher zum Teufel soll ich das wissen? Wer halt einen Schlüssel hatte.«

»Niemand hatte einen Schlüssel außer mir, Ihnen und Mrs. Lomax, meiner Haushälterin. Mrs. Lomax hat ihre Tochter in Portland besucht und ihren Schlüssel mitgenommen.«

»Wozu?«

»Ich nehme an, weil er in ihrer Handtasche war und sie sich nicht die Mühe gemacht hat, ihn rauszunehmen.«

»Wie die diese Koffer mit sich rumschleppen, geht über meinen Verstand. Und da behauptet man, die Frauen sind das schwächere Geschlecht.«

Grimble schien geneigt, sich über dieses abgedroschene Thema zu verbreiten, aber Shandy ließ es nicht zu.

»Grimble, ich bin von Natur weder ein achtloser Mensch noch ein vergeßlicher. Sie haben Ottermole erzählt, daß die Leute auf dem Crescent immer die Schlüssel bei den Nachbarn lassen, und ich möchte behaupten, daß manche das tun. Ich selbst habe es in all den achtzehn Jahren, die ich hier wohne, nie getan. Ich habe keine Haustiere zu füttern und keine Wertsachen zu bewachen, so daß kein Anlaß für jemanden besteht, ständig rein und raus zu rennen. Mrs. Lomax wird bezahlt, um sich um das Haus zu kümmern, und sie ist immer bereit gewesen, ihre Ferienpläne den meinen anzupassen. Meiner Erinnerung nach war es das erste Mal, daß wir beide gleichzeitig nicht in der Stadt waren. Soweit ich es beurteilen kann, muß der Schlüssel mit Sicherheit von hier stammen.«

»Na verdammt, das tut er bestimmt nicht«, schrie Grimble. »Schauen Sie, Professor, ich verstehe meinen Job. Niemand kommt an diese Schlüssel ran außer mir persönlich. Kommen Sie hier rein.«

Er führte Shandy in sein Privatheiligtum, ein winziges Büro, dessen Hauptbestandteil tatsächlich ein gewaltiges Schlüsselbrett war, das um den ganzen Raum lief. Eine Wand war den Fakultätswohnungen gewidmet und jeder Haken mit einem hübschen Aufkleber mit Nachnamen und Adresse versehen. Jeder Schlüssel am Haken trug einen Anhänger, auf dem stand, wem er gehörte und auf welche Tür er paßte.

»Sehen Sie das?« Grimble zeigte mit völlig berechtigtem Stolz auf das Brett. »Niemand außer mir nimmt hier einen Schlüssel weg. Wenn einer seinen eigenen haben will, muß er draußen zum Büro kommen und darum bitten. Wenn einer den von jemand anders haben will, muß er mir einen verdammt guten Grund angeben, oder er kriegt ihn nicht. Ich kann auf einen Blick sagen, welcher fehlt und welcher nicht. Dieses Brett wird jeden Tag überprüft, und wenn Ihr Schlüssel fehlen würde, würde ich es wissen, verdammt noch mal. Und sehen Sie das?«

Er zog eine immense Kladde hervor und warf sie auf den Tisch. »Alle sind hier aufgelistet. Jedesmal, wenn ein Schlüssel mitgenommen wird, muß er mit Angabe der Zeit auf der richtigen Seite eingetragen werden, und wenn er zurückgebracht wird, trage ich auch diese Zeit ein. Sehen Sie, hier ist Ihre Seite. Ein Schlüssel, Vordertür. Nicht ein einziger verdammter Eintrag seit dem Tag, da Sie ihn hier im Büro abgeliefert haben. Also ist der Schlüssel nicht mitgenommen worden. Sehen Sie, da ist er, genau wo er die letzten achtzehn Jahre gehangen hat.«

Shandy warf einen Blick auf das angelaufene Stück Messing und schüttelte den Kopf. »Das ist nicht mein Schlüssel.«

»Zum Teufel ist er das! Ihr Name steht darauf!«

»Das bedeutet gar nichts. Schauen Sie her.«

Shandy fischte seine Schlüssel aus der Tasche. »Das ist meine Haustür, das ist meine Hintertür, und das ist der Keller. Der Schlüssel an Ihrem Brett gleicht keinem davon.«

»Haben Sie nicht vielleicht ein Schloß ausgewechselt?«

Der Professor antwortete nicht sofort. Er zählte Schlüssel. »Siebenundsechzig. Und wie viele stehen in Ihrem Buch?«

»Ich habe nie daran gedacht, sie zu zählen«, grummelte Grimble.

Shandy durchblätterte die Seiten wie ein Hund, der eine Spur gefunden hat. »Achtundsechzig. Das ist die Lösung. Jemand hat einfach meinen Schlüssel weggenommen, die Anhänger vertauscht und einen anderen an seinen Platz gehängt.«

»Wessen zum Beispiel?«

»Woher soll ich das wissen? Gehen Sie Ihre Liste durch, und finden Sie heraus, an welchem Haken ein Schlüssel zuwenig ist.«

Der Wachdienstchef war ein gebrochener Mann. »Aber wie konnte das passieren? Keiner kommt an diese Schlüssel ran außer mir. Keiner.«

»Da sind Sie sicher?«

»Natürlich bin ich das. Meine Leute kennen die Regeln. Sie würden nicht wagen, den Fuß hier reinzusetzen, ohne daß ich sage, es ist okay.«

»Aber hier kommen ständig Besucher hin, nicht wahr? Studenten, die Schlüssel zu den Labors holen, Professoren, die sich ausgesperrt haben, und wer nicht alles?«

»Sicher, dafür sind wir ja da. Aber niemand kommt am äußeren Büro vorbei.«

»Was geschieht, wenn Sie in Ferien fahren?«

»Ich gebe Sam, meinem ersten Assistenten, ein Bund mit Hauptschlüsseln, die alle Türen im College aufschließen, und ich bin verdammt sicher, daß es ihm keiner abnimmt, weil ich es ihm mit einer Kette um den Bauch binde. Mein Gott, was ist seine Frau froh, wenn ich zurückkomme! Außerdem schicke ich eine Notiz herum, daß die Campusbewohner ihre eigenen Vorkehrungen wegen Ersatzschlüsseln treffen müssen. Das sollten Sie wissen. Sie bekommen eine wie alle anderen auch.«

»Das nehme ich an. Ich habe nie darauf geachtet, weil ich ohnehin meine eigenen Arrangements treffe. Es läuft also darauf hinaus, daß mein Schlüssel irgendwann in diesen letzten achtzehn Jahren gestohlen worden sein kann.«

»Nein, kann er nicht! Ich bleibe dabei.« Grimble war jetzt völlig demoralisiert, puterrot im Gesicht und brüllte. »Keiner geht an diese Schlüssel außer mir.«

»Seien Sie kein Esel«, schnappte Shandy zurück. »Der verdammte Schlüssel ist weg, also hat ihn jemand genommen. Da nie zuvor jemand bei mir eingebrochen hat, kann man wohl annehmen, daß entweder Mrs. Ames oder jemand, der sie hereingelassen hat, den Schlüssel speziell für diesen Zweck gestohlen hat. Wenn Sie aufhören würden zu brüllen und ihren Kopf benutzten, könnten wir vielleicht feststellen, wie es passiert ist. Wer zum Beispiel macht hier sauber?«

»Ich, verdammt noch mal.«

»Gut. Wenn Sie also sagen, daß niemand in dieses Büro kommt, wie wörtlich meinen Sie das genau? Angenommen zum Beispiel, daß Präsident Svenson sich ausgesperrt hätte und käme, um seinen Hausschlüssel zu holen. Wenn er Ihnen nun erzählenderweise folgte, wie man es so tut, würden Sie ihm die Tür vor der Nase zuknallen?«

»Hm, nein, aber – «

»Oder Mrs. Svenson oder einer der Kuratoren oder irgendjemand in einer Position, in der er Ihnen Feuer unterm Hintern machen könnte, wenn Sie ihm das Leben schwermachen?«

»Ich vermute, nein«, murmelte der Wachdienstchef, »aber – «

»Natürlich würden Sie das nicht. Ich auch nicht. Gehen wir noch einen Schritt weiter. Angenommen, diese Person bäte um einen Schlüssel an dem gegenüberliegenden Brett. Da die Haken so gut gekennzeichnet sind, wie lange würde sie brauchen, um meinen Schlüssel abzunehmen und einen anderen an seine Stelle zu hängen? Die Namensschildchen müßten auch vertauscht werden, aber diese feinen kleinen Clips, die Sie verwenden, scheinen nicht viel Schwierigkeiten zu bieten. Stoppen Sie meine Zeit.«

Shandy pflückte sich zwei Schlüssel von verschiedenen Haken, riß die Schildchen ab, befestigte eines davon am anderen Schlüssel und hing diesen Schlüssel wieder an das Brett. »Wie lang?«

»Etwa anderthalb Sekunden. Okay, Professor, ganz wie Sie wollen.«

»Ich versuche nicht, Sie abzukanzeln, Mann, ich versuche zu begreifen, was passiert ist. Es ist viel wichtiger, als Sie meinen. Wer war am Spätnachmittag des Zweiundzwanzigsten hier?«

»Natürlich kann ich das feststellen«, sagte Grimble verstockt. »Es steht im Journal.«

Er führte den Professor zum äußeren Büro zurück und zeigte auf eine eselsohrige offene Kladde auf der Theke, die den Eingang zu seinem Privatbüro versperrte. »Sehen Sie, jeder, der einen Schlüssel nimmt, muß sich eintragen, wenn er ihn mitnimmt, und sich austragen, wenn er ihn zurückbringt, egal ob für das College oder für eine Wohnung. Wenn es Collegeschlüssel sind, bin ich verdammt dahinter her, daß sie abends wieder da sind, selbst wenn einer meiner Jungs sie bis in die Mädchentoilette verfolgen muß. Wenn sie zu einer Wohnung gehören, kann ich nicht viel mehr tun, als anzurufen und sie zu erinnern. Deswegen habe ich eine besondere Kladde für die Hausschlüssel, damit ich mich wehren kann, wenn jemand reinkommt und einen Schlüssel will, den ein anderer von der Familie mitgenommen und nicht zurückgebracht hat. Solchen Ärger haben wir aber nicht oft, muß ich sagen. Hab' sie ziemlich gut abgerichtet. Ist ein gutes System. Zumindest hab' ich das gedacht.«

»Nichts ist perfekt«, murmelte Shandy geistesabwesend. Er ließ seine Finger an der Liste der Eintragungen für den Zweiundzwanzigsten hinablaufen. »Zweiundsiebzig. Meine Güte, hier muß es ja wie im Tollhaus zugegangen sein.«

»Manchmal ist es so. Dann gibt es Tage, an denen man stundenlang kaum jemand zu Gesicht bekommt. Kommt in Schüben.«

»Mrs. Jackman hatte sich ausgesperrt, wie ich sehe.«

»Macht sie häufiger. Schickt die Kinder, um den Schlüssel zu holen, und es gibt einen mächtigen Streit darum, wer mit dem Unterschreiben in der Kladde dran ist.«

»Diesmal scheint sie selbst unterschrieben zu haben.«

»Weihnachtseinkäufe. Ist selbst gekommen, damit die Kinder nicht sehen, wie sie die Beute nach Hause schleppt.«

»Halb fünf?« sinnierte Shandy. »Ich hatte den Eindruck, daß sie an diesem Nachmittag mit ihren Kindern zu Hause war und den Männern zusah, die meine Dekorationen aufbauten. Wahrscheinlich habe ich sie mißverstanden. Erinnern Sie sich, ob sie Ihnen zufällig in das Privatbüro gefolgt ist?«

Der Blick des Wachdienstchefs wurde etwas weniger fischig. »Hätte mich jedenfalls nicht gestört, bei den engen Hosen, die sie trägt.«

»Was soll ich daraus folgern?«

»Ach, zur Hölle, hab' nur Spaß gemacht. Sie wissen so gut wie ich, was die Regeln hier sind.«

Shandy wußte auch, was Ausflüchte sind, wenn er welche hörte. Gestern noch hätte er die Möglichkeit nie in Betracht gezogen, daß die hübsche junge Mrs. Jackman einen zweiten Blick auf einen geilen alten Bock mit einer Wampe werfen könnte. Doch ihr Name war nur einer unter vielen.

»Wer sind all diese Leute, die ich nicht kenne? Studenten, nehme ich an. Sie würden doch keinen davon hinter die Theke lassen?«

»Verdammt richtig, das würde ich nicht.«

»Was heißt das hier?«

Shandy deutete auf ein Gekritzel, das sich über vier Zeilen erstreckte. Grimble schob seine Brille nach oben.

»Sieht aus wie Heidi irgendwas. Ach, ich weiß. Große Blondine. Hat den Schlüssel zum Schlittenschuppen mitgenommen.«

»Heidi Hayhoe. Das muß sie sein, mit so einer Handschrift. Aber als Zeit hat sie Viertel nach fünf angegeben. Ich hätte gedacht, daß die verdammten Schlitten um diese Zeit alle draußen waren.«

Der Wachdienstchef schmunzelte. »Vielleicht wollte sie deshalb den Schlüssel.«

»Ich verstehe. Sie sind wirklich ein Hüter der Campusmoral.«

»Was zur Hölle erwarten Sie von mir? Soll ich jedem verdammten Gör auf dem Campus nachrennen, damit ich sicher bin, daß keine besprungen wird außer den Häschen im Tierlabor? Sie hat den Schlüssel zurückgebracht, verstehen Sie? Das ist alles, was ich wissen muß.« Der Mann begann wieder zu brüllen. Shandy wechselte das Thema.

»Warum hat wohl Dr. Cadwall um zwei Minuten vor sechs den Schlüssel zur Weberei haben wollen? Warum wollte er ihn überhaupt irgendwann haben?«

»Weil er ein gottverdammter Schnüffler ist, deswegen! Kommt rein, wo ich gerade fertig bin, zumachen und essen gehen will, folgt mir in mein Büro und meckert über – «

Grimble stockte. »Folgt mir in mein Büro, klar. Und ich war so verdammt sauer, daß ich ihm den Rücken zudrehte und mir reichlich Zeit gelassen habe, den Schlüssel rauszusuchen.«

»Ein Schlüssel von dem Brett gegenüber den Wohnungsschlüsseln?«

»Da können Sie Gift drauf nehmen. Ich beschuldige niemanden, verstehen Sie. Ich berichte Ihnen bloß, was passiert ist.«

»Dann tun Sie mir einen Gefallen, und sagen Sie es niemand sonst. Ich nehme die Sache jetzt in die Hand.«

Shandy verließ das Wachdienstbüro. Er wollte Ben Cadwall nicht direkt beschuldigen. Er mußte sich erst seine weiteren Schritte überlegen. Trotzdem ertappte er sich dabei, daß er die breiten Granitstufen zu dem gelben Backsteingebäude hinaufstieg, das die Verwaltung beherbergte, seit das Balaclava-College noch kaum mehr war als ein paar Schindelschuppen und eine kleine Herde von Guernseys.

Es war kaum jemand im Gebäude heute, kein Telefon und keine Schreibmaschine waren zu hören. Die paar Sekretärinnen, die sich nicht krank gemeldet hatten, machten wohl späte Frühstücks- oder frühe Mittagspause oder beides zusammen. Es war ein ungeschriebenes Gesetz, daß, obwohl die Mühlen der Verwaltung sich auch während der Lichterwoche drehen mußten, niemand mehr Druck machen sollte als nötig. Die meisten der Bosse, einschließlich Präsident Svenson, waren zum Skifahren oder vertrödelten sonstwie die Feiertage. Cadwall allerdings würde wahrscheinlich die Stellung halten. Shandy stieß die Eichentür auf, auf deren Milchglasscheibe in Schwarz »Finanzchef« eingraviert war, und trat ein.

Cadwall saß in der Tat an seinem Schreibtisch. Sein Mund stand offen. Seine Augen starrten ihn mit weitgeöffneten Pupillen an. Niemand konnte so blicken und am Leben sein.

Vierzehntes Kapitel

Sehr vorsichtig und bedächtig zog sich Shandy aus dem Büro des Finanzchefs zurück und schloß die Tür hinter sich. In der Nische draußen, wo Cadwalls Sekretärin hätte sitzen sollen, stand ein Telefon, aber er benutzte es nicht. Stattdessen ging er den Korridor zum Studentensekretariat entlang, wo Miss Tibbett ebenfalls nicht auf ihrem Posten war. Er setzte sich an ihren Schreibtisch, weil ihm plötzlich bewußt wurde, daß seine Knie zitterten, und griff nach dem örtlichen Telefonbuch.

»Polizeiwache, Wachtmeister Dorkin hier.«

Shandy erkannte die Stimme. Vor ein paar Jahren noch war Budge Dorkin die treibende Kraft hinter einem Rasenmäher gewesen.

»Hallo, Budge«, sagte er. »Hier ist Peter Shandy. Ist Polizeichef Ottermole da?«

»Oh hallo, Professor. Nein, keiner hier außer mir. Ein Kerl in einem blauen 66er Stingray hat den Schnapsladen überfallen, die rote Ampel auf der Hauptstraße überfahren und Mrs. Guptills Dodge zertrümmert, Fahrerflucht begangen und ist dann von der Cat-Creek-Brücke geschleudert. Der Chef ist unten am Schauplatz und wartet, bis die Feuerwehr den Burschen herausfischt, damit er ihn einbuchten kann.«

»Aha. Sie müssen Ihren Chef irgendwie erwischen und ihm sagen, daß er schnell zum College hochkommen muß. Ich habe gerade Dr. Cadwall tot in seinem Büro gefunden.«

»Woran gestorben?«

»Ich weiß es nicht. Deswegen will ich Ottermole. Machen Sie ihm Dampf, Budge, ja?«

»Ich werde mein bestes tun, Professor. Ich würde selber kommen, aber wir können das Büro nicht unbesetzt lassen. Sagen Sie, kommt es Ihnen nicht komisch vor, daß Dr. Cadwall direkt nach Mrs. Ames stirbt, wo sie doch Nachbarn sind und so?«

»Komisch ist kaum das richtige Wort«, meinte Shandy.

»He, wissen Sie was? Wenn der Chef nicht bald erscheint, soll ich dann nicht die Staatspolizei einschalten? Wenn was passiert, womit wir nicht fertig werden, übernehmen die sowieso.«

»Das wäre ausgezeichnet. Gut gedacht, Budge.«

Er legte auf und schaute erneut ins Telefonbuch. Der Präsident würde es erfahren müssen – nicht daß Shandy die Aussicht genoß, es ihm mitzuteilen. Nachdem langes Klingeln erfolglos geblieben war, kam er zu dem Schluß, daß die Svensons tatsächlich auf einem ihrer Familienausflüge zum Skilanglauf sein mußten, ohne Zweifel mit Rucksäcken voller Smørrebrød und Reservesocken auf dem Buckel. Sie würden bis zum Sonnenuntergang in den frostigen Wüsteneien verschollen sein.

Wer sonst? Melchett. Der Arzt konnte jetzt nichts mehr für Ben tun, aber er mußte auf jeden Fall gerufen werden. Der Arzt sei auf dem Rückweg vom Krankenhaus und könne jetzt nicht erreicht werden, aber man würde ihm Professor Shandys Nachricht mitteilen, sobald er zur Tür hereinkäme. Und wie sie das würden! Shandy knallte den Hörer auf die Gabel, saß einen Moment grübelnd da, schaltete dann auf die Hausleitung um und rief den Wachdienst an.

»Grimble, hier ist Shandy. Ich bin drüben in der Verwaltung. Dr. Cadwall ist tot.«

»Er ist was?«

»Tot. Verstorben. Verschieden. Ich bin vor ein paar Minuten in sein Büro gegangen und habe ihn gefunden. Sie kommen besser rüber. Nein, ich fasse nichts an.«

Nachdem er Alarm geschlagen hatte, beschloß Shandy, mal nach einem Lebenszeichen im Gebäude Ausschau zu halten. Schließlich führte ihn ein Stimmengebrabbel in den Postraum, wo vier oder fünf Sekretärinnen und Hilfskräfte um den Sortiertisch versammelt waren und sich eine Fuhre Weihnachtsgebäck teilten. Sie waren nur mäßig verlegen, erwischt worden zu sein.

»Kommen Sie herein, Professor. Möchten Sie einen Kaffee?«

»Eh, ja, danke sehr. Schwarz. Ich, eh – « Er stockte und fragte sich, wie er fortfahren sollte. Wenn er die Anwesenden direkt befragen würde, wäre das vielleicht nicht so produktiv wie eine Schocktaktik.

»Meine Damen und Herren, es ist etwas Entsetzliches passiert. Dr. Cadwall – «

Die freundliche Miss Tibbett verdarb den beabsichtigten Effekt, indem sie ihm einen Pappbecher voll kochendheißem Kaffee entgegenhielt. »Hier, trinken Sie das aus. Ist gut gegen den Schock.«

»Miss Tibbett, ich habe keinen Schock.« Trotzdem nahm er einen Schluck von der brühheißen Flüssigkeit. »Dr. Cadwall – «

»Was ist los? Sein Herz? Ist er auf dem Eis gestürzt? Sagen Sie bloß nicht, er ist – « redeten alle auf einmal. Shandy mußte seine Stimme erheben, um sich Gehör zu verschaffen.

»Dr. Cadwall ist tot. Er ist in seinem Büro. Sitzt einfach da.« Shandy trank noch etwas Kaffee. »Ich habe den Wachdienst benachrichtigt, und Grimble ist unterwegs. Vielleicht hätte ich ihn nicht allein lassen sollen, aber das Gebäude wirkte seltsam leer, und ich fragte mich, ob einer von Ihnen – «

»Ihn umgelegt hat?« schlug der Bote vor.

»Das ist nicht komisch, Charles«, schnappte Miss Tibbett. »Professor Shandy meint, ob er krank aussah – oder was?«

Aus einem weiteren Stimmengewirr erfuhr Shandy, daß die Sekretärin des Finanzchefs mit einer Erkältung zu Hause geblieben war, daß niemand Dr. Cadwall das Gebäude hatte betreten sehen und daß die Anwesenden den Großteil des Vormittags genau damit verbracht hatten, was sie gerade taten. Er trank seinen Kaffee aus und ging zurück zum Hauptkorridor, während die Gruppe auf Zehenspitzen hinter ihm hertrippelte wie ein Operettenchor. Niemand stellte sich sehr bekümmert. Cadwall war kein beliebter Mann gewesen. Und doch war er einer von ihnen gewesen. Als sie sich seinem Büro näherten, erstarb das Geschwatze und die Gesichter wurden ernst.

»Wer wird es seiner Frau beibringen?« flüsterte eine der Angestellten.

»Ich bin sicher, daß ich es nicht will«, seufzte der Professor. »Zweimal in drei Tagen wäre ein bißchen viel.«

»Ach ja, Sie sind derjenige, der Mrs. Ames gefunden hat. Was für ein seltsamer Zufall. Ich frage mich, wer der nächste sein wird. So was kommt immer dreimal, wie meine Mutter zu sagen pflegte.«

»Vielen Dank für die tröstenden Worte, Miss Baxter.«

»Professor, ich wollte nicht sagen – «

Miss Baxters Protest wurde vom Eintreffen des Wachdienstchefs abgeschnitten. Er sah nicht glücklich aus.

»Um Himmels willen, Professor, was haben Sie denn jetzt angestellt?«

»Ich habe gar nichts angestellt«, schnaubte Shandy zurück, »außer die Tür zum Büro des Finanzchefs zu öffnen und wieder zu schließen.«

»Sie haben nichts angefaßt?«

»Nur den Türknauf.«

»Warum zum Teufel nicht? Ich hätte gedacht, Sie hätten seinen Puls gefühlt oder so was. Vielleicht hat er nur einen Anfall.«

»Er hat keinen Anfall. Dr. Cadwall ist tot. Gehen Sie, und schauen Sie selber nach.«

Grimble zeigte eine nicht überraschende Neigung dazubleiben. »Woran ist er gestorben?«

»Woher soll ich das wissen? Ich bin kein Arzt.«

»Arzt. Das ist es, was wir tun müssen, den Arzt rufen.«

»Ich habe ihn bereits angerufen«, sagte Shandy.

Grimble seufzte und beschloß, hineinzugehen und sich die Leiche anzuschauen, um sich zu vergewissern, daß wirklich eine da war.

»Ich glaube, wir machen besser nicht noch mehr Fingerabdrücke auf diesen Türgriff. Hat jemand ein sauberes Taschentuch?«

»Auf Charlenes Schreibtisch steht eine Packung Kleenex«, schlug jemand vor.

Grimble nahm ein paar Tücher und machte eine große Show daraus, sie um den Griff zu wickeln. »Lassen Sie keinen hier herein. So haben Sie ihn verlassen, Professor?«

»Genau.«

Der Mann machte sich natürlich zum Narren, aber ihn vor dem Büropersonal so zu nennen, wäre ein Akt unnötiger Grausamkeit gewesen. Zwei Leichen in drei Tagen, wie Shandy vor ein paar Minuten erst zu sich selbst gesagt hatte, waren für jeden ein bißchen viel. Vielleicht war es für den Wachdienstchef noch härter, da er zumindest so tun mußte, als würde er damit fertig, während Shandy nur neben dem Spielfeld herumzuzappeln brauchte.

Bis auf den Umstand natürlich, daß Präsident Svenson die Verantwortung auf seine Schultern geladen hatte. Daß Cadwalls plötzlicher Tod nichts mit dem von Jemima Ames zu tun haben sollte, war einfach nicht möglich.

Nun, da er vom Schock gnädig betäubt war, stellte der Professor fest, daß er die Leiche recht objektiv betrachten konnte. Es fand sich keine Spur einer Wunde oder Waffe. Die Hautfarbe war schlecht, aber Ben hatte immer einen ungesunden Teint gehabt. Auf dem Schreibtisch lag ein großer Füller, und ein Haufen Schecks lag verstreut herum, als ob er gerade dabei gewesen wäre, sie zu unterschreiben, als der tödliche Krampf einsetzte.

»Einfach – dagesessen und gearbeitet.« Miss Tibbett, deren Gedanken parallel zu denen Shandys gelaufen sein mußten, reckte ihren Hals durch die Tür. »Ich wette, er hat nicht mehr erfahren, was ihn erwischt hat. Ob es wohl sein Herz war?«

»Es war eine Embolie«, verkündete jemand anders. »Meine Tante hatte eine. Beim Kartoffelschälen umgekippt.«

»Ih, hört auf! Ihr macht mir Angst«, rief die jüngste der Gruppe. »Was meinen Sie, Professor Shandy?«

»Ich meine, wir sollten die müßigen Spekulationen lassen und auf den Arzt warten«, sagte er. »Inzwischen wäre es vielleicht angeraten, wenn Sie Ihre, eh, übliche Tätigkeit wieder aufnehmen. Meinen Sie nicht auch, Grimble?«

»Ja, stimmt. Geht wieder an die Arbeit. Keiner verläßt das Gebäude, bis wir wissen, was der Arzt sagt.«

»Aber was ist mit dem Mittagessen?« protestierte der Junge aus dem Postraum. »Es ist fast Mittag.«

»Wie ich dich kenne, Bürschchen, bist du am Essen, seit du hergekommen bist. Keine Sorge, du wirst schon nicht verhungern. Wann wollte der Arzt nochmal kommen, Professor?«

»Seine Frau sagte, sie würde ihm Bescheid geben, sobald er hereinkommt, was auch immer das heißt. Er soll auf dem Heimweg vom Krankenhaus sein.«

»Was höchstwahrscheinlich bedeutet, daß er zu Mittag ißt und ein Nickerchen hält«, maulte Grimble. »Vor 'ner Stunde werden wir ihn hier nicht sehen. Ist wohl nicht noch irgendwo 'ne Tasse Kaffee übrig?«

»Ich bringe Ihnen eine«, sagte Miss Tibbett. »Milch und drei Würfel Zucker, nicht wahr?«

Sie machte sich auf den Weg zurück zum Postraum. Die anderen, teils erleichtert, teils enttäuscht, stolperten ihr nach.

»Jedenfalls sollte die Polizei bald hier sein«, meinte Shandy hoffnungsvoll.

»Die haben Sie auch angerufen?«

»Natürlich.«

»Wozu zum Teufel? Schauen Sie, Professor, ich platze nicht in Ihr Labor und sage Ihnen, wie Sie Rüben züchten sollen, oder? Man hat mir bereits die Hölle heiß gemacht, weil ich Ottermole auf den Crescent geholt habe, als wir Mrs. Ames gefunden haben. Dr. Svenson sagt, er will nicht, daß bei irgendwas unterhalb von Mord die Polizei eingeschaltet wird.«

»Was läßt Sie glauben, daß dies hier keiner ist?«

»Oh Jesus! Warum sollte jemand den Finanzchef töten wollen? Er ist der Kerl, der die Schecks unterschreibt.«

»Sehr komisch. Warum haben Sie dann dieses Theater mit dem ›Nichts anfassen‹ gemacht?«

»Ach, zur Hölle, das gehört einfach zu der Nummer. Muß doch zeigen, daß ich auf Draht bin, oder?«

Sie saßen einen Moment schweigend da und funkelten einander an. Dann bemerkte Shandy: »Es ist interessant, daß Sie Mrs. Ames erwähnt haben.«

»Versuchen Sie anzudeuten, daß hier ein Zusammenhang besteht?«

»Wir müssen die Tatsachen betrachten.«

»Was für Tatsachen? Mrs. Ames fällt vom Hocker und bricht sich den Schädel. Dr. Cadwall kriegt einen Anfall oder so was.«

Miss Tibbett erschien mit Kaffee und Kuchen. Shandy gab den Kampf auf. Grimble würde nichts zugeben, bis er dazu gezwungen wäre. Sie würden nur hier sitzen und sich belauern, bis jemand käme, um die Verantwortung zu übernehmen. Er konnte ebensogut Helen anrufen und das Mittagessen absagen. Seufzend stand er auf und ging zur Tür.

»He, Professor, Sie gehen doch nicht weg?«

»Ich gehe in die Halle hinab, um Miss Tibbetts Telefon zu benutzen. Ich war zum Lunch verabredet.«

»Wobei mir einfällt: Bei all der Telefoniererei, haben Sie Mrs. Cadwall schon erwischt?«

»Nein, habe ich nicht«, mußte Shandy zugeben.

»Hätte gedacht, daß Sie sie als allererste anrufen. Tun Sie wohl besser jetzt, nicht wahr?«

»Grimble, warum können Sie es ihr nicht sagen? Mich hat es das letzte Mal erwischt.«

»Wieso zum Teufel, wechseln wir uns ab? Ich wüßte nicht, was ich sagen soll. Außerdem haben Sie ihn gefunden.«

»Mein Gott, ja! Danach werden die Leute weglaufen, wenn sie mich kommen sehen.«

Ob er wollte oder nicht – er konnte diese Pflicht nicht gut länger verschieben. Zu seiner großen Erleichterung ging Hannah Cadwall nicht ans Telefon. Sie war vermutlich in ihrer neuen Rolle als Jemimas Nachfolgerin unterwegs und kommandierte jemanden herum. Wie würde sie reagieren, wenn sie erfuhr, daß sie Witwe war? Ben hatte nicht wie ein liebenswerter Mann gewirkt, aber man konnte nie wissen.

Shandy tätigte noch ein paar Anrufe zur Versorgungsstelle und anderen Orten, wo sie möglicherweise auftauchen konnte, und hinterließ Nachricht, sie solle sich mit dem Büro ihres Mannes in Verbindung setzen. Dann rief er Mary Enderble an, die vernünftigerweise seine Zeit nicht mit Fragen verschwendete, die er nicht beantworten konnte, sondern sagte, sie würde auf dem Crescent und beim Supermarkt nach Hannah suchen.

Zum Schluß wählte er mit äußerstem Widerwillen die Nummer der Bibliothek und fragte nach Miss Marsh.

»Helen, Sie gehen besser ohne mich essen. Ich stecke erneut in der Patsche.«

»Armer Peter! Was ist es diesmal?«

Plötzlich erschien Grimble neben seinem Arm und grölte: »Ist sie das? Was sagt sie?«

Shandy unterdrückte seinen Drang, ihm das Telefon auf den Kopf zu hauen.

»Ich bedauere, unsere Verabredung absagen zu müssen, Miss Marsh«, sagte er streng, »aber unvorhergesehene Ereignisse haben sich, eh, ereignet. Ich werde in der Fakultätsmensa nach Ihnen schauen, wenn ich es in nächster Zeit schaffe, hier herauszukommen. Wenn nicht, melde ich mich wieder bei Ihnen, sobald ich kann.«

Er legte auf und drehte sich herum, um Grimble anzufahren. »Nein, ich habe Mrs. Cadwall noch nicht erreichen können. Mrs. Enderble ist unterwegs, um sie zu suchen. Warum schicken Sie nicht einen von Ihren Leuten zu Hilfe?«

»Wen zum Beispiel? Sie sind alle in der Mittagspause bis auf Ned, und der kann das Büro nicht verlassen. Sie wird früher oder später auftauchen.«

Sie schlenderten in das Büro des Toten zurück, grausig fasziniert von der Wachsfigur in dem hochlehnigen Lederdrehstuhl.

»Sieht tot nicht viel anders aus als lebendig«, grunzte der Wachdienstchef. »Old Smiley, so haben ihn die Kinder genannt. Nehme nicht an, daß man ihn sehr vermissen wird.«

»Ich glaube, man wird«, widersprach Shandy. »Er war ein fähiger und fleißiger Verwaltungsmann. Ich wünschte nur – «

»Was?«

»Wenn Sie es wirklich wissen wollen: Ich wünschte nur, ich wüßte, ob er auch ehrlich war.«

»Warum sollte er nicht?«

»Warum sollte er tot sein?«

»Hören Sie jetzt endlich auf, darauf herumzureiten? Er ist gestorben, das ist alles. Er ist einfach gestorben!«

»Grimble, um Himmels willen, ich bin nicht taub. Was ist los mit Ihnen?«

Shandy hatte allen Grund zu fragen. Der Mann war puterrot im Gesicht, seine Hände zitterten, seine Augen waren weiter aufgerissen als die der Leiche. Und doch bestand er darauf: »Nichts ist los mit mir! Es ist einfach – ach zum Teufel! Daß meine Routine durcheinandergerät, daß ich hier mit einem Toten herumhänge, während sich die Arbeit türmt – Svenson wegen einer verdammten Sache nach der anderen hinter mir her ist –, jetzt versuchen Sie – auch zum Teufel damit. Ich gehe in die Halle runter und schaue, ob ich noch was Kaffee kriege. Wenn der Doktor kommt, sagen Sie ihm, ich bin gleich wieder da.«

Shandy war es egal. Mit Cadwall allein zu sein, war nicht so unangenehm, wie Grimble dabeizuhaben. Außerdem gab es ihm die Chance, sich umzusehen. Er wußte, daß er nichts berühren durfte, aber sicher war nichts Schlimmes daran, wenn er seine Augen benutzte.

Er war sicher, daß Cadwall vergiftet worden war. Als Getreidefachmann wußte der Professor viel zu viel über Pestizide und ihre Wirkungen. Obwohl er und Tim seit Jahren einen wütenden Kampf gegen diese Toxine gefochten hatten, war immer noch kein Mangel an tödlichen Substanzen in Balaclava. Aber welches Gift würde genau auf diese Weise töten, und wie hatte man es dem Opfer verabreicht?

Auf dem Tisch war nichts, was Aufschluß geben konnte, außer einem sauberen Löscher, einem Stapel Schecks, ein paar Stiften in einer Schale und zwei Körben mit der Aufschrift »In« und »Out«. Die Kleider des Opfers waren nicht in Unordnung. Ben hatte sich immer wie Calvin Coolidge angezogen, mit gestärkten Kragen und enggebundenen Krawatten und einer zugeknöpften Weste unter einem zugeknöpften Anzugjackett. Sogar im Sommer war seine einzige Konzession an das Thermometer, seine Weste abzulegen. Wahrscheinlich hätte sich jemand hinter ihn schleichen und eine Spritze durch diese verschiedenen Kleidungsschichten stoßen können, aber Shandy konnte keine Anzeichen dafür erkennen, daß das jemand getan hatte.

Jemand, der während der Lichterwoche dieses Büro mit bösen Absichten betrat, ging ein besonderes Risiko ein, eben weil das normalerweise geschäftige Verwaltunsgebäude so still war. Sollte irgend jemand vom Personal zufällig an seinem Platz sein, war die Chance, gesehen zu werden und aufzufallen, äußerst groß. Es wäre viel einleuchtender, eine langsam wirkende Substanz wie Arsen zu verabreichen und weit weg zu sein, wenn das Zeug zu wirken begänne.

Das geschmacklose Arsen war einfach zu verabreichen, aber Shandy glaubte nicht, daß es in diesem Fall benutzt worden war. Er konnte sich nicht dazu zwingen, an den schlaffen Lippen zu riechen, meinte aber, er könne den abstoßenden Geruch einer Magenverstimmung erkennen. Erbrechen paßte zu einer Arsenvergiftung, aber hätte es nicht angehalten, bis das Opfer im Krampf starb, da niemand in der Nähe gewesen war, um ihm zu helfen? Hätte man Ben dann nicht auf dem Fußboden in der Herrentoilette finden müssen und nicht an seinem Schreibtisch sitzend? Es sah so aus, als hätte der Finanzchef etwas eingenommen, das erst Übelkeit erregte und ihn dann in den ewigen Schlaf versetzte.

Ben wäre nicht unbedingt besorgt gewesen wegen eines plötzlichen Übelkeitsanfalls. Er war neuen Symptomen gegenüber stets aufgeschlossen. Wenn sie die Form von Krämpfen und Durchfall annahmen, gab er dem Laxativ die Schuld, das er sich ohne Zweifel abends zuvor verschrieben hatte. Wenn er erbrach, nahm er an, er würde eine der Viruserkrankungen bekommen, die immer in der Luft lagen. Dann würde er sich auf einige Tage Bettruhe einrichten und seine Arbeit energisch beenden, bevor er nach Hause ging.

Was für ein Gift könnte einem erst Magenschmerzen verursachen und einen dann hilf- und bewußtlos machen, bevor man merkte, wie krank man war? Da sein Job die Pflanzen waren, wandten sich Shandys Gedanken natürlich den Pflanzengiften zu. Warum auch nicht? Warum sollte ein Killer das Risiko eingehen, eine tödliche Droge zu kaufen oder zu stehlen, wenn im Ort reichlich Fensterbretter den Tod zum Abpflücken boten, sogar mitten im Winter?

Weihnachsstern und Mistel zum Beispiel waren viel weniger unschuldig, als die meisten Leute annahmen, aber Shandy war nicht sicher, wie sie wirkten. Um sichere Resultate zu erhalten, würde sich ein Mörder besser an die Alkaloide halten. Das gute alte *Conium maculatum* würde Ben bei ausreichend klarem Verstand lassen, um Schecks zu unterschreiben, während seine Lungen allmählich paralysiert würden – aber wo konnte man im Dezember giftigen Schierling finden?

Solanin führte zu Betäubung und Lähmung. Man brauchte nur eine grüne Kartoffel oder die Keime von einer, die zu sprießen begonnen hatte. Dann gab es die einfachen Herzberuhigungsmittel wie *Cannabis sativa*. Eine konzentrierte Dosis Pot konnte jemanden so high machen, daß er nie mehr zurückkam. Die Leute sollten das Zeug nicht auf dem Campus anpflanzen, aber es gab immer ein paar, die das schick fanden.

Auf einmal konnte Shandy den Anblick des Toten nicht mehr ertragen. Er ging hinaus, stellte sich ans Flurfenster und hoffte, Dr. Melchetts Auto zu erblicken. Aber nichts war zu sehen außer zertrampeltem Schnee und einem bleiernen Himmel und Bäumen mit kahlen Ästen, die sich im rauhen Dezemberwind bewegten: Ahornbäume, die silbrig und schlank wirkten, selbst wenn ihre Stämme nicht einmal mit ausgestreckten Armen umspannt werden konnten, Eichen, so rauh und knorrig wie Thorkjeld Svenson, an deren Zweige sich noch braune Blätter klammerten, die graziösen Linien weißer Birken, an denen der Birkenbohrer sein schmutziges Werk noch nicht vollendet hatte; Silhouetten vor dem angenehmen Smaragdgrün der Tannen und dem tieferen Grün der Eiben, die in den vielen Jahren, seit man sie gepflanzt hatte, groß und x-beinig geworden waren. Es gab eine Menge Eiben in Balaclava. Sie sahen gut aus, waren billig, und man konnte darauf zählen, daß sie unbeschädigt durch den harten Winter von Neuengland kamen, obwohl man die neuen Studenten immer davor warnen mußte, die glasigen roten Beeren zu essen, und die Tiere davon abhalten mußte, die Zweige zu fressen.

Tatsächlich könnte auch ein aus den allgegenwärtigen Eibennadeln destillierter Taxinabsud als Herzberuhigungsmittel wirken, das unbemerkbar im Körper arbeitete, bis es genau zu einem Tod wie dem von Ben führte, wenn Shandy sich recht erinnerte. Er erwog die verschiedenen Möglichkeiten und wünschte, er könnte an Professor Muenchers Buch über Pflanzengifte oder einen anderen verläßlichen Text gelangen, als ein vier Jahre alter kastanienbrauner Oldsmobile vor dem Gebäude vorfuhr und ein gedrungender Mann in einem schicken Kamelhaarmantel ausstieg, der eine schweinslederne Arzttasche vom Sitz zog. Shandy eilte hinab, um ihm die Tür zu öffnen.

»Dr. Melchett, ich bin erleichtert, Sie zu sehen. Sie haben die Nachricht wegen Dr. Cadwall erhalten?«

»Nur, daß ich so schnell herkommen sollte wie möglich. Ich habe noch nicht einmal zu Mittag gegessen. Wo ist er? Warum haben Sie ihn nicht ins Krankenhaus gebracht? Oder zur Krankenstation? Was ist mit ihm?«

»Eh – er ist tot. Ich schaute wegen einer, eh, geschäftlichen Angelegenheit herein und fand ihn auf seinem Stuhl sitzend, genau wie er jetzt dasitzt.«

»Soso.« Melchett stellte seine Tasche auf dem Schreibtisch des Finanzchefs ab und hing seinen Mantel sehr sorgfältig über die Lehne eines Holzstuhles. »Man weiß ja nie, oder? Ich hätte gedacht, daß Ben noch für weitere fünfzig Jahre gut ist. Bei der letzten Untersuchung habe ich es ihm gesagt. Er glaubte mir natürlich nicht. Ben dachte immer gern, er pfeift aus dem letzten Loch. Offenbar hatte er recht und ich unrecht. Gerade richtig, um zu zeigen, daß wir Ärzte nicht unfehlbar sind, so gern wir auch denken, wir wären es.« Er beugte sich nach vorn und zog ein Augenlid des Toten zurück. »Wo ist Hannah?«

»Wir versuchen, sie ausfindig zu machen.«

»Aha. Einkaufen gegangen ohne Zweifel. Es ist verblüffend, wieviel Zeit Frauen in Läden verbringen können. Ich würde sie gern fragen, was Ben sich selbst verabreicht hat.«

»Ich dachte an pflanzliche Alkaloide«, wagte sich Shandy vor.

»Warum?«

»Weil so leicht dranzukommen ist, nehme ich an, und weil ich gesehen habe, wie das Vieh sich vergiftet hat, als es das Zeug fraß. Sie bleiben einige Zeit ohne Symptome im Körper, dann treten Krämpfe und Koma – «

»Ich brauche keinen Nachhilfeunterricht«, schnappte Melchett. Er untersuchte die Leiche noch einen Moment, dann fragte er in weniger kriegerischem Ton: »Denken Sie an irgend etwas Bestimmtes?«

»Coniin, Cannabin, Solanin, Taxin. Ich könnte Ihnen eine komplette Liste geben, vermute ich, wenn ich mich hinsetzen und eine Weile nachdenken würde. Pflanzliche Toxizität ist etwas, womit wir Agrostologen uns befassen müssen, wissen Sie.«

»Aber wie hätte das Gift in seinen Körper kommen können? Niemand mit nur einem Funken Verstand würde so viel einnehmen.«

»Sicher nicht absichtlich.«

Melchett starrte ihn verblüfft an und begann, sein Kinn zu reiben. »Aber Ben war einer von diesen Bio-Freaks. Hat Hefe auf seine Cornflakes gestreut und so was.«

»Das gebe ich zu, aber glauben Sie, er hätte sich vergewissert, daß es tatsächlich Hefe war, die er da streute? Es sei denn, eh, jemand hätte die Schachteln vertauscht.«

Der Arzt hörte auf, sein Kinn zu reiben. »Shandy«, sagte er steif, »das ist eine unverantwortliche Behauptung. Meinen Sie nicht, daß Sie in Anbetracht Ihres kürzlichen seltsamen Verhaltens Ihre Bemerkungen besser etwas zurückhielten?«

»Meinen Sie nicht, daß Sie in Anbetracht der vorliegenden Umstände besser beraten wären, eine Autopsie anzuordnen?«

»Das nehme ich an«, seufzte der Doktor. »Verdammt, meine Frau quälte mich seit Monaten, wir sollten über die Feiertage nach Florida fahren. Das hat man davon, wenn man zu Hause bleibt. Wo ist Grimble?«

»Er sagte, ich sollte Ihnen ausrichten, er wäre gleich zurück. Das war vor etwa einer halben Stunde. Ich gehe besser nachsehen, ob er damit fertig ist, das, eh, Personal zu verhören.«

»Wahrscheinlich verhört er irgendeine Tippse in der Besenkammer, wie ich den alten Bock kenne. Sagen Sie ihm, er soll sich auf die Beine machen und das Büro des County-Coroners anrufen. Diesmal schreibe ich keinen Totenschein.«

Es lag eine leichte Betonung auf dem ›diesmal‹, die Shandy dazu veranlaßte zu erwidern: »Dann waren auch Sie nicht völlig ohne Zweifel über Mrs. Ames Todesart.«

Dr. Melchett starrte ihn an. Er öffnete den Mund und ließ ihn wieder zuklappen, was unter diesen Umständen wahrscheinlich klug war. Shandy wußte, daß es keinen Zweck hatte, auf der Sache herumzureiten, und ging den Wachdienstchef holen. Er fand Grimble bei nichts Sündigerem als dem Verzehr von Früchtekuchen.

Der Mann erhob sich erstaunlich behende und stopfte sich den letzten Bissen in den Mund. »Danke, Leute. Bis später.«

»Sie werden uns doch wissen lassen, was dem armen Dr. Cadwall widerfahren ist, nicht wahr?« bat Miss Tibbett.

»Ja, und wann wir in die Mittagspause gehen können«, fügte der Postjunge hinzu.

»Ich glaube, Sie lassen sich besser ein paar Brote bringen«, sagte Shandy, als die beiden Männer auf den Flur gelangt waren. »Dr. Melchett wird keinen Totenschein ausstellen.«

»Häh?« Grimble versprühte Kuchenkrümel. »Warum nicht?«

»Ich nehme an, das wird er Ihnen selbst erklären. Er sagt, Sie sollen den County-Coroner anrufen.«

»Oh, Jesses am Krückstock!«

Grimble schaffte es, seinen Mund zu leeren, um seinen Gefühlen Luft zu machen. »Professor, wenn Sie ihm das eingeredet haben, werde ich – «

»Nichts hat er mir eingeredet«, schnappte der Doktor, der des Wartens müde geworden und ihnen entgegen gekommen war. »Der Augenschein spricht für sich. Wo sind Sie gewesen, Mann? Ab ans Telefon, aber dalli! Nach meiner professionellen Meinung habt ihr hier einen hübschen Skandal, und ich will nichts davon abhaben.«

Obwohl er noch seinen Mantel und die Galoschen anhatte, wurde es Professor Shandy kalt. Er ging zu einem der großen, altmodischen Dampf-Heizkörper hinüber, die entlang der Flure liefen, und drückte seine Hände gegen den Rost. Er war heiß, fast zu heiß zum Anfassen, brachte aber keinerlei Wärme in seinen Körper.

»Ich habe einen Schock«, dachte er kühl. »Ich sollte einen Kaffee trinken.«

Er ging nicht zum Postraum zurück. Wahrscheinlich hatte Grimble die Kanne geleert. Miss Tibbett würde ihm gerne noch etwas machen, aber er wollte nicht bei der schwatzenden Mannschaft warten. Er wollte Helen Marsh holen und sie irgendwohin mitnehmen, wo man noch nie vom Balaclava College gehört hatte.

Dr. Melchett sprach mit dem Büro des Coroners. Shandy versuchte nicht zu verstehen, was er sagte. Was er nicht sagte, nämlich das kleine Zucken seines Augenlids, als Jemima Ames erwähnt wurde, hatte das meiste verraten. Irgend etwas mußte ihm faul vorgekommen sein an dem Morgen, als sie gefunden wurde. Aber da Ottermole und Grimble so fest entschlossen waren, ihren Tod einen Unfall zu nennen, hatte ihn dieselbe Vorsicht, die ihn jetzt dazu trieb, den Schwarzen Peter weiterzureichen, dazu veranlaßt, den Totenschein auszustellen, ohne den Harry der Ghoul es nicht gewagt hätte, mit seinen düsteren Riten zu beginnen.

Man konnte es ihm nicht vorwerfen, dachte Shandy. Mord, zumindest diese Art von Mord, kam in respektablen kleinen Collegestädten nicht vor. Selbst wenn ein Landarzt vermutete, an einem plötzlichen Tod sei etwas faul, würde er lange, sehr lange nachdenken, bevor er seine Praxis riskierte, indem er einen Skandal anzettelte.

Wenn zufällig jemand anders als Shandy Dr. Cadwall tot in seinem Büro gefunden hätte, wäre die normale Reaktion gewesen, den Wachdienst anzurufen, genau wie er selbst es getan hatte, als er Jemima Ames Leiche hinter seinem Sofa entdeckt hatte. Grimble hätte nicht die Polizei geholt, sondern nach Dr. Melchett geschickt. Es war durchaus möglich, daß die beiden es geschafft hätten, einander zu überzeugen, daß weitere Ermittlungen nicht nötig wären – nicht weil sie beide böse oder inkompetent waren, sondern weil jeder nicht natürliche Tod außerhalb ihres üblichen Denkschemas lag.

Und auch, weil sie wußten, daß Thorkjeld Svenson sie in Stücke reißen würde, wenn sie einen Skandal aufrührten und keinen Hauptschurken anbringen könnten. Wie die Affäre jetzt aussah, könnte, falls Miss Baxters Prophezeiung je in Erfüllung ginge, die dritte Leiche auf dem Campus durchaus die von Peter Shandy sein.

Fünfzehntes Kapitel

Bestand irgendeine entlegene Möglichkeit, daß Melchett aus dringlichen persönlichen Gründen die Sache vertuschen wollte? Aber Ärzte töteten keine Leute, zumindest nicht absichtlich. Von dieser abseitigen Idee schockiert, studierte Shandy den Mann am Telefon eingehender als je zuvor. Das Adjektiv, das ihm in den Sinn kam, war ›respektabel‹.

Dr. Melchett hatte zur Szenerie gehört, seit Shandy nach Balaclava gekommen war. Als offizieller Arzt vom Dienst zeigte er sich bei den meisten der größeren gesellschaftlichen Ereignisse mit seiner Frau, die, wie Shirley Wrenne einmal bemerkt hatte, für jede Gelegenheit ein neues Kleid und ein altes Klischee hatte.

Melchetts Sorte von Respektabilität mußte einen gehörigen Batzen kosten. Hatte der Doktor festgestellt, daß die Einnahmen die Ausgaben nicht deckten, und angefangen, die Rechnungen für das College zu frisieren? Wenn ja, hätte Cadwall es sicher herausgefunden; aber war das ein ausreichendes Mordmotiv? Und wo kam Jemima Ames ins Spiel?

Was hatten sie und Ben Cadwall tatsächlich gemeinsam, außer daß sie beide zum College gehörten und unmittelbare Nachbarn waren? Sie waren beide enge Vertraute von Hannah, und sie hatten beide das Hobby, in den Angelegenheiten anderer Leute zu stöbern. Ob sie je zusammenkamen und Gerüchte austauschten, spielte keine Rolle, weil Hannah ihrem Gatten sicherlich jedes Bröckchen weiterreichte, das Jemima fallen ließ.

Jemima hätte geplaudert, daran konnte kein Zweifel bestehen. Kein einziges Mal hatte Shandy in ihrer Gegenwart Tim besuchen können, ohne eine Geschichte anhören zu müssen, die er lieber nicht gehört hätte. Er konnte sich nicht vorstellen, daß sie irgend etwas Neues erfahren und es nicht sofort ihrer besten Freundin anvertraut hätte.

Während dieser letzten paar Wochen hatte Jemima sehr eng mit vielen Studenten zu tun gehabt. Was wäre gewesen, wenn sie Wind davon bekommen hätte, daß man Melchett mit Schmiergeld dazu bringen konnte, eine Abtreibung durchzuführen, ohne den offiziellen Weg zu gehen und Balaclavas hohen moralischen Ton zu stören, oder daß er Studenten mit Drogen belieferte? Weder sie noch Ben hätten sich gescheut, ihn mit dem Gerücht zu konfrontieren oder ihn schnell in die Pfanne zu hauen, wenn es ihm nicht gelungen wäre, sie von seiner Unschuld zu überzeugen. Bei der hohen Moral von Balaclava konnte auch schon die Andeutung eines Fehltritts ihn bei den Svensons und damit beim College, der Stadt und vielleicht bei Mrs. Melchett und allen anderen, die ihm vermutlich lieb und wert waren, in Verruf bringen.

Einen leidenschaftlichen Hypochonder wie Ben zu vergiften, sollte keine schwere Aufgabe für einen Arzt sein, der jahrelang von seinen Beschwerden gehört und ihm seine Placebos verordnet hatte. Taxin als Vehikel zu wählen, wäre wirklich ein schlauer Streich, denn der Stoff stand nicht im Arzneibuch, konnte aber von jedem abgepflückt werden, der wußte, wie man einen einfachen Absud bereitet, und Shandy fiel niemand auf dem Campus ein, der das nicht wußte.

Die Tatsache, daß Melchett gerade dabei war, den Schwarzen Peter weiterzugeben, bedeutete gar nichts. Kein respektabler Arzt würde sich gerne in einen Mordfall verwickeln lassen. Shandy verschwendete keinen weiteren Gedanken daran. Er dachte, wenn Melchett wirklich Ben und Jemima getötet hätte, wäre er ein Dummkopf, wenn er nicht auch Hannah töten würde.

Vielleicht hatte er das bereits. Vielleicht reagierte Mrs. Cadwall deswegen auf keine der Nachrichten, die für sie hinterlassen worden waren. Vielleicht hatte sie sich mit ihrem Mann ein tödliches Frühstück geteilt und saß noch in ihrem Haus auf dem Crescent vor einer leeren Kaffeetasse und starrte in die Unendlichkeit. Shandy fand einen Stuhl, schob ihn dicht an die Heizung, setzte sich und zog seinen Mantel fest um sich.

Melchett beendete sein Gespräch mit dem Büro des Coroners, holte seinen schicken Automantel aus dem Büro des Finanzchefs und kam mit seiner Tasche in der Hand zu Shandy herüber.

»Hat keinen Sinn, daß ich noch länger hier herumhänge. Meine Frau wartet mit dem Essen. Sie und Grimble können die Stellung halten, bis die Polizei eintrifft.«

»Schicken sie wieder einen unauffälligen Wagen?«

Der Arzt schien die Anspielung nicht zu begreifen. »Fühlen Sie sich wohl, Shandy?«

»Nein. Ich glaube, ich habe mich verkühlt.«

»Nehmen Sie ein Aspirin und gehen Sie ins Bett.«

»Wie kann ich, wenn ich hier sitzen und auf eine Leiche aufpassen soll, während Sie sich aus dem Staub machen?«

Shandy redete mit der Luft. Melchett war bereits zur Tür hinaus. Grimble starrte düster dem abfahrenden Oldsmobile hinterher. »Dem Präsidenten wird das sicher nicht schmecken.«

»Der Präsident wird es schlucken müssen«, schnarrte Shandy.

Er hatte die ganze Bande satt. Zwei Leute waren ermordet worden, und alles, woran sie denken konnten, war, sich den Wanst zu füllen und sich herauszuhalten. Er blieb in seinen guten grauen Tweed gekuschelt und reagierte nicht auf Grimbles Bemerkungen, bis eine kleine Karawane vorfuhr, angeführt von Ottermole im einzigen Polizeiwagen des Ortes, dann einem Gefährt der Staatspolizei und einem Krankenwagen.

»Da sind sie.« Grimble schluckte geräuschvoll. »Was werden Sie ihnen sagen?«

»Die Wahrheit natürlich. Ich kam, um Dr. Cadwall aufzusuchen, und fand ihn tot an seinem Schreibtisch.«

»Ja, aber mit dem Schlüssel und dem – dem Rest?«

»Das weiß ich nicht.«

»Jesses, Professor, passen Sie auf, ja? Svenson wird – «

Er verstummte schnell, da die Tür aufging und das Gesetz eintrat. Shandy realisierte, daß der Wachdienstchef einen Anfall geistiger Paralyse hatte und stand auf.

»Danke für Ihr Kommen, meine Herren.«

Ottermole, von dem man hätte erwarten können, daß er sie einander vorstellte, sagte ebenfalls nichts, also übernahm Shandy es selbst.

»Ich heiße Shandy. Ich bin Mitglied der Fakultät. Dies ist Mr. Grimble, der Leiter der Campuswache. Der, eh, Verstorbene, unser Finanzchef Dr. Cadwall, ist in seinem Büro, durch diese Tür.«

Grimble fand plötzlich seine Stimme wieder. »Ja, sehen Sie, hier der Professor Shandy war in meinem Büro, und er sagte: ›Ich geh' rüber zum Finanzchef‹, und das nächste, was ich weiß, ist, wie er mir über das Haustelefon erzählt – «

»Brrr, nicht so schnell«, sagte der Staatspolizist. »Ottermole, wollen Sie Notizen machen oder soll ich?«

»Besser Sie«, murmelte der Polizeichef von Balaclava.

»Richtig. Ich heiße Olivetti. Also, Professor Shandy, ich schlage vor, daß Sie das Reden übernehmen.«

Er zog ein kleines schwarzes Notizbuch und einen glänzenden goldenen Füller, genau wie der von Cadwall, hervor. »Wann sind Sie hergekommen?«

»Ja, wie Grimble gesagt hat, habe ich das Wachbüro gegen halb zwölf verlassen.«

»Elf Uhr zweiunddreißig«, warf Grimble ein. »Es steht genau im Verzeichnis.«

»Mein Gott! Ich hatte keine Ahnung, daß Sie so gründlich sind.«

»Aber sicher. Jeder wird ein- und ausgetragen, und wenn sie nur vorbeikommen, um das Klo zu benutzen.«

Olivetti räusperte sich. »Sie sind also direkt hergekommen?«

»Ja, das bin ich.«

»Warum?«

»Um mit Dr. Cadwall zu sprechen.«

»Worüber?«

Das war der Moment der Wahrheit. Shandy wog ab, was er sagen sollte, als er ein kleines, unwillkürliches Anspannen seiner Körpermuskulatur verspürte. Es war dasselbe instinktive Ziehen, das ihn davon abgehalten hatte, den Embryo des Balaclava-Protz mit einer falsch gemischten Lösung Flüssigdünger zu gießen, die die Babypflänzchen ganz bestimmt zu Asche verbrannt hätte.

»Über einen Schlüssel«, antwortete er vorsichtig. »Ich dachte, er könne vielleicht einen, eh, von mir mitgenommen haben.«

»Passiert ständig«, fiel Grimble ein. »Nicht, daß ich über zerstreute Professoren witzele oder so – «

»Sicher«, sagte Olivetti. »Sie sind also hereingekommen und dann was? Haben Sie mit seiner Sekretärin gesprochen?«

»Sie war nicht an ihrem Schreibtisch. Ich erfuhr hinterher, daß sie sich heute morgen krank gemeldet hat. Während der Ferienzeit haben wir immer irgendeine mysteriöse Epidemie beim Verwaltungspersonal.«

»Sicher. Haben Sie angeklopft oder was?«

»Ich glaube, ich habe bloß die Tür geöffnet und meinen Kopf hineingesteckt. Das ist, eh, Usus hier. Man fragt: ›Sind Sie beschäftigt?‹ oder so etwas, und dann tritt man entweder ein oder geht wieder.«

»Bißchen gefährlich, nicht wahr?« fragte der kesse Jüngling in Weiß, der eine Klappbahre aus Aluminium trug. »Und wenn er ein Päuschen mit der Sekretärin machte?«

»In Balaclava? Das ist nahezu undenkbar. Obwohl«, fügte Shandy gemeinerweise hinzu, »Grimble weiß das besser als ich.«

»Könnten wir bei der Sache bleiben?« fragte Olivetti geduldig. »Wie haben Sie ihn gefunden?«

»Meinen Sie, in welcher Stellung?«

»Eben.«

»Genau, wie er jetzt ist. Mir war sofort klar, daß er tot war, daher schloß ich die Tür und telefonierte um Hilfe.«

»Von wo? Vom Telefon der Sekretärin?«

»Nein, ich bin in die Halle zurückgegangen und habe Miss Tibbetts Apparat benutzt. Im Studentensekretariat dort drüben.«

»Warum?«

»Das kann ich Ihnen nicht mit Gewißheit sagen. Instinkt, nehme ich an.«

»Okay. Und dann?«

»Ich begann mich zu fragen, wo alle hin waren. Das Gebäude wirkte so leer wie eine Gruft, wenn Sie den schlecht gewählten Vergleich entschuldigen. Ich ging den Flur hinab, bis mich der Klang von Stimmen zum Postraum führte. Dort fand ich mehrere Angestellte bei, eh, der Frühstückspause.«

»Wobei sie wahrscheinlich saßen, seit sie gekommen waren«, sagte der junge Bahrenträger.

»Das war mein Eindruck«, gab Shandy zu. »Sie wirkten, eh, bequem verschanzt. Alle waren ob meiner Neuigkeiten überrascht und bekümmert. Miss Tibbett schlug vor, ich sollte eine Tasse Kaffee trinken, was ich, so muß ich sagen, höchst dankbar annahm, dann begleiteten sie mich *en masse* hierhin zurück.«

»Hat irgendeiner von ihnen das Büro betreten?«

»Nein. Grimble kam ziemlich genau im selben Moment. Er und ich gingen zusammen hinein. Der Rest blieb draußen und, eh, schaute durch die Tür.«

»Sicherlich«, sagte Olivetti. »In Ordnung, Grimble, von hier ab übernehmen Sie.«

»Also, ich sah ihn an und beschloß, als erstes müßten wir den Doktor rufen und herausfinden, woran er gestorben ist. Sah mir so aus, als hätte er ’nen Herzschlag gehabt oder so was. Saß einfach da. Sehen Sie selbst.«

Er führte sie in das Reich des Finanzchefs, nahm ein Taschentuch vom Schreibtisch der Sekretärin und benutzte es, um den Türknopf zu schützen.

»So hab ich es vorhin gemacht. Bin vorsichtig gewesen wegen der Fingerabdrücke, sehen Sie.«

»Müssen Sie alle abgewischt haben, wenn überhaupt welche da waren«, grunzte Olivetti.

»Meine wären da gewesen«, sagte Shandy.

»Richtig. Haben Sie sonst noch etwas berührt?«

»Nein. Ich bin ziemlich sicher, daß ich nichts berührt habe. Nicht bei diesem, eh, Besuch zumindest«, ergänzte der Professor. »Natürlich bin ich bei verschiedenen anderen Gelegenheiten in Cadwalls Büro gewesen. Die meisten von uns waren aus dem einen oder anderen Grund hier. Cadwall bezahlte alle Rechnungen, wissen Sie, unterschrieb die Gehaltsschecks, machte die Bankeinzahlungen, kümmerte sich um unsere Versicherungen und die Steuern und so weiter, nahm die Erlöse aus der Lichterwoche ein – «

»Sie meinen, er war so etwas wie der Geschäftsführer?«

»Genau.«

»Was tut dann der Schatzmeister?«

»Meiner Ansicht nach sehr wenig. Er verhandelt über höhere Bankkredite oder bemüht sich um öffentliche Mittel, wenn je Geld gebraucht wird. Aber in Balaclava wird nie Geld gebraucht.«

»Sie machen Witze. Wie kommt das?«

»Präsident Svenson führt ein ordentliches Schiff. Lesen Sie unseren Prospekt. Er ist im Studentensekretariat erhältlich, und ich bin sicher, daß Miss Tibbett Ihnen die Feinheiten erläutern kann, wenn Sie sie an ihren Schreibtisch, eh, zurücklocken können.«

»Ich rede mit dem Personal, sobald wir hier klargekommen sind«, sagte Olivetti. «Okay, Jungs, machen wir ein paar Aufnahmen. Was sagen Sie, wie er hieß, Professor?«

»Benjamin Cadwall.«

»Adresse?«

»Balaclava Crescent. Wir geben uns nie mit Hausnummern ab. Es ist das Haus mit den braunen Schindeln und den hellen

Simsen, das vorletzte auf der rechten Seite, wenn Sie auf die College Row zufahren.«

»Verheiratet?«

»Ja. Seine Frau heißt Hannah. Wir haben versucht, sie zu erreichen. Sie ist offenbar irgendwo unterwegs.«

»Höchstwahrscheinlich einkaufen. Das sind sie immer. Okay, Professor, ich glaube, im Moment brauchen wir Sie hier nicht mehr. Sie hatten doch nicht zufällig vor, die Stadt zu verlassen?«

»Oh nein, ich bleibe in der Gegend. Grimble weiß, wo ich zu finden bin.«

Shandy schnappte sich seinen Hut und eilte aus dem Gebäude. Wahrscheinlich war es zu spät, um Helen in der Mensa zu erwischen, aber er könnte es immerhin versuchen.

Sechzehntes Kapitel

Das Glück war ihm hold. Er traf Helen genau vor der Tür der Mensa. Sie war allerdings auf dem Rückweg zur Bibliothek.

»Ich wage nicht, mit Ihnen zurückzugehen, Peter. Ich habe eine kräftige kleine Lektion über Pünktlichkeit erhalten. Dr. Porble erwartet, daß ich ein Beispiel gebe.«

Sie betrachtete sein Gesicht. »Es ist etwas Schlimmes, nicht wahr?«

»Sehr schlimm. Ich ging zu Ben Cadwall, um ihn zu beschuldigen, meinen Hausschlüssel aus dem Wachbüro gemopst zu haben, und fand ihn tot an seinem Schreibtisch.«

»Oh nein! War es –?«

»Ich glaube ja. Dr. Melchett auch, obwohl ich so eine Ahnung habe, daß er sich nicht geweigert hätte, einen Totenschein zu unterschreiben, wenn ich ihm nicht dazwischen gekommen wäre. Meine persönliche Vermutung: Taxinvergiftung.«

»Taxin? Das stammt von der Eibe, nicht?« Helen zog den Saum ihres hellblauen Mantels instinktiv von den Büschen weg, die den Weg säumten. »Wie wirkt es?«

»Ben würde gedacht haben, daß er etwas am Magen hätte. Er wäre vielleicht zur Toilette gegangen und hätte sich übergeben. Dann wäre er, ganz Ben, zurückgekrochen, um seinen Schreibtisch aufzuräumen, bevor er nach Hause gegangen wäre. Wenn er gemerkt hätte, wie krank er wirklich war, wäre er zu schwach und kurzatmig gewesen, um Hilfe herbeizurufen. Dann wäre er ins Koma gefallen, und das wär's gewesen.«

»Sie haben eine sehr niedliche Art, das auszudrücken.« Sie schauderte und versuchte, den dünnen Mantel enger um ihren Körper zu ziehen. »Was passiert jetzt?«

»Sie haben gottseidank die Staatspolizei eingeschaltet. Sie machen Aufnahmen. Hannah Cadwall ist einkaufen oder so etwas. Zumindest hoffe ich inständig, daß sie es ist. Wir haben sie nicht erreichen können.«

»Ich würde mir keine Sorgen machen. Wahrscheinlich klappert sie die nachweihnachtlichen Sonderangebote ab. Sie gehen besser eine heiße Suppe essen oder so etwas.« Helen zögerte. »Peter, würden Sie den Geschmack von Taxin erkennen?«

»Falls jemand meine Suppe damit würzt, meinen Sie?« Er versuchte zu lächeln. »Ach ja, ich meine doch. Es ist sehr bitter, glaube ich. Nichts, was ich freiwillig schlucken würde.«

»Wie hat es dann dieser Cadwall eingenommen?«

»Ben war ein leidenschaftlicher Hypochonder. Ständig verabreichte er sich irgend etwas. Er nahm an, wenn etwas gräßlich schmeckte, müsse es gut für ihn sein.«

»Ich vermute, das wußten alle hier.«

»Oh ja. Der nachbarliche Aspekt drängt sich geradezu auf.«

Shandy rieb sich die Augen. Helen legte eine Hand auf seinen Mantelärmel.

»Gehen Sie jetzt was essen, Peter. Kommen Sie nach meiner Arbeit herüber, und trinken Sie was von Ihrem Sherry, wenn Ihnen danach ist.«

»Mir wird danach sein. Wie kommen Sie voran?«

»Fürchterlich. Er hat zwei Burschen angestellt, die im Buggins-Raum Sachen herumschmeißen, und mich an den Auskunftstisch gefesselt, um Statistiken über Schweineproduktion herauszuschreiben. Ich bin so frustriert, daß ich speien könnte.«

»Dann sehen Sie zu, daß Sie nicht in Porbles Richtung speien. Glauben Sie, daß Sie um fünf Uhr draußen sind?«

»Sagen wir Viertel nach. Ich würde Sie ungern draußen in der Kälte stehen lassen, nach allem, was Sie durchgemacht haben.«

Shandy, der sich etwas besser fühlte als vor ein paar Minuten, ging zum Mittagessen hinein. Es war schon recht spät für die Fakultätsleute. Kaum jemand war im Eßsaal außer Professor Stott, dem Schweine-Experten, für den Helen diese unangenehme Aufgabe durchführen mußte, und eine etwas lärmige Versammlung an einem der großen, runden Tische in der Mitte des Raumes, die aus Ingenieurlehrkräften und Gehilfen vom Kraftwerk bestand. Dysart war dabei und führte wie gewöhnlich das große Wort in einem technischen Jargon, der für jeden, der nicht zur Gruppe gehörte, genausogut Kauderwelsch hätte sein können und Shandy eine legitime Ausrede gab, sich ihnen nicht anzuschließen.

Stott war für niemanden eine Bedrohung der Privatsphäre. Er war auf seine Art ein auskömmlicher Mann, aber mit Herz, Leib und Seele der Schweinezucht verschrieben. Er sah sogar aus wie ein Schwein, mit einem großen, blassen Gesicht, einer Himmelfahrtsnase und kleinen Augen in tiefen Ringen aus festem, gesundem Fett. Er aß viel, langsam und konzentriert und war sich ohne Zweifel nicht bewußt, daß ein Kollege den Raum betreten hatte. Shandy wollte in einen Stuhl neben Stott sinken, als Dysart die Chance bemerkte, sein Publikum zu vergrößern.

»He, Pete, warum so ungesellig? Komm rüber, und stell deinen Wanst ab. Was gibt's Neues bei den Rüben?«

»Ich hatte noch keine Zeit nachzuschauen.«

Widerwillig begab sich der Agrostologe zu den Ingenieuren. Er war im Zweifel, ob er Cadwalls Tod erwähnen solle, doch kam er zu dem Schluß, der Versuch, ihn zu verschweigen, wäre zwecklos. Dysart zumindest wäre tödlich beleidigt, und er hatte schon genug getan, um seine Nachbarn gegen sich aufzubringen.

»Eigentlich«, setzte er an, »habe ich einen ziemlich üblen Vormittag hinter mir, Bob. Ich schaute bei Ben Cadwall herein und fand ihn stocksteif an seinem Schreibtisch sitzen.«

Dysart war verblüfft, aber nicht zum Schweigen gebracht. »Jesus, Pete, was bist du denn, so eine Art Typhusmarie?«

»Das frage ich mich allmählich selber.«

»Sie meinen, Dr. Cadwall ist tot?« rief einer der jüngeren Burschen. »Was ist ihm passiert?«

»Ich fürchte, das kann ich Ihnen nicht sagen. Nichts, eh, Spektakuläres jedenfalls. Er saß einfach da.«

»Haben Sie nicht den Arzt gerufen oder so etwas?«

»Doch, natürlich. Ich habe Dr. Melchett angerufen, der seinerseits den County-Coroner angerufen hat, der eine Abordnung der Staatspolizei herübergeschickt hat.«

»Die Polizei? Wozu?«

»Ich nehme an, weil man es eben so macht. Ich nehme die Suppe, Miss.«

»Tomatencreme oder Maiseintopf?«

»Eh – Eintopf.«

»Und was zu trinken? Kaffee?«

»Tee«, sagte Shandy bestimmt.

»He, Kaffee.« Dysart haute seine fast leere Tasse mit einem seltsamen Gesichtsausdruck auf den Tisch. »Das erinnert mich an was. Ned, du warst hier heute morgen, als Cadwall seinen Kaffee verschüttete.«

»War ich das?«

»Sicher warst du das.«

»Wenn du es sagst. Warum? Meinst du, er begann, ohnmächtig zu werden oder so?«

»Ohnmächtig, zum Teufel. Er war stark wie ein Pferd. Du weißt, was für ein Gesundheitsapostel er war. Hat besser für sich gesorgt als Sieglinde für Thorkjeld.«

Bei dieser Majestätsbeleidigung schauten einige der jüngeren Männer alarmiert drein, aber niemand widersprach Professor Dysart.

»Was genau ist passiert?« bohrte Shandy nach.

»Also, Pete, du weißt, was hier morgens los ist. Die Leute bedienen sich selbst an der Theke, und meist gibt es ein großes Tohuwabohu. Hinz bleibt stehen, um mit Kunz zu reden, während Franz versucht, an die Käsebrötchen oder was auch immer zu kommen. Es ist eine Plage, aber sie tun es.«

Shandy nickte. Derjenige, der es am häufigsten tat, war Dysart.

»Jedenfalls«, fuhr der Ingenieur fort, »war ich mit ein paar Jungs hier an meinem üblichen Tisch. Ned brauchte hier offenbar noch eine Tasse Kaffee zum Aufwachen, da er sich nicht einmal erinnern kann, was passiert ist, also nahm er seinen Becher und ging wieder an die Theke. Ich dachte, das ist vielleicht gar keine schlechte Idee, und schrie ihm nach: ›Bring mir einen mit.‹ Verstanden? Inzwischen hatte Cadwall sein Müsli und seinen Pflaumensaft geholt, oder womit er gerade seine Gedärme vergiftete, und war auf dem Weg zu einem Tisch. Jemand stieß an seinen Ellbogen, und der Kaffee ging fliegen. Ben war mächtig sauer, wie zu erwarten war. Kurz und gut, ich sagte Ned, er sollte ihm meinen geben. Ich muß mich gut mit dem Kerl stellen, der die Schecks unterschreibt, weißt du.«

»Sicher, Bob, das wissen wir alle«, sagte einer seiner Satelliten. »Hast du diese Handschellen in einer Wundertüte gefunden?«

Dysart ließ den massiven neuen Goldschmuck mit mehr als nur einem Hauch von Blasiertheit aufblitzen. »Adele hat sie mir zu Weihnachten geschenkt.«

»Nett«, raunzte Shandy. »Es läuft also darauf hinaus, daß Cadwall eine Tasse Kaffee getrunken hat, die für dich bestimmt war.«

»Das ist der Kern der Haselnuß, Pete. Läßt dich das nicht ein bißchen aufhorchen?«

»Doch.« Shandy nahm einen Löffel Eintopf und kaute nachdenklich. »Doch, das tut es.«

»Sag mal, Ned«, fuhr Dysart mit einem halben Lachen fort, um zu demonstrieren, daß er die Sache eigentlich nicht ernst nahm, »ich nehme an, es ist zwecklos, dich zu fragen, ob du dich erinnerst, wer neben dir stand, als du den Kaffee eingeschenkt hast?«

»Merkwürdigerweise – ja, jetzt, wo du es erwähnst. Es war Shirley Wrenne. Ich versuchte, mich zu entscheiden, ob ich Gentleman sein und sie vorlassen sollte, womit ich einen Schlag aufs Auge wegen sexistischer Diskriminierung riskierte, oder als Chauvinistenschwein bleiben sollte, wo ich war. Ich wählte die Schweinerei, mit allem schuldigen Respekt vor unserem gelehrten Kollegen«, fügte er mit einer höflichen Verbeugung gegen den unaufmerksamen Professor Stott hinzu.

»Sonst noch jemand?«

»Professor Feldster ärgerte mich, weil er über meine Schulter nach der Sahne grapschte. Du kennst seinen Kantinengriff. Ich bin sicher, daß noch andere in der Nähe waren, weil sie das immer sind, aber ich könnte nicht sagen, wer.«

»Hat irgend jemand mit dir geredet, dich irgendwie abgelenkt?«

»Das nehme ich an. Das tut immer irgend jemand. Bittet um den Zucker oder was auch immer. Ehrlich, Bob, ich kann mich einfach nicht erinnern. Du weißt, daß ich frühmorgens nie besonders auf Draht bin.«

»Ja, das weiß ich wohl, und es würde mich nicht überraschen, wenn es auch andere Leute wüßten. Pete, mache ich aus einer Mücke einen Elefanten?«

Der junge Assistent unterbrach: »Bob, du glaubst doch nicht, daß etwas in dem Kaffee war, den ich dir eingeschenkt habe?«

»Ich glaube gar nichts, Ned. Ich halte nur bestimmte Fakten fest. Cadwall stirbt plötzlich ohne augenfälligen Grund. Ich habe ihm meinen Kaffee gegeben. Oder eher du.«

»Beschuldigst du mich?«

»Mein Gott, nein! Das ist das letzte, woran ich dächte. Wenn du mich hättest töten wollen, was natürlich deine Beförderungschancen erhöht hätte, hättest du die Tasse wohl eher fallengelassen, statt sie Cadwall zu geben. Und du konntest sie nicht für ihn bestimmt haben, weil du nicht wußtest, daß man dich bitten würde, sie an seinem Tisch zu lassen, bevor du mit beiden Händen voll hierher zurückkamst. Aber denk es mal zu Ende, Ned. Am Kaffeespender war ein Gedränge. Die Leute griffen nach den Sachen. Alle waren entweder halb im Schlaf oder redeten mit ihrem Nebenmann. Wer zum Teufel hätte bemerkt, wenn jemand etwas in eine Tasse fallen ließ? Ich sage nicht, daß es passiert ist. Ich sage nur, daß es möglich ist.«

»Aber wenn er die falsche Tasse erwischt hätte? Mein Gott, ich hätte das Zeug selber trinken können!«

»Gebrauch deinen Verstand. Deine hatte Flecken am Rand. Natürlich mußte die saubere für mich sein. Es war narrensicher und verdammt schlau.« Dysart kritzelte etwas auf die Rechnung, warf Geld auf den Tisch und erhob sich. »Nur, daß es natürlich alles Blödsinn ist. Bis später, Pete.«

Alleingelassen aß Shandy weiter seinen Eintopf, auf den er keinen Appetit hatte. Hatte Dysarts Theorie irgendeinen Wert? Es war typisch für den Mann, nach jeder Chance zu grapschen, sich ins Rampenlicht zu stellen. Trotzdem war es keine unmögliche Annahme.

Die meisten Leute vom College, selbst solche wie die Jackmans, die darauf bestanden, mit der Familie zu frühstücken, hatten die Angewohnheit, auf dem Weg zur Arbeit in der Fakultätsmensa vorbeizuschauen. Von halb acht bis fast neun Uhr war der Saal mit Sicherheit überfüllt, insbesondere während der Ferienzeit, in der alle, die sonst zu frühen Vorlesungen geeilt wären, Gelegenheit hatten, zu trödeln und zu plaudern. Hier war es, wo alle Neuigkeiten und ein Großteil der Gerüchte in Umlauf gebracht wurden. Das Arbeitstier Cadwall und der Partylöwe Dysart ließen nie einen Morgen aus. Wenn jemand einen der beiden mit einem langsam wirkenden Gift füttern wollte, war dieser Ort besser als jeder andere.

Shandy wußte nicht, ob starker schwarzer Kaffee den bitteren Geschmack des Taxins überdecken könnte. Vielleicht wäre es möglich, wenn der Kaffee schlechter als normal wäre, und das war durchaus denkbar, da die Kellnerinnen ebenso wie die Köche während der Lichterwoche doppelte Arbeit leisteten. Wenn er nicht mit Helen gefrühstückt hätte, wüßte er es jetzt. Ein gewissenhafter Detektiv hätte sich vielleicht schämen sollen.

War wirklich jemand mit Gift in der Tasche in den Speisesaal gegangen, hatte absichtlich Cadwalls Kaffee verschüttet und die glückliche Chance ergriffen, die Tasse zu impfen, die Ned für Dysart eingeschenkt hatte, nachdem sie zu dem Finanzchef umgeleitet worden war? So widersinnig sich das anhörte – die Szene war immer noch nicht so unvorstellbar wie die, daß jemand Dysart hätte vergiften wollen und sich dann hingesetzt und zugesehen hätte, wie ein anderer das tödliche Gebräu trank. Konnte irgendeiner ihrer Kollegen so unmenschlich sein?

Möglicherweise, nahm Shandy an, wenn der Mörder keine Chance sah, Cadwall die Ersatztasse abzunehmen, ohne unerwünschte Aufmerksamkeit auf sich zu lenken. Wenn er bereits Mrs. Ames getötet hatte, litt er vielleicht an einer Schwächung des Moralempfindens bis zu dem Punkt, wo eine Leiche mehr oder weniger wohl nichts mehr ausmachte.

Mit welcher Berechtigung konnte Dysart mit Jemimas Tod in Verbindung gebracht werden? Sie war auf seiner Party gewesen, und er hatte sie weggehen sehen. War das alles? Da war der bisher noch ungeklärte Umstand, daß sie ins Gebüsch gegangen war, aber niemand hatte sie herauskommen sehen. Hatte Bob tatsächlich etwas Seltsames bemerkt, als sie ging, und es für sich behalten?

Shandy konnte sich nicht vorstellen, daß der Ingenieur irgend etwas für sich behielt. Man mußte dabei allerdings bedenken, daß niemand auf dem Crescent außer ihm selbst und Timothy Ames und jetzt Helen Marsh wußte, daß Jemima planmäßig und nicht durch einen Unfall umgekommen war. Vielleicht redete Bob einfach deshalb nicht, weil ihm nicht klar war, daß er etwas zu berichten hatte. Das würde ihn aus der Sicht des Mörders zu einer wandelnden Zeitbombe machen.

Professor Dysarts eigener Aussage zufolge war er allerdings, als Jemima sich zu ihrem tödlichen Gang aufmachte, zu betrunken, um einen verläßlichen Zeugen abzugeben. Ben Cadwall, der den Punsch der Dysarts boykottierte und wahrscheinlich wie gewöhnlich herumschnüffelte, hätte viel eher etwas beobachten und sich erinnern können.

Hannah war auch nicht auf der Party gewesen. Sie hatte ihre Runden auf dem Crescent gedreht. Und wenn Ben sie bei etwas erwischt hätte, was sie nicht sollte, etwas, das nicht einmal der ergebenste Gatte durchgehen lassen konnte?

Hannah wußte natürlich, daß ihr Mann sich auf dem Weg zum Büro immer in der Mensa etwas zu essen holte. Wenn sie ihn mit einem langsam wirkenden Gift gefüttert hatte, bevor er das Haus verließ, sich halbwegs intelligent benommen hatte, um das Beweismaterial loszuwerden, und bei ihrer Behauptung blieb, daß sie nichts dergleichen getan hatte, mußte sich die Aufmerksamkeit auf die Möglichkeit richten, daß er es hier bekommen hatte. Zum Zeitpunkt seines Todes müßte jeder Teller, den er benutzt hatte, durch die effizienten Sterilisierer in der Küche gelaufen und mit Dutzenden gleichartiger aufgestapelt worden sein. Dysarts Effekthascherei wäre ein zusätzlicher Glückstreffer für sie gewesen, aber sie hätte ihn eigentlich nicht gebraucht. Jeder gute Anwalt könnte sie aufgrund berechtigter Zweifel frei bekommen, vorausgesetzt, sie würde je vor Gericht gestellt.

Hatte Hannah wirklich genug Köpfchen oder Mumm, um einen Doppelmord zu begehen und nicht erwischt zu werden? Die Leute neigten dazu, sie als unscheinbar abzutun, weil sie immer im Schatten zweier dominierender Persönlichkeiten stand. Aber Jemima und Ben waren jetzt beide tot, und Hannah hatte zumindest keinen Mangel an Selbstvertrauen gezeigt, in Mrs. Ames Fußstapfen zu treten.

Shandy dachte an die Sammlung Buggins und an das Haus, das Helen noch immer versuchte, bewohnbar zu machen, und wunderte sich. Konnte eine Frau, die ihre Privatangelegenheiten in totalem Chaos ließ, tatsächlich die große Organisatorin sein, die sie unbedingt sein wollte? Hatte die vertrauensvolle Gefolgsfrau nicht den größten Teil der eigentlichen Arbeit an den vielen öffentlichen Projekten geleistet, für die Jemima das Lob einheimste?

Mit Ben zu leben, war vielleicht auch kein Zuckerschlecken gewesen, mit seinen Wehwehchen und Schrullen und seinen persönlichen Fehden und seinem schleimigen, allwissenden Gehabe. Vielleicht war es Hannah einfach leid und müde, drangsaliert zu werden.

Und doch schien es ihm, als könnte eine offenbar gesunde und vernünftige Frau eine Möglichkeit finden, sich ihre Freundin und ihren Mann vom Hals zu schaffen, ohne sie beide umbringen zu müssen.

Siebzehntes Kapitel

Shandy brütete noch über einem halbvollen Teller Eintopf, als zu seiner erheblichen Verblüffung Hannah Cadwall den Speisesaal betrat und abgekämpft, aber nicht verstört wirkte.

»Hannah, was tun Sie hier? Hat Mary Enderble Sie nicht gefunden?«

»Sie hat mir über den Crescent was zugerufen, aber ich habe nur gewunken und bin weiter. Ich verhungere gleich. Jackie, bringen Sie mir einen Teller von dem, was Professor Shandy ißt, und ein bißchen schnell, bitte. Wenn ich nicht bald was in den Magen kriege, kippe ich um.«

Sie ließ sich Peter gegenüber niederplumpsen, schnappte sich eine Selleriestange von seinem unberührten Hors d'œuvre-Teller und begann zu kauen. »Was für ein Irrenhaus! Ich mußte mir jeden Schritt erkämpfen. Vielen Dank, Jackie. Das ging aber schnell.«

Sie ergriff den Löffel und fing an, sich mit unglaublicher Geschwindigkeit Suppe in den Mund zu schaufeln. Shandy sah wie gelähmt zu. Offenbar wußte Mrs. Cadwall noch nicht, daß sie Witwe war, aber wie sollte man es ihr beibringen, wenn sie sich gerade vollstopfte wie eine verhungernde Wölfin? Als sie innehielt, um Butter auf ein Brötchen zu schmieren, faßte er sich ein Herz.

»Eh – Hannah?«

»Was ist, Peter? Was starren Sie mich an wie ein Fisch auf dem Trocknen? Ehrlich, Sie werden jeden Tag komischer. Was wollte Mary Enderble?«

»Ihnen sagen, daß die Polizei Sie sucht.«

»Wegen dieser blöden Erlaubnis für die zusätzlichen Parkausweise, nehme ich an. Warum ich mich je habe breitschlagen lassen, Jemimas Job zu übernehmen – «

»Es ist wegen Ben«, schrie Shandy beinahe.

»Na, was ist mit ihm?« Sie biß ein riesiges Stück von ihrem Brötchen ab. »Hat er eine Bank überfallen oder den Präsidenten entführt?«

»Er ist tot, Hannah.«

Unglaublicherweise aß sie weiter ihr Brötchen. Dann erreichte sie die Wirkung seiner Worte. Sie schluckte und schob ihren Teller weg.

»Peter, ist das noch eins von Ihren Spielchen?«

»Es ist die Wahrheit, Hannah. Ich habe ihn selbst gefunden. Ich wollte ihn vor einer Weile aufsuchen und fand ihn an seinem Schreibtisch sitzend. Er war einfach – tot. Es muß ziemlich plötzlich, ohne Schmerzen passiert sein.«

»Aber Ben konnte nicht sterben! Er hat so sehr auf sich aufgepaßt, er – ich dachte immer, er würde hundert Jahre alt.«

»Sollten Sie nicht besser Ihren Tee trinken?«

»Ich will keinen Tee! Ich will meinen Mann!« Sie vergrub ihr Gesicht in einer Papierserviette und begann zu schluchzen.

Die junge Kellnerin kam an den Tisch geeilt. »Was ist los? Haben Sie sich verschluckt? Mrs. Cadwall, sind Sie in Ordnung?«

»Mein Mann ist tot!«

»Es tut mir leid«, berichtete Shandy dem verwirrten Mädchen. »Der Finanzchef ist heute morgen plötzlich in seinem Büro gestorben, während Mrs. Cadwall einkaufen war. Dies war die erste Gelegenheit, es ihr zu sagen. Ich hätte es taktvoller anstellen müssen.«

»Wie kann man bei so etwas taktvoll sein? Meine Güte, ausgerechnet Dr. Cadwall! Soll ich noch etwas heißen Tee bringen?«

»Ich weiß nicht.«

Shandy durchlebte das Unbehagen eines Mannes in Gesellschaft einer hysterischen Frau. »Noch etwas Tee, Hannah?«

»Nein.«

»Soll ich Sie nach Hause bringen?«

Die Witwe schneuzte sich in die feuchte Serviette. »Vielleicht das beste.«

»Ich hole ihren Mantel«, bot die Kellnerin an.

»Sie geben mir besser erst die Rechnung«, sagte Shandy.

»Oh nein! Ich kann Sie in so einem Moment doch nicht bezahlen lassen.«

»Meine liebe junge Frau, Sie werden eine wunderbare Gattin und Mutter sein.«

»Professor Shandy!«

Trotzdem half ihm das Mädchen in den Mantel und klopfte ihm auf den Arm. »Kümmern Sie sich gut um sie. Schauen Sie zu, ob Sie eine Nachbarin dazubitten können. Ich würde selber mitgehen, aber wir sind so knapp wegen der Lichterwoche.«

»Vielen Dank. Ich möchte behaupten, wir schaffen es.«

Im Moment wußte Shandy noch nicht, wie. Hannah hing ihm wie ein Sack im Arm und schien nicht mitzubekommen, wo sie die Füße hinsetzte. Wenn er es schaffte, sie beide ohne einen verstauchten Knöchel den gefährlichen Weg hinabzubekommen, wäre das eine angenehme Überraschung.

»Peter, was soll ich nur tun?« jammerte Hannah.

Er faßte ihren Arm fester. »Das beste, was Sie können, Hannah. Sie werden es schaffen.«

»Aber ich bin alleine. Ich bin noch nie alleine gewesen, noch nie in meinem ganzen Leben. Zuerst habe ich bei meiner Familie gewohnt, dann bin ich zur Schule gegangen und habe im Wohnheim geschlafen, dann bin ich ins Studentinnenwohnheim umgezogen, dann habe ich gleich nach dem Abschluß geheiratet und die beiden Kinder gekriegt, und jetzt sind sie weg, und Ben ist auch weg. Peter, ich glaube, ich ertrage es nicht.«

»Natürlich werden Sie das.« Mein Gott, war das gräßlich. »Ihre Freunde werden Ihnen beistehen.«

»Welche Freunde? Jemima war die einzige, die sich je mit mir abgab, und sie ist dahin wie die anderen.«

Wunderbarerweise begann sie nicht zu heulen. Daß ihr der ganze Umfang ihres Verlustes klar wurde, schien eine beruhigende Wirkung zu haben.

»Ich bin allein. Allein.«

Hannah sagte kein Wort mehr, bis sie in dem Haus waren, das sie so lange Jahre mit Ben Cadwall geteilt hatte. Shandy nahm ihr den Mantel ab und führte sie zum größten Sessel in dem adretten, charakterlosen, irgendwie tristen Wohnzimmer.

»Das war sein Sessel. Die Kinder haben ihn Ben zum Vatertag geschenkt. Sie haben ihn als Sonderangebot im Kaufhaus gekriegt. Jetzt gehört er mir, nehme ich an.«

Sie strich mit den Händen über die glatten braunen Vinyllehnen, wie um sich zu vergewissern, daß das Möbel da war.

»Ben hat mir alles hinterlassen, wissen Sie, für den Rest meines Lebens. Ich kann es behalten oder verkaufen, ganz wie ich will.

Das ist eine Sache, die man ihm anrechnen muß. Mit ihm zu leben, konnte die Hölle auf Rädern sein, aber er hat nie ein Versprechen zurückgenommen. Er sagte, er würde für mich sorgen, und das hat er getan. Ich bekomme die Versicherung und das Gesparte und die Wertpapiere und das Geld für das Haus. Ich werde es verkaufen, sobald ich kann. Ich könnte hier nicht wohnen bleiben, selbst wenn das College es erlauben würde. Ich bin Balaclava und alle, die hier wohnen, sowieso satt.

Stellen Sie das Thermostat hoch, Peter. Ben bestand immer darauf, es auf 17 Grad zu lassen. Ich werde irgendwohin ziehen, wo ich mich nicht den ganzen Winter zu Tode frieren muß. Wieviel werde ich wohl von der Pensionskasse bekommen? Es muß etwas kommen, nicht wahr, auch wenn es nicht so viel ist, wie wenn er fünfundsechzig geworden wäre? Aber wer wird es mir geben? Ben hat immer die Pensionsschecks unterschrieben, und er ist tot. Peter, Sie müssen für meine Rechte einstehen.«

»Ich bin sicher, es wird keine Probleme geben, Hannah. Der Schatzmeister wird einfach einspringen, bis man einen neuen Finanzchef findet.«

»Ach, der alte Dummkopf. Ben sagte immer, er tauge soviel wie eine alte Henne, obwohl er mich umgebracht hätte, wenn er gewußt hätte, daß ich es weitersage. Ben dachte immer, er hätte den Posten bekommen sollen, obwohl er nicht glücklich dabei gewesen wäre. Ben war ein Mann für Kleinigkeiten. Er hatte gern überall seine Finger drin, und es machte ihm Spaß, alles zu wissen, was passierte. An meinem Bennie ist nicht viel vorbeigegangen, das kann ich Ihnen sagen.«

»Das war auch mein Eindruck«, sagte Shandy vorsichtig. »Sagen Sie, Hannah, hatte Ben die Angewohnheit, diese, eh, Geschehnisse mit Ihnen zu erörtern?«

Sie zuckte die Schultern. »Ja und nein. Natürlich haben wir über Sachen gesprochen. Was meinen Sie denn? Wir konnten doch nicht rumsitzen und uns anstarren wie ein paar Schaufensterpuppen. Das Dumme war, daß er mich immer davor warnte, irgendwas weiterzusagen, und da wagte ich es natürlich nicht, weil es mit Sicherheit direkt zu ihm zurückgekommen wäre. Wenn dann mal ein Gerücht entstand, wie es früher oder später immer passiert, das wissen Sie ja, beschuldigte er mich, wo ich doch keinem Menschen ein Wort gesagt hatte.«

»Nicht einmal Jemima?«

»Sie wäre die letzte gewesen. Ich bin nicht diejenige, die ihre eigene tote Freundin schlechtmacht, aber wenn man je einen Wettbewerb für das größte Mundwerk in Balaclava veranstaltet hätte, hätte sie mit links gewonnen. Ben war nicht wie sie. Er konnte einem die Hucke vollschwatzen, aber er sagte nie etwas, was er einen nicht wissen lassen wollte. Selbst vor mir wurde er manchmal stumm und bekam dieses mysteriöse Schmunzeln. Er saß immer da drüben im Sessel und brütete ein neues Geheimnis aus, und Gott ist mein Zeuge, Peter: Es gab Zeiten, da hätte ich diesen Feuerhaken nehmen und ihm um den Hals biegen können. Eigentlich bin ich erstaunt, daß er eines natürlichen Todes gestorben ist.«

Hannah blinzelte. »Apropos, Sie haben mir noch nicht gesagt, woran er gestorben ist. War es ein Herzinfarkt? Peter, warum starren Sie mich so an? Was war es?«

»Ich kann es Ihnen nicht sagen, Hannah. Es gab keine, eh, äußeren Anzeichen.«

»Haben Sie nicht den Arzt gerufen?«

»Doch, natürlich. Dr. Melchett konnte sich keine Meinung bilden.«

»Was soll das heißen? Wollte er keinen Totenschein ausstellen? Ausgerechnet Dr. Melchett? Peter Shandy, hören Sie auf, um den heißen Brei herumzureden, und sagen Sie mir, was mit meinem Mann passiert ist.«

»Ich weiß es nicht, Hannah. Persönlich bin ich der Ansicht, was auch immer das wert ist, daß er vielleicht irgendwie vergiftet worden ist.«

»Oh mein Gott! Sie werden sagen, ich habe es wegen des Geldes getan!«

Aschgrau im Gesicht sank Mrs. Cadwall in den Vinylsessel zurück. »Peter, was soll ich nur tun?«

Verdammt, Weib, woher soll ich das wissen?, war die Antwort, die ihm auf den Lippen lag. Gnädigerweise schaffte er es, sie nicht auszusprechen. »Also, Hannah, es hat keinen Sinn, daß Sie sich unnötig sorgen. Warten Sie ab, was sie herausfinden.«

»Was wer herausfindet?«

»Sie, eh, haben ihn zum County-Coroner mitgenommen, glaube ich. Das ist die übliche Prozedur bei plötzlichen Todesfällen. Oh, mein Gott, da fällt mir etwas ein. Ich muß Grimble erreichen und ihm mitteilen, daß Sie hier sind.«

»Peter, nein! Ich habe Angst.«

»Warum? Sie haben Ben doch nicht vergiftet, oder?«

»Jemima hat gesagt, Sie hätten einen üblen, gemeinen Zug an sich. Sie hat gesagt, Sie hätten diese garstigen Lampen und das Zeug absichtlich aufgehängt, um uns eins auszuwischen. Damals habe ich ihr nicht geglaubt, aber jetzt glaube ich ihr.«

»Das macht nichts. Erzählen Sie mir, was Sie Ben zum Frühstück gegeben haben. Ich weiß, daß er in der Collegemensa vorbeigeschaut hat, aber hat er etwas gegessen, bevor er das Haus verließ? Sie werden es der Polizei sagen müssen, wissen Sie.«

»Ich werde es jedem erzählen, der mich fragt. Ich habe nichts zu verbergen, was mehr ist, als Sie behaupten können.«

»Schon gut, Hannah. Was hat Ben gegessen?«

»Wir hatten beide eine Tasse Hagebuttentee wegen des Vitamins C und ein bißchen Sechskornmüsli für die Verdauung. Und wir haben denselben Teebeutel und dasselbe Müsli aus derselben Schachtel und dieselbe Milch aus derselben Tüte benutzt. Dann hatten wir ein Stück Mokkakuchen, den Sheila Jackman einem ihrer Kinder für uns mitgegeben hatte. Ich nehme an, sie hat es wohl gut gemeint. Jedenfalls war es mal was anderes.«

»Hat Ben von dem Kuchen gegessen?«

»Ein bißchen. Er murrte wegen der unnützen Kalorien, aber er aß es, damit er nicht lügen und Sheila sagen mußte, der Kuchen hätte gut geschmeckt, ohne ihn probiert zu haben. Ben war ehrlich, wissen Sie. Manchmal verdammt zu ehrlich.«

»Ist von dem Kuchen noch etwas übrig?«

»Nein, ich habe ihn aufgegessen, als er gegangen war. Ich hatte mir Kaffee gemacht. Das tue ich immer.«

»Wie war der Kuchen? Ich dachte, wenn ihn die Kinder gemacht haben, könnten sie vielleicht ein paar, eh, komische Gewürze hineingetan haben.«

»Wie Rattengift obendrauf? Sie brauchen bei mir nicht um den heißen Brei herumzureden, Peter Shandy. Meiner Meinung nach kam der Kuchen geradewegs aus einer Betty-Crocker-Box, und wenn etwas faul daran gewesen wäre, wäre ich tot statt Ben, weil ich ungefähr dreimal soviel davon gegessen habe wie er. Ich kann Sheila nach dem Rezept fragen, wenn Sie wollen.«

»Überlassen Sie das der Polizei. Das wird ihnen etwas zum Nachdenken geben. Ich glaube, ich muß anrufen, Hannah. Wenn Sie nicht auftauchen, wird man sich fragen, warum nicht.«

»Ach, machen Sie schon«, seufzte sie. »Was macht das noch aus? Ich werde auch Benita und Frank Bescheid sagen müssen.«

»Ja, Ihre Kinder sollten so bald wie möglich zu Ihnen kommen. Warum rufen Sie sie nicht an, sobald ich Grimble erwischt habe?«

»Jetzt doch nicht! Wir warten immer bis abends, wenn die Gebühren niedriger sind.«

Shandy zuckte die Schultern. »Wo ist das Telefon?«

»Gleich draußen in der vorderen Diele. Ach, Peter, müssen Sie wirklich?«

Zufällig mußte er nicht. Shandy sah sich gerade nach dem Apparat um, als Grimble und Olivetti den Weg hinaufkamen. Er öffnete ihnen die Tür.

»Ich wollte Sie gerade anrufen. Ich habe Mrs. Cadwall in der Fakultätsmensa gefunden und nach Hause gebracht.«

»Das wissen wir«, fauchte Grimble. »Warum zum Teufel haben Sie sich nicht sofort mit mir in Verbindung gesetzt?«

»Weil sie aufgeregt war und nach Hause wollte. Ich glaube, sie kann jetzt mit Ihnen sprechen.«

»Sie haben Ihr gesagt, was sie sagen soll, was?«

»Grimble, haben Sie je daran gedacht, sich ausstopfen und ausstellen zu lassen? Was kann sie sagen außer der Wahrheit?«

»Sie würden staunen, Professor«, meinte Olivetti. »Wo ist sie?«

»Hier drinnen.«

Shandy führte sie ins Wohnzimmer, wo Hannah noch in dem braunen Vinylsessel kauerte. Sie sah zu den Männern auf, machte aber keine Anstalten, sich zu erheben oder auch nur zu sprechen.

Grimble verlor seine Borstigkeit. »Tja, Mrs. Cadwall«, begann er verlegen, »wir bedauern es sozusagen, Sie in so einem Moment zu belästigen. Es war sicher ein scheußlicher Schock, daß wir den Finanzchef so gefunden haben. Meine Güte, gestern abend erst kam er noch in meinem Büro vorbei, so freundlich wie nur was. Wir haben uns prima verstanden.«

Endlich brach Hannah ihr Schweigen. »Sie überraschen mich, Grimble. Dr. Cadwall sagte mir, er würde rübergehen und Ihnen das Fell über die Ohren ziehen. Er sagte, Sie hätten wieder Ihr Ausgabenbudget frisiert, und er hatte es ziemlich satt, zu versuchen, Ihnen Ehrlichkeit beizubringen. Es freut mich, daß Sie die Kritik so herzlich aufgenommen haben, obwohl ich behaupten möchte, Sie haben allen Grund zur Annahme, daß Sie glimpflicher davongekommen sind, als Sie es verdienen. Ich glaube, er hat Ihnen klargemacht, daß er Präsident Svenson das Beweismaterial vorlegen würde, wenn Sie noch so einen Trick wie den letzten wagen, und Sie wären rausgeflogen, bevor Sie gemerkt hätten, was Ihnen passiert. Ich sollte niemandem ein Sterbenswörtchen davon sagen, aber ich vermute, darauf kommt es jetzt nicht mehr an. Sie können ihn nicht mehr wegen Vertrauensbruch feuern, oder?«

Shandy blinzelte voller Hochachtung. Die Witwe des Finanzchefs würde durchaus zurechtkommen. Olivetti starrte den Wachdienstchef mit einem interessierten Glitzern in den stahlgrauen Augen an. Grimble wand sich.

»Ach was, nichts dergleichen ist passiert. Er muß Spaß gemacht haben.«

»Bei Geldsachen hat mein Mann nie Spaß gemacht.«

Sie machte diese Aussage mit flacher, unbeteiligter Stimme, die das Höchste an Glaubwürdigkeit darstellte. »Hat man festgestellt, woran er gestorben ist, Herr Kommissar?«

»Ich weiß nicht, Mrs. Cadwall. Ich rufe sofort nochmal beim Labor an, wenn ich Ihr Telefon benutzen darf?«

»Natürlich. Peter, zeigen Sie es ihm bitte? Ich bin auf einmal so schrecklich müde. Einkaufen strengt mich immer so an. Ben sagte, ich soll auf die letzten Preisnachlässe warten, aber dann ist das beste schon weg.«

Sie begann wieder, lautlos und reglos zu weinen, und ließ die Tränen ihr Gesicht hinablaufen und die Brust ihres praktischen, beigen Polyesterkostüms benetzen. Es war nicht mitanzusehen.

Shandy stand auf. »Hannah, kann ich Ihnen einen Drink oder so etwas bringen?«

Ihr wurde klar, was sie tat, und sie schniefte. »Auf dem Küchenbord steht eine Schachtel Kleenex, und im Unterschrank rechts neben der Spüle ist ein Rest Sherry von Jemimas Beerdigung. Bringen Sie mir doch ein bißchen davon. Vielleicht wärmt es mich auf. Ich fühle mich so kalt, als wäre ich es und nicht Ben, der – «

»Ja, sicher. Das ist nur natürlich.«

Er hastete aus dem Raum, um dem Anblick dieser strömenden Tränen zu entrinnen. Olivetti hing am Telefon, als er auf dem Weg zur Küche an ihm vorbeikam, und wartete immer noch, als er zurückkehrte.

»Irgendwas Neues?«

»Sie sind gerade bei der Analyse. Wir können so schnell keine Ergebnisse erwarten. Sie hatten kaum Zeit zum – ja? Haben Sie? Also, was wissen Sie darüber? Sicher, ich verstehe. Danke.«

Der Staatspolizist legte auf. »Ihr Doktor hier ist ein schlauer Mann, Professor, falls Sie es nicht gewußt haben. Er hat dem Büro des Coroner gesagt, sie sollten erst nach den üblicheren pflanzlichen Alkaloiden suchen, und sie glauben, sie haben schon was entdeckt.«

»Sehr interessant«, sagte Shandy bescheiden. Er hatte selbst auf Taxin gesetzt, hielt es aber für klug, nicht allzu informiert zu erscheinen. »Darf ich die Nachricht Mrs. Cadwall weitergeben?«

»Danke, ich sage es ihr selbst, wenn es etwas zu berichten gibt. Sagen Sie, Professor, müssen Sie nicht irgendwelche Hefte korrigieren?«

»Oder Kram sortieren? Sicher, wenn Sie möchten, daß ich gehe. Was es auch wert ist, Lieutenant, ich glaube wirklich nicht, daß Mrs. Cadwall ihren Mann vergiftet hat.«

»Soll ich das als Expertenmeinung betrachten?«

»Jeder, der seit vielen Jahren Examina überwacht, neigt dazu, ein gewisses Gespür dafür zu entwickeln, wer die Lösungen im Strumpf versteckt hat.«

»Und wer hat diesmal die Lösungen?«

»Ich weiß es noch nicht, aber es gibt hier einen Burschen namens Dysart, der eine Geschichte hat, die Sie sich anhören sollten. Grimble kann ihn für Sie ausfindig machen.«

»Danke. Und wo kann ich Sie ausfindig machen, nur für den Fall?«

»Mein Haus ist direkt hier gegenüber, das kleine rote Backsteinhaus mit, eh, den Rentieren auf dem Dach.«

Hannah nahm den Sherry, die Taschentücher und den Abschied kommentarlos entgegen. Als Shandy ging, fühlte er sich ohne definierbaren Grund schuldig. Er hatte Bens Frau, wenn er überhaupt je an sie dachte, für eins der kleineren Übel seines Lebens gehalten. Jetzt war sie ein Mensch in Schwierigkeiten. Wieviel von diesen Schwierigkeiten war von seiner wütenden Reaktion gegen ihre und Jemimas jährliche Nörgelei ausgelöst worden?

Achtzehntes Kapitel

Von all den schwarzen Gedanken, die Shandy durch den Kopf stoben, war der schwärzeste, daß Helen noch mindestens anderthalb Stunden lang beschäftigt war. Am zweittraurigsten war die Tatsache, daß, obwohl der präsidierende Genius tot war und die amtierende Vorsitzende vielleicht gerade im Moment für einen Mord verhaftet wurde, den sie fast mit Sicherheit nicht begangen hatte, die Geschäfte bei der Lichterwoche so lebhaft liefen wie gewöhnlich.

Der Hauptschalter für die Lichter – darunter, o weh!, seine eigenen – war schon betätigt worden. Die Lebkuchenhäuschen hatten ihre Sperrholzfassaden herabgelassen. Rot-grüne Wichtel tollten mit Plakattafeln herum, die einen riesigen Marshmallow-Grill mit Musik von den Eskimo-Kuchenmenschen, wer auch immer das war, ankündigten, Beginn um halb acht auf dem unteren Spielfeld, Eintritt ein Dollar. Eine der Elfen hielt den Professor an und versuchte, ihm ein Billett zu verkaufen. Schaudernd wandte er sich hügelabwärts und suchte Zuflucht im Gebüsch der Enderbles.

Es war seltsam, wie der dichte, mit harschem Schnee verklebte Bewuchs ein Gefühl der Isolation vermittelte. Sogar das Getöse, das er auf dem Crescent unerträglich fand, drang nur als Gemisch fröhlicher Geräusche hierher.

Es gab reichlich Eiben hier. Das bedeutete natürlich nichts; Balaclava war überwuchert mit Eiben. Aber wenn jemand die Nadeln völlig ungestört sammeln wollte, war dieser Platz sicherer als die meisten anderen. Shandy trödelte den Weg entlang und versuchte, im letzten Tageslicht zu erkennen, ob einer der Zweige Spuren zeigte, daß er beraubt worden war. Er ging zu weit, und Adele Dysart erspähte ihn.

»Peter!« schrillte sie aus einem Fenster. »Gott sei Dank, daß du kommst. Ich sitze mit einer lausigen Erkältung im Haus fest und könnte die Wände hochgehen. Eine Sekunde, ich mach' die Tür auf.«

Shandy verlangte es weder nach Adeles Erkältung noch nach ihrer Gesellschaft, aber bevor er sich eine taktvolle Möglichkeit ausdenken konnte, ihr das beizubringen, hatte sie ihn schon eingefangen und in das geführt, was die Dysarts hartnäckig ihre gute Stube nannten.

»Jetzt setzt du dich dahin und rührst dich nicht. Ich werde dir einen Schuß von meiner speziellen Hustenmedizin zubereiten.«

»Nein, bitte nicht. Ich muß bald zu einer Cocktailparty«, log er.

Er hätte es besser wissen müssen. Sie stieß auf ihn herab.

»Wer gibt sie, und wieso bin ich nicht eingeladen?«

»Eh – es ist eigentlich keine Party, nur ein paar Drinks mit, eh, einem Freund.«

»Mit wem denn, zum Beispiel?«

»Helen Marsh«, antwortete er unglücklich.

»Du meinst diese abgetakelte, altjüngferliche Bibliothekarin, die du gestern abend in die Mensa mitgeschleppt hast? Wer ist sie, eine arme Verwandte von den Ames? Wirklich, Peter, kriegst du nichts Besseres? Was ist mit Susie passiert?«

»Welche Susie? Oh, eh, Susie. Sie, eh, ist sozusagen aus meinem Leben gedriftet.«

Ein Erklärungsversuch, warum Helen bei weitem die attraktivere der beiden war, wäre ebenso albern wie vergeblich gewesen. Adele sah aus, um einen von Mrs. Lomax oft verwendeten schlagenden Vergleich heranzuziehen, wie etwas, das die Katze hereingeschleppt hat. Ihre Frisur war aufgegangen, und sie hatte keinen Versuch unternommen, das entstandene Gestrüpp aus verfilztem Haar zu entwirren. Ihr Make-up mußte sie vor mindestens einem Tag aufgelegt haben. Ihr Morgenmantel hätte eine Wäsche vertragen können und ihr Hals desgleichen. Sie tupfte sich mit einem Zellstoffbausch die Nase und nahm einen Schluck ihrer Privatmedizin. »Und was bringt dich mitten aus deinem geselligen Treiben in diese Regionen?«

Ihm fiel eine Erklärung ein, und er brachte sie vor: »Ich habe versucht herauszufinden, wie Jemima, nachdem sie eure Party verlassen hatte, durch dieses Gebüsch gekommen ist, ohne gesehen zu werden.«

Sie putzte sich erneut die Nase. »Warum, um Gottes willen?«

»Ich finde es seltsam. Mary Enderble und Roger Jackman müssen zur gleichen Zeit, als sie von hier den Pfad betrat, von der anderen Seite geradewegs auf den Anfang des Weges zugegangen sein, aber sie sind einander nicht begegnet. Sheila hatte eine Viertelstunde vom vorderen Fenster aus zugesehen und sagt, sie habe sie nicht herauskommen sehen. Bist du sicher, daß sie sich nicht anders besonnen hat und über die Straße gegangen ist?«

Adele starrte ihn über ihr Kleenex hinweg an. »Warum hätte sie so etwas tun sollen? Sieh mal, sie ist zur selben Tür hinausgegangen, durch die du hereingekommen bist, klar? Von der Tür zum Trampelpfad ist ein Weg freigeschaufelt, klar? Und es führt kein Weg von diesem Pfad zu irgendeinem anderen Weg, klar? Der einzige Weg, wie sie von vorne nach hinten gelangen konnte, wäre gewesen, durch das Haus zurückzukommen, was sie nicht getan hat, weil eine ganze Masse Leute sie den Trampelpfad haben entlanggehen sehen, klar? Es sei denn, sie ist bis zu den Augenbrauen durch den Schnee gewatet, was niemand bei klarem Verstand tun würde, wenn er einen Pfad zum Gehen hat. Jesus, wenn wir je aus diesem lausigen Klima herauskommen – « Sie nieste erneut und suchte Trost in ihrem Glas.

»Dann nehme ich an, daß sich jemand in der Zeit vertan hat.«

»Ich wüßte nicht wie. Sheila Jackman wußte bestimmt, wie spät es ist. Sie hatte auf die Uhr geschaut und Roger mindestens seit einer halben Stunde, bevor sie gingen, zugezischelt. Unnötig zu erwähnen, daß sie verteufelt viel Mühe hatte, ihn wegzuschleppen. Rog ist scharf auf mich, falls du das noch nicht bemerkt haben solltest.«

Shandy hielt das für eine höchst unwahrscheinliche Behauptung. Er hatte den Eindruck, daß Adele mindestens doppelt so alt sein mußte wie Roger.

»Ich verstehe. Deswegen also hast du auf die Zeit geachtet?«

»Ich und alle anderen. Das war es, was Jemima darauf brachte, sie müßte jetzt gehen und noch ein bißchen den Retter in höchster Not spielen.«

»Ich verstehe. Und du hattest ein paar, eh, sogenannte Erfrischungen im Ofen, glaube ich.«

»Kalmarpastetchen. Du kennst mich: Ich muß anders sein als die anderen. Alles, was sie hier kennen, ist Zwiebelsuppe und Kartoffelchips.«

Das war eine schamlose Lüge. Dank Mrs. Mouzoukas Gourmet-Kochkursen glichen die meisten Fakultätsparties gefährlichen Reisen ins Ungewisse. Adeles Selbstüberschätzung war mitleiderregend.

»Und dann hat mein Göttergatte natürlich diese große Szene aus Jemimas Abgang gemacht, und meine Eieruhr klingelte, und da stand ich nun und raste hin und her wie ein Wirbelwind.«

»Hast du Jemima selbst den Pfad entlanggehen sehen?«

»Ja natürlich. Wer hätte diesen purpurroten Burnus übersehen können? Ich glaube, ich sollte nicht so reden, jetzt, wo sie tot ist.«

»Aber du weißt mit Sicherheit, daß sie fast unmittelbar nach den Jackmans über den Trampelpfad weggegangen ist.«

»Nicht unmittelbar. Sie machte eine große Sache daraus, daß sie jetzt losrasen müsse, und dem ganzen Mist. Vielleicht fünf oder zehn Minuten. Später nicht. Das weiß ich, weil es immer erschreckend ist, wenn die Leute anfangen, einer nach dem anderen zu gehen. Das bringt die anderen auf Ideen, und bevor man weiß, was los ist, ist die Party gestorben. Mir schwant, daß Bob deswegen diesen großen Trubel wegen Jemima angefangen hat. So, wie er sich über sie lustig gemacht hat, wagte niemand, sich zu verdrücken, aus Furcht, er würde ihnen dasselbe antun.«

Sie kicherte. »Bob ist schlau, weißt du. Spielt manchmal mit schmutzigen Tricks, na und? Man muß das Beste aus dem machen, was man hat, stimmt's?«

»Eh – zumindest innerhalb der erlaubten Grenzen.«

»Peter, du bist eine Ein-Mann-Panik. Komm hier rüber, damit ich meine Kehle nicht mit Brüllen anstrengen muß. Es sei denn, du hast Angst, dir meine Erkältung zu fangen.« Mrs. Dysart hängte ein Lachen an, von dem er hätte schwören können, daß es aufreizend gemeint war.

»Um diese Jahreszeit kann man nicht vorsichtig genug sein«, erwiderte er niederträchtig. »Miss Tibbett sagt, aller schlechten Dinge sind drei.«

»Was für Dinge?«

»Mein Gott, willst du sagen, du hast noch nicht von Ben Cadwall gehört? Hat Bob dir nichts erzählt?«

»Sobald er herausfand, daß ich außer Gefecht gesetzt war, bekam Bob dringend im Kraftwerk zu tun. Ich habe ihn seit irgendeiner verbotenen Uhrzeit heute morgen nicht mehr gesehen. Was ist mit Ben? Peter, du meinst doch nicht etwa – Ben?«

»Ich fürchte doch, Adele.«

Shandy war überrascht, daß die Frau wirklich verstört aussah. »Ich habe ihn selbst gefunden, in seinem Büro. Das entwickelt sich zu einer unangenehmen Angewohnheit von mir.«

»Mein Gott, zwei hintereinander. Wenn ich das gewußt hätte, hätte ich dich nicht reingelassen. Aber ausgerechnet Ben. Komm, sei nett und gib mir noch was Bourbon. Vergiß das Eis. Ich glaube, mir ist kalt.«

»Hier, häng dir dieses Schaldings um.«

Der Professor ergriff einen mexikanischen Umhang, den man über die Sofalehne geworfen hatte, und drapierte ihn um ihre dünnen Schultern. Er war etwas besorgt, daß sie die Gefälligkeit für Gefallen nähme, aber Adele schien es nicht einmal zu bemerken. Sie starrte mit einem Gesichtsausdruck in den erloschenen Kamin, der an Ergriffenheit grenzte. In Anbetracht dessen, daß die Dysarts bis zu Jemimas Beisetzung kaum mit den Cadwalls gesprochen hatten, wirkte ihre Reaktion übertrieben, aber er glaubte nicht, daß sie diesmal schauspielerte.

Er holte ihr den Drink, aber nicht ohne Mühe. Das Haus war trickreich. Ein enger Flur, der logischerweise zur Küche hätte führen sollen, nahm eine plötzliche Wendung und schlängelte sich bis zum Fuß der Hintertreppe. Er fragte sich, ob Jemima diesen Weg gekommen war. Bob würde sich vielleicht erinnern – nicht, daß es in irgendeiner Hinsicht etwas bedeutete.

Nachdem er eine Weile herumgetappt war, machte Shandy tatsächlich die Küche ausfindig, die in unseliger Unordnung war. Die Putzfrau hatte wohl Urlaub. Der Bourbon stand neben einer ekligen Ansammlung ungespülter Teller auf der Anrichte. Er goß zwei Fingerbreit in das Glas und machte, daß er so schnell wie möglich wieder rauskam. Adele war das immer noch nicht schnell genug.

»Was hat dich so lange aufgehalten?«

»Ich habe mich verlaufen.«

»Das möchte ich auch manchmal können. Woran ist Ben gestorben?«

Plötzlich verspürte Shandy den Drang, seine Ahnung auszuspielen und zu sehen, wie sie reagierte.

»Taxinvergiftung«, sagte er fest.

»Das glaube ich dir nicht.«

»Dann warte auf den offiziellen Autopsiebericht.«

»Peter, wie könnte das sein? Taxin ist nichts, was Erwachsene versehentlich nehmen. Es stammt von Eiben. Wir hatten eine Vorlesung im Garden Club. Das habe ich nur behalten, weil der Name wie Taxi klingt.«

Ein- oder zweimal hatte sich Shandy dazu verleiten lassen, im Garden Club von Balaclava zu sprechen. Er wußte, daß viele Fakultätsdamen dazugehörten. Es war eine der wenigen Stätten, an denen sich Akademiker und Städter auf gleicher Ebene trafen, obwohl einige ohne Zweifel gleicher waren als die anderen. Wenn Adele über Taxin Bescheid wußte, wußten es wahrscheinlich auch alle anderen Frauen in der Stadt.

»Nein«, antwortete er, »ich bin sicher, Ben hätte das Zeug nicht absichtlich eingenommen, wenn er nicht aus irgendeinem Grund beschlossen hätte, Selbstmord zu begehen.«

»Ben und sich umbringen? Nie!«

»Das ist auch meine persönliche Meinung, aber ich muß sagen, daß es mich überrascht, dich so sicher zu sehen. Ich hatte keine Ahnung, daß du ihn so gut kanntest.«

Adele machte ein Geräusch, das ein Lachen sein konnte. Sie war mittlerweile ziemlich betrunken.

»Es gibt eine verfluchte Menge, die du nicht über mich weißt, Peter Shandy. Ich habe Ben Cadwall gekannt, lange bevor ich Bob kennenlernte. Wir waren einmal fast verlobt. Natürlich war er Jahre zu alt für mich«, fügte sie hastig hinzu.

»Das tut mir leid«, erwiderte Shandy. »Ich hatte keine Ahnung. Eh – wo hattest du Ben kennengelernt?«

Sie stellte ihr Glas auf den schmierigen Couchtisch.

»Sieh mal, tu mir einen Gefallen, und erwähne das nicht vor Bob. Es ist schon längst vorbei, aber er wird nicht gerne daran erinnert. Deswegen hatten er und Ben sich immer ein bißchen auf dem Kieker.«

»Weiß Hannah davon?«

»Das glaube ich nicht. Ben hat es immer Spaß gemacht, Geheimnisse zu bewahren. Ich muß sagen, daß es ein Schock war, als wir hierherzogen und sie praktisch vor unserer Haustür fanden. Ich hätte wissen müssen, daß Ben sich an einem Ort wie Balaclava niederlassen würde.«

»Ich habe mich oft gefragt, was dich und Bob hergeführt hat«, wagte sich Shandy vor. »Ich hätte gedacht, ihr würdet eine, eh, urbanere Atmosphäre vorziehen.«

Adele zuckte die Achseln. »Abwechslung ist des Lebens Würze, wie man so sagt. Na, Pete? Lust auf etwas Abwechslung?«

Zu Shandys überwältigender Erleichterung wählte Bob Dysart diesen Augenblick, um hereinzuplatzen und zu rufen: »Dell? Dell? Wo zum – oh, hallo, Pete. Unterhältst die kleine Frau, während der Alte unterwegs ist und Kohle macht, was? Hübscher Job, wenn man ihn kriegen kann. Wie geht's dir, prächtig?«

»Einen Dreck schert es dich«, schniefte seine Frau. »Wieso hast du mir nicht gesagt, daß Ben Cadwall tot ist?«

»Gib mir Zeit. Ich bin gerade erst reingekommen.«

»Du hättest früher nach Hause kommen können.«

»Ich war beschäftigt.«

»Ach ja. Mit wem?«

»Du meinst wohl: Womit. Was trinkst du, Pete?«

»Er spart sich seinen Durst für später«, sagte Adele mit einem wütenden Lachen. »Er hat ein wichtiges Treffen mit der Bibliothekarin.«

»Ach, wirklich? Ich muß sie mal unter die Lupe nehmen. Pause für den Lacher. Keiner lacht. Was ist mit dir, Kätzchen?«

Ohne die Antwort abzuwarten, ging Dysart hinaus und holte sich einen Whisky, der Shandy recht gigantisch vorkam.

»Danke, Kumpel, das war nötig. Jesses, war das ein Tag! Pete, hast du Adele erzählt, daß heute morgen jemand versucht hat, mich zu ermorden?«

»Nein, ich, eh, war noch nicht dazu gekommen.«

»Jesus! Bloß weil es dir schnurzegal ist, ist dir nicht eingefallen, daß es jemand anders interessieren könnte.«

Dysart war rasend. Er mußte sich wirklich so hineingesteigert haben, daß er seine eigene Geschichte glaubte.

»Bob, wovon redest du?« wollte seine Frau wissen. »Peter sagt, Ben ist mit Taxin vergiftet worden.«

»Ja, und es war für mich gedacht.«

Dysart berichtete von dem Vorfall in der Mensa. »Und was schließt ein intelligenter Mensch daraus?« schloß er.

Beträchtlich weniger, als du daraus schließt, dachte Shandy.

Beim zweiten Hören war es seiner Ansicht nach nicht plausibler als beim ersten. Warum sollte jemand solch eine riskante Weise wählen, einen Mann zu erledigen, der sich auf so viele andere Weise verletzbar machte? Und was konnte das Motiv sein? Adele stellte diese Frage. Ihr Mann wußte die Antwort.

»Ich weiß es nicht mit Sicherheit, aber mir schwant, es hat etwas mit dem Kraftwerk zu tun.«

»Der Stinkfabrik?« rief Shandy unbedacht, wobei er den einschlägigen Spitznamen der Studenten benutzte.

»Wenn du es so nennen willst«, erwiderte Dysart steif. »Es ist zufällig so, daß wir da sehr interessante Forschungen laufen haben. Ich möchte nicht darüber sprechen, und ich möchte nicht die eigene Werbetrommel rühren, aber unter uns gesagt, liegt dort ein Potential für eine kommerzielle Entwicklung, neben der dein Balaclava-Protz aussehen wird wie ein madiges Radieschen. Und wenn wir schaffen, was wir vorhaben, wird das ein echter Tiefschlag für die Ölfirmen und die Gasfirmen und die Kohlenzechen sein. Ich weiß, das klingt wie ein Schauerroman, aber ich weiß, wovon ich rede, und ich bin der einzige, der es erkennt. Die anderen da unten schlurfen umher und stochern herum, während ich versucht habe, Methoden aufzustellen, um das Potential auszunutzen. Und es sieht allmählich so aus, als wollte mich jemand stoppen. Scheint so, daß ich besser nachschaue, ob meine Versicherung bezahlt ist. Muß der kleinen Frau ihren Bourbon erhalten. Jesses, bei genauer Überlegung sollte ich besser nicht. Vielleicht bin ich Dell tot mehr wert als lebendig.«

»Ach, hör auf, wie ein Narr zu reden!« explodierte seine Frau. »Ich weiß nie, ob ich dir glauben soll oder nicht. Du kannst so verdammt überzeugend sein, und dann stellt sich raus, daß du nur einen von deinen Witzen aufbaust. Peter, ist es möglich, daß er die Wahrheit sagt?«

Shandy zog die Schultern hoch. »Ich hoffe, Bob ist nicht beleidigt, wenn ich sage, daß ich um seinet- wie auch um deinetwillen hoffe, daß er es nicht tut. Ich meine nicht, daß du wissentlich versuchst, einem von uns etwas vorzumachen, Bob«, fügte er hastig hinzu. »Mir scheint aber, daß, wenn jemand versuchen würde, dich, eh, umzulegen, er eine weniger riskante Methode wählen würde. Ich kann verstehen, daß du es bei dieser, eh, erheblichen Verantwortung, die auf dir lastet, so interpretierst wie vorgetragen. Ich neige eher zu der Ansicht, daß, da Ben Cadwall das Gift bekommen hat, es auch Ben war, der getötet werden sollte.«

Dysart kratzte sich am Kinn. »Ich weiß nicht, ob du versuchst, mein Ego anzupieksen, Pete, oder mir die Sorgen abzunehmen. Warum zum Teufel sollte jemand Ben Cadwall ermorden?«

»Je nun, zunächst einmal hat er die ganzen Geldgeschäfte hier geführt, was bedeutet, daß er ziemlich viel Macht besaß. Zum zweiten war er ein Wichtigtuer. Nur einmal als Hypothese angenommen, jemand würde wirklich planen, deine Forschung oder deine, eh, Vermarktungsbemühungen zu sabotieren. Meinst du nicht, Ben hätte sogar noch vor dir Wind davon bekommen?«

»Mein Gott, Pete, du hast es getroffen! Deswegen also hat derjenige, der heute morgen meinen Kaffee vergiftet hat, keine Anstalten gemacht, ihn von Ben wegzubekommen. Es war egal, wer von uns beiden zuerst getötet wurde, da wir ohnehin beide verschwinden mußten.«

»Hörst du jetzt auf, so zu reden!« kreischte Adele. »Warum hast du mich überhaupt erst hierher geschleppt? Ich halte das nicht mehr aus! Wir müssen weg von hier.«

»Ich gehe nicht, Dell.«

Shandy nahm seinen Hut. »Aber ich«, sagte er bestimmt. »Ich hoffe, deiner Erkältung geht es bald besser, Adele. Und, Bob, wenn ich du wäre, würde ich nicht auf dieser Sache herumreiten. Der Tod des Finanzchefs hat wahrscheinlich eine sehr prosaische Erklärung.«

Er klang tapferer, als er sich fühlte. Die Wahrscheinlichkeit, daß Ben aus irgendeinem weniger exotischen Grund als Sabotage getötet worden war, schloß die Möglichkeit nicht aus, daß Dysart ebenfalls auf der Liste des Mörders stand und daß der Vorfall mit den Kaffeetassen tatsächlich das bedeutete, was Bob dachte.

Neunzehntes Kapitel

Helen, können wir die Fakultätsmensa heute abend auslassen?«

»Sicher, Peter, wenn Sie müde sind.«

»Ich bin nicht müde, ich bin es satt. Wenn ich nicht für eine Zeitlang hier wegkomme, fange ich an, die Wände hochzulaufen und zu schnattern. Ungefähr zwölf Meilen weit draußen auf der Dallow Road gibt es ein Lokal, wo sie ziemlich gutes Roastbeef servieren.«

»Das klingt entzückend. Sollen wir den Wagen der Ames nehmen? Ich glaube, ich habe die Schlüssel.«

»Nein danke. Können Sie sich vorstellen, in welchem Zustand jedes Gefährt sein muß, mit dem Jemima gefahren ist? Ich werde unten bei Charlies Garage anrufen und einen mieten. Das gibt uns zumindest die faire Chance, lebend zurückzukommen.«

»Peter, Sie armer Mann! Sie haben eine gräßliche Zeit, nicht? Sollen wir jetzt reden oder warten, bis wir was zu essen bekommen?«

»Erst essen, wenn es Ihnen nichts ausmacht. Holen Sie Ihre Sachen, während ich mit Charlie telefoniere.«

Er sollte erwägen, sich einen eigenen Wagen zu kaufen. Bislang war es nie der Mühe wert gewesen. Shandy goß noch eine winzige Pfütze Sherry in sein Glas und ging zum Telefon.

Nachdem er mit der Garage alles arrangiert hatte, rief er an, um zu erfahren, wie es Hannah Cadwall ging.

»Sie schläft«, berichtete ihm Mary Enderble. »Dr. Melchett hat der Apotheke telefonisch ein Rezept durchgegeben, und John ist runtergegangen, um es abzuholen. Ach, und gerade hat die Polizei angerufen. Sie sagen, es war ausgerechnet Taxin, das Ben getötet habe. Kannst du dir das vorstellen?«

Also hatte Shandy richtig geraten. Dieses Wissen befriedigte ihn nicht.

Helen war etwa zehn Minuten oben. Als sie herunterkam, trug sie ein langärmeliges, langes Kostüm in flammendem Scharlachrot.

»Dieses Ding habe ich vor Jahren gekauft, und es hat mich nach einer Gelegenheit gejuckt, es zu tragen. In Kalifornien sah es immer fehl am Platze aus.«

»Es ist sehr hübsch«, sagte Shandy unbeholfen. Es war viel mehr als das, aber er wußte nicht recht, wie er ihr das sagen sollte.

»Im Schrank hängt ein schweres schwarzes Cape«, fuhr Helen fort. »Ich nehme nicht an, daß Professor Ames etwas dagegen hätte, wenn ich es trage.«

»Oh nein, ich bin sicher, er wäre entzückt. Jemima hielt große Stücke auf Capes.«

»So sagte man mir. Eines von den Mädchen erzählte, wie sie immer hereingeschossen kam und meterweise purpurrotes Handgestricktes um sie herumflatterte, Sachen vom Schreibtisch fegte und für Konfusion sorgte. Sie pflegten Buch zu führen, wie oft in der Woche sie hereinschaute, allen sagte, was sie zu tun hätten, und wieder raussauste, ohne einen Finger krumm zu machen. Verglichen damit müssen sie mich entsetzlich langweilig finden.«

»Ich wüßte nicht, wie«, sagte Shandy. »Jemima war eine anstrengende Frau. Apropos anstrengend: Wie lief es heute nachmittag? Ich hoffe, Porble hat Sie nicht den ganzen Tag bei den Schweinestatistiken gelassen.«

»Nicht ganz. Gegen halb fünf habe ich es geschafft, mich in den Buggins-Raum zu schleichen. Die Jungs hatten den größten Teil des Tohuwabohus vom Fußboden weggeschafft. Man wird letzten Endes alles neu sortieren müssen, aber immerhin ist es möglich, die Titel der wenigen Bücher zu lesen, die richtig herum aufgestellt wurden, das heißt, es wäre möglich, wenn man mir mehr als eine Vierzig-Watt-Birne für den ganzen Raum gäbe.«

»Oh, ich nehme an, damit werden Sie keine Schwierigkeiten haben. Zur Zeit haben wir keine Energiekrise in Balaclava, obwohl es jeden Moment soweit sein könnte. Dysart glaubt, es ist eine Verschwörung im Gange, um das Kraftwerk zu sabotieren.«

»Heiliger Bimbam! Keine Minute Langeweile hier, was? Ob er wohl recht haben könnte?«

»Nur wenn man die Voraussetzung akzeptiert, daß Standard Oil und Exxon sich von einem System bedroht fühlen können, das mit Dung läuft. Unten am Fuß des Hügels nach links.«

»Ich weiß. Wir sind diesen Weg gekommen, als Sie mich vom Flughafen abgeholt haben. Himmel, war das erst gestern nachmittag? Es kommt mir vor wie eine Ewigkeit.«

»Ja, das tut es.«

Shandy wurde plötzlich erschreckend klar, daß er sich Balaclava Junction ohne Helen nicht mehr vorstellen konnte. Würde er je genug Mut aufbringen, ihr das zu sagen? Im Moment mußte er sich damit begnügen, sie sicher durch das Gewühl der umherschweifenden Touristen zu lotsen, von denen viele anhielten und nach dem Weg zum Riesen-Marshmallow-Grill fragten. Endlich gelangten sie zum Auto und begannen, sich ihren Weg durch den Verkehr zu bahnen.

»Meine Güte«, keuchte er, als sie den Mob hinter sich gelassen hatten und auf der Dallow Road waren, »ich hoffe, das Roastbeef ist die Mühe wert.«

»Bestimmt«, meinte Helen. »Sie fahren sehr gut, Peter.«

»Meinen Sie? Ich habe auf einem John-Deere-Traktor gelernt, als ich fünf Jahre alt war. Dann habe ich auf einer Menge Farmen und Versuchsbetriebe gearbeitet, wo man immer einen Bulldozer oder einen Mähdrescher oder so etwas fahren mußte. Ich glaube, ich habe die Vorstellung nie begriffen, daß man ein Fahrzeug nur zum Vergnügen fahren kann.«

»Wahrscheinlich kann man das auch nicht mehr lange, wenn man nichts gegen die Benzinknappheit unternimmt. Zu schade, daß eure Kraftwerksleute keines erfinden können, das mit Kuhfladen läuft. Sie meinen doch nicht, daß Professor Dysart deswegen von Sabotage redet, oder?«

»Oh, ich glaube kaum. Das Projekt hätte bei Fakultätssitzungen besprochen werden müssen, bevor irgendeine Arbeit daran beginnt. Dr. Svenson glaubt an koordinierte Bemühung um gemeinsame Ziele.«

»Und haben Sie etwas davon?«

»Ziemlich oft. Es wird immer ein bißchen darum gefeilscht, wessen Projekt Vorrang hat, aber im allgemeinen, würde ich sagen, hält sich der *esprit de corps* auf einem erträglichen Niveau. Zumindest habe ich das immer gedacht.«

Helen spürte den Zweifel und die Verzweiflung in seiner Stimme.

»Ich weiß. Es ist wie ein Nagel im Schuh, nicht wahr? Wie man auch versucht aufzutreten, man landet doch immer wieder auf derselben häßlichen, kleinen, wunden Stelle. Es tut mir leid, Peter. Sprechen wir mal von etwas anderem. Erzählen Sie mir, was Sie in den Versuchsbetrieben gearbeitet haben.«

»Das ist so lange her, daß ich mich nicht mehr erinnern kann.«

Als er aber erst einmal angefangen hatte, fiel Shandy eine Menge ein, wovon einiges komisch genug war, um sie beide zum Lachen zu bringen. Als sie beim Restaurant ankamen, fühlte er sich bereit, das Mahl zu genießen.

Das Lokal war stiller, als er es je erlebt hatte. Alle seien pleite wegen der Weihnachtsgeschenke, erläuterte die Kellnerin, oder zu Hause beim Reste-Essen oder drüben bei der Lichterwoche. Sie führte sie in eine Ecknische, in der Shandy schon oft hatte sitzen wollen, es aber nie zuvor geschafft hatte. Sie bestellten Salat und gebackene Kartoffeln und halb durchgebratenes Roastbeef und einen kalifornischen Beaujolais, der Helen der Sankt-Andreas-Falte etwas geneigter stimmte. Als ihm die Geschichten über das Leben bei den Mähdreschern ausgingen, entdeckte der Professor, daß es ihm nichts ausmachte, Helen von Ben Cadwall zu berichten. »Meinen Sie nicht, es sei logisch, anzunehmen«, schloß er, »daß Ben und Jemima von derselben Person und aus demselben Grund getötet worden sind?«

»Ich denke, das ist weitaus logischer, als zu glauben, daß in so einer engen Gemeinschaft binnen dreier Tage zwei unzusammenhängende Morde passieren könnten«, versetzte sie. »Und dann gibt es so viele mögliche Zusammenhänge. Zunächst die Murmel, die Sie im Schlafzimmer der Cadwalls gefunden haben. Sie wissen nicht, aus wessen Mantel sie gefallen ist?«

»Meine Güte, nein, das weiß ich nicht. Ich dachte an Ben oder Hannah, aber es hätte jeder sein können. Ben hat das Ding vielleicht herausfallen sehen, als er jemandem den Mantel abnahm, und sich nicht darum gekümmert, weil gleichzeitig die anderen hereindrängten. Als ich dann später unten meine kleine Geschichte erzählte, wie ich nach meiner Rückkehr auf den Murmeln ausgerutscht bin – «

»Das haben Sie wirklich erzählt?«

»Das habe ich. Wissen Sie, sie wollten alle Details hören, wie ich Jemimas Leiche gefunden habe. Irgend jemand fragte mich, warum ich hinter das Sofa geschaut habe, also erklärte ich, wie ich die Murmeln über den Boden verstreut fand und mir klar wurde, daß jemand im Haus gewesen sein mußte.«

»Da haben Sie es! Die Murmel fällt heraus. Vielleicht sieht Dr. Cadwall tatsächlich, was es ist. Jedenfalls sagt er: ›Oh, Sie haben etwas fallen lassen‹, und der andere sagt: ›Nein, habe ich nicht‹, weil er nicht weiß, daß er die Murmel bei sich hat.«

»Oder sie.«

»Natürlich. Dann, nachdem Sie Ihre Geschichte erzählt haben, wird ihm – ich wünschte, jemand würde sich ein kollektives Personalpronomen ausdenken – klar, daß es die Murmel gewesen sein muß, die hingefallen ist, und er schleicht sich zurück, um danach zu stöbern.«

»Aber sie ist weg, weil ich sie genommen habe. Tim und ich haben uns vor allen anderen verdrückt, weil ihm plötzlich einfiel, daß wir Sie am Flugzeug treffen sollten.«

»Also denkt der Mörder, Dr. Cadwall habe die Murmel und könnte sich erinnern, daß er gesagt hatte, er habe nichts fallen lassen, obwohl er es offensichtlich hatte. Aber warum hat er nicht auch Mrs. Cadwall getötet? Müßte er nicht Angst haben, daß Dr. Cadwall es seiner Frau erzählt hat?«

»Vielleicht hat er es versucht. Das Taxin war vielleicht für beide bestimmt, und irgendwie hat sie keins abbekommen. Oder vielleicht kannte er Bens Vorliebe, Geheimnisse zu bewahren, und setzte darauf, daß sie es nicht weiß.«

»Oder sie war diejenige, die die Murmel hat fallen lassen.«

»Sie war meine erste Verdächtige«, gab Shandy zu. »Ich nahm an, daß sie die beste Gelegenheit hatte, Jemima zu töten, weil sie nicht auf der Party war und logischerweise Jemima hätte begleiten können, als sie in mein Haus einbrach. Ich hatte eine Ahnung, daß Hannah vielleicht die Einnahmen der Lichterwoche unterschlug und befürchtete, daß Jemima sie bloßstellen würde. Jemima hätte ihr das angetan, wissen Sie, selbst ihrer besten Freundin. Sie war eine große Prinzipienreiterin.«

»Sie muß wirklich eine ziemlich abscheuliche Frau gewesen sein. Kein Wunder, daß Jemmy nach Kalifornien und ihr Bruder zum Südpol gegangen ist. Ich bin überrascht, daß Dr. Ames sie nicht selbst getötet hat.«

»Er hätte es vielleicht getan, wage ich zu behaupten, nur ist Tim so taub wie ein Schellfisch und ganz schön tief in seine Arbeit versunken. Und ich bin ziemlich überzeugt, daß auch Hannah Ben nicht getötet hat. Sein Tod kam völlig überraschend für sie, das schwöre ich. Ich hatte die angenehme Pflicht, in beiden Fällen die Nachricht zu überbringen, wissen Sie. Allerdings verstehe ich, wie Sie gesagt haben, nichts von Frauen.«

»Armer Peter.«

Helen berührte sanft seine Hand. »Meinen Sie, wir sollten uns auf den Rückweg machen? Sie haben einen harten Tag gehabt.«

»Zumindest hat er vergnüglich begonnen und geendet.«

»Dreimal auf Holz klopfen. Er ist noch nicht vorbei.« Helen zog sich Jemimas altes schwarzes Cape um die Schultern und zwängte sich aus der Nische. »Das war ein herrliches Dinner.«

»Es freut mich, daß es Ihnen gefallen hat. Wir müssen nochmal herkommen.«

»Herzlich gern.«

Danach sprachen sie nicht mehr viel. Helen spürte wohl die Auswirkungen des Klimawechsels und ihres ersten Tages in einem neuen Job. Shandy mußte sich aufs Fahren konzentrieren. Schon den ganzen Tag hatte es nach Schnee ausgesehen; jetzt fiel er und breitete einen schlüpfrigen Film über die Straße. Sie waren beinahe zurück in Balaclava Junction, als er das Schweigen brach.

»Ich glaube, wir fahren besser hintenrum. Das Marshmallow-Grillen muß mittlerweile vorbei sein, und die Hauptstraße ist sicher eine totale Katastrophe. Zumindest wird Ihnen das einen Panoramablick über die Stinkfabrik verschaffen.«

»Ich bin ganz wild darauf. Jedenfalls bis auf meinen linken Fuß. Der ist eingeschlafen.«

Helen schlüpfte aus dem Schuh und rieb sich ihre Zehen, während sie durch den immer dichteren Schnee starrte.

»Wie viele Marshmallows haben die denn gegrillt, um Himmels willen? Ich kann das Feuer von hier aus sehen.«

»Unmöglich«, meinte Shandy. »Das Spielfeld liegt in einer tiefen Senke auf der anderen Seite der College-Gebäude. Was Sie sehen – mein Gott!«

Er wich in eine Schneewehe aus, während Feuerwehrwagen die vereiste Straße entlangrasten.

»Tja, Helen, ich glaube, ich muß mich bei Dysart entschuldigen. Das ist das Kraftwerk.«

Zwanzigstes Kapitel

Wir müssen einfach weiterfahren.«

Shandy bemerkte, daß er schwitzte. Ein Auto auf dieser engen, gewundenen Straße zu halten, war schon in hellem Tageslicht unter guten Bedingungen vertrackt genug. In einer Nacht wie dieser, in der der Schnee mit jedem Moment dichter fiel und Löschzüge in erstaunlicher Anzahl vorbeidrängten, hatte er Glück, wenn sie nicht an einem Baum landeten oder in einen der tiefen Gräben rutschten, die er nicht sehen konnte, die aber, wie er wußte, viel zu nahe waren.

»Wo kommen all diese Feuerwehrwagen her?«

Helen klang nervös, wie zu erwarten war.

»Sie müssen in den Nachbarstädten Großalarm gegeben haben. Balaclava Junction verfügt nur über einen alten Leiterwagen und ein paar Pumpen für Präriefeuer.«

»Das hätten sie doch nicht getan, wenn es nicht wirklich schlimm wäre, oder?«

»Ich weiß nicht, Helen. Wir hatten noch nie einen Brand im College. Und warum zur flammenden Dreckshölle mußte es heute abend sein«, zischte er, als eine weitere Sirene sie beinahe ins Schleudern gebracht hätte.

»Ich wäre nicht überrascht, wenn Professor Dysart es selbst gelegt hätte, nur um seine Theorie zu beweisen.«

Shandy grunzte und fing dann zu seiner eigenen Erleichterung an zu kichern.

»Ich auch nicht. Wahrscheinlich hat er sich an eine Turbine gefesselt und geschworen, mit dem Schiff unterzugehen.«

»Nicht, wenn kein Fernsehteam in der Nähe ist«, meinte Helen. »Warum geht es mir wohl besser, wenn ich gehässig bin?«

»Natürliche menschliche Perversität. Wenn wir es schaffen, lebendig aus diesem Schlamassel herauszukommen, werde ich froh sein, daß Sie bei mir waren.«

»Peter, das ist lieb. Ich würde Ihnen freundschaftlich die Hand drücken, nur möchte ich Sie nicht vom Fahren ablenken.«

»Ein weiser, aber bedauerlicher Entschluß. Ich hoffe, ich kann Sie dazu bringen, ihn zu einem günstigeren Zeitpunkt zu überdenken.«

»Flirten Sie mit mir?«

»Flirten impliziert einen Mangel an ernsthaften Absichten. Meine Güte, sehen Sie sich das an!«

Sie waren um eine Serpentine gebogen, die sie auf eine Anhöhe fast direkt über dem Kraftwerk geführt hatte. Trotz des Schnees, der ihnen die Sicht vernebelte, war es ein beeindruckendes Schauspiel. Aus einem der Methangastanks schoß eine Flammenzunge fast bis zu der Anhöhe, auf der sie standen. Daneben sank unter den sich kreuzenden Strahlen der Wasserspritzen ein Schuppen in scharlachroter Glut zusammen. Rote Scheinwerfer warfen einen gespenstischen Schimmer über den Schnee und ließen Schwärme von schwarzgekleideten Gestalten erkennen, die zwischen den gefährdeten Gebäuden herumflitzten.

Die Versuchung, zu bleiben und zuzuschauen, war fast unwiderstehlich, aber die Stelle war zu gefährlich. Shandy fuhr weiter, bis ein Hilfspolizist ihm den Weg versperrte.

»Sie können nicht dort runter, Mister!«

»Ich bin Professor Shandy«, brüllte er durch das heruntergekurbelte Fenster. »Ich versuche, nach Hause zu gelangen. Ich wohne auf dem Crescent.«

»Sie müssen den Wagen zur Seite fahren und zu Fuß gehen.«

»Aber die Dame hat keine Stiefel an.«

»Oh je. Momentchen.« Der Wachtmeister fummelte in der Tasche seines Parkas und angelte zwei enorme graue Stofflappen hervor. »Hab' immer Ersatzsocken dabei. Wenn Sie die über die Schuhe ziehen, halten sie wenigstens den Schnee draußen.«

»Was für ein phantastischer Einfall! Sie sind ein Lebensretter.«

Shandy setzte den Wagen, so gut er konnte, von der Straße. Helen zog die Socken des Polizisten über. Sie reichten ihr bis zu den Knien, so daß ihre Füße aussahen, als hätten sie sich in einer Badematte verfangen, aber die groben Maschen würden auf der schlüpfrigen Straße Halt geben.

»Was ist da unten los?« fragte Shandy den Mann, während Helen noch damit kämpfte, die widerspenstige Wolle über ihre bereits durchgeweichten Schuhe zu zwängen.

»Ich will verdammt sein, wenn ich das weiß, Professor. Ich habe den Großalarm gehört und bin hingerannt. Ottermole hat mich hierhergeschickt, um die Löschwagen zu dirigieren und alle anderen davon abzuhalten, da runter zu fahren. Herrje, da ist genug Feuerwehr, um die Hölle zu löschen. Eine Weile dachten wir, die ganze Anlage wäre hin, aber jetzt scheinen die Jungs Boden zu gewinnen.«

»Wann hat es angefangen?«

»Vor vielleicht einer halben Stunde. Einer der Gastanks ist zuerst explodiert. Dann hat diese Scheune Feuer gefangen.«

»Wie ist das passiert? Weiß das jemand?«

»Nein, aber ich habe einen verdammt komischen Verdacht. Sehen Sie selbst. Da ist der hochgegangene Gestank vor uns, und da ist die total abgefackelte Scheune hinter dem Hauptturbinenhaus. Wie soll eine Flamme so weit springen und nichts dazwischen treffen? Wenn Sie mich fragen, sieht sich Fred Ottermole besser nach einem Kerl mit einem guten Wurfarm und ein paar Bierflaschen voll Benzin um.«

Die Aufmerksamkeit des Mannes wurde von einer Wagenladung fehlgeleiteter Touristen abgelenkt. Shandy nahm Helen beim Arm und machte sich an den Abstieg.

Auf Augenhöhe war der Brand nicht so eindrucksvoll, wie er von oben gewirkt hatte. Die beiden getrennten Brandherde waren gut unter Kontrolle und alles drumherum in eisige Schutzschichten aus den Feuerspritzen eingebettet. Dennoch ging die Feuerwehr kein Risiko ein. Sie hatten das Gebiet so weit abgesperrt, daß sich die Schaulustigen zu einer dünnen, lückenhaften Kette auseinanderzogen. Die meisten schienen zu glauben, daß die Beinahe-Katastrophe ebenso wie der Marshmallow-Grill zu ihrer Unterhaltung inszeniert worden wäre. Die einzigen besorgten Gesichter in der Menge gehörten den Collegeleuten. Shandy und Miss Marsh hatten kaum begonnen, die Absperrung entlangzulaufen, als sie von einem Bündel aus falschem Nerz begrüßt wurden, das sich als Mirelle Feldster herausstellte.

»Peter! Peter, wo bist du gewesen? Als die Sirenen losheulten, bin ich dich suchen gegangen.«

»Warum?«

»Ach, ich weiß nicht. Ich ging einfach.« Sie kicherte verlegen. »Du kennst mich, einfach aus Nachbarschaft. Eigentlich ging es nicht so schnell. Jim und ich waren drüben bei den Dysarts

Scrabble spielen. Adele hat so eine scheußliche Erkältung, deshalb hatte Bob angerufen und uns gebeten, herüberzukommen und sie aufzuheitern. Wir konnten nicht gut nein sagen, obwohl ich persönlich lieber – oh, ich hatte nicht bemerkt, daß du jemanden dabei hast.« Ihre Stimme war auf einmal wie die Gebäude um sie herum in Eis eingebettet.

»Das ist Helen Marsh«, sagte Shandy. »Mirelle Feldster ist eine Ihrer neuen Nachbarn, Helen.«

»Ah, dann müssen Sie die Frau sein, die hergekommen ist, um bei den Ames zu wohnen. Sie sind aber von der schnellen Truppe, nicht, Miss Marsh?« Mirelle kehrte Helen den Rücken zu und nahm ihre Erzählung wieder auf.

»Wie ich also sagte, spielten wir Scrabble und hatten ein paar Drinks – du kennst Bob –, als die Glocke von der Kapelle wie verrückt zu bimmeln anfing. Zuerst dachten wir, ein paar Studenten ziehen eine Show ab. Dann hörten wir die Feuerwehrsirenen und dachten, der Marshmallow-Grill ist wohl außer Kontrolle geraten, aber wir hörten immer mehr, und auf einmal springt Bob auf und schreit: ›Himmel! Es ist das Kraftwerk!‹ Er schnappte sich also seinen Mantel und rannte los. Jim rannte ihm direkt nach und ließ mich im Stich wie gewöhnlich, aber ich hatte nicht vor, allein bei Adele und ihren Bazillen zu bleiben. Ich sagte, ich gehe besser mit und schaue, ob man mich braucht, weil ich beim freiwilligen Katastrophenschutz bin – zumindest war ich das, als wir noch einen hatten –, also hier bin ich jedenfalls.«

»Wo ist Dysart?«

»Irgendwo in der Gegend. Ich sah ihn vor einer Weile am Hauptturbinenhaus, wie er mit den Armen fuchtelte und brüllte. Ich glaube, er versuchte, den Feuerwehrchef dazu zu kriegen, ihn durchzulassen, aber er hat es nicht geschafft. Ich wüßte selber nicht, warum sie das sollten. Bob hat nicht mal 'ne Dauerstellung hier. Ehrlich, bei dem Krach, den er gemacht hat, könnte man denken, ihm gehört das Kraftwerk. Ganz unter uns: Er ist halb besoffen.«

Shandy kam es so vor, als wäre Mirelle das auch. Er versuchte zu entkommen, aber sie hatte keineswegs die Absicht, ihn loszulassen.

»Warst du überrascht, als sie Hannah Cadwall verhaftet haben?«

»Du meine Güte! Wann ist das passiert?«

»Gegen sechs Uhr. Natürlich stand sie den ganzen Nachmittag unter Hausarrest, seit Grimble Bens Leiche gefunden hat. War das nicht gräßlich? Kannst du dir vorstellen, wie du bei jemandem ins Büro kommst und dich starrt ein Toter an?«

»Eh – ja«, sagte Shandy.

Mirelle achtete nicht darauf. »Also fingen sie an, das Haus zu durchsuchen, und fanden das Gift, wie ich schon vorher gewußt hatte. Sobald ich hörte, daß Ben ermordet worden ist, sagte ich zu Jim: ›Hör auf meine Worte, sie ist diejenige.‹ Sie hat es natürlich wegen des Geldes getan. Ben hat sie nie einen Cent ausgeben lassen, und man sagt, er sei im Geld geschwommen. Das wird ihr auch was nützen, wo sie hingeht. Ich frage mich, wer der Mann ist.«

»Welcher Mann?«

»Ach, Peter, gebrauch deinen Verstand. Eine Frau würde nicht ihren Gatten umbringen, wenn nicht schon ein anderer auf der Matte steht. Oder?«

»Ich weiß nicht, Mirelle. Kommen Sie, Helen, wir müssen Sie nach Hause schaffen. Ich glaube kaum, daß diese Socken viel nützen.«

»N-n-nicht viel.«

Ihre Zähne klapperten. Shandy sah sich um, erblickte einen Schlitten, den ein Wichtel unberechtigterweise im Stich gelassen hatte, und ergriff das Seil. »Steigen Sie auf.«

»Peter, sollten Sie – «

»Los. Besser albern aussehen, als sich zu Tode frieren.«

Helen war nicht in der Verfassung zu streiten. Sie setzte sich auf den Schlitten und zog den Plastikschutz um ihren schlotternden Leib. Ungeachtet der amüsierten Blicke trottete Shandy los. Als sie zu dem steilen Abhang kamen, der zum Crescent hinabführte, sprang er hinten auf und schob an, wobei er vergaß, daß diese Schlitten nicht dafür gemacht waren, vom Fahrer gelenkt zu werden. Um anzuhalten, mußte er sie in eine Schneewehe kippen. »Tut mir leid«, keuchte er, bürstete Helen ab und half ihr auf die Beine. »Wenn wir weitergefahren wären, wären wir jetzt mitten auf der Hauptstraße.«

»Mir macht es nichts. Als ich anfing aufzutauen, hat es Spaß gemacht. Kommen Sie mit herein?«

»Nur, um Sie wohlbehalten drinnen zu sehen. Ich nehme an, Sie wollen so schnell wie möglich ein heißes Bad nehmen.«

»Wenn es eines gibt. Das Feuer könnte dem Kraftwerk geschadet haben.«

»Kann es nicht. Die Lichter sind noch da. Einschließlich meiner, leider.«

»Peter, ich möchte Ihnen für diesen Abend danken.«

»Selbst wenn er nicht so ausklang, wie ich gehofft hatte.«

»Worauf hatten Sie gehofft?«

Er hatte seit Jahren keine Frau geküßt, aber in Anbetracht aller Umstände gelang es ihm recht gut. »Jetzt geh dir die Füße trocknen.«

»Wenn du meinst.«

Helen drehte den Schlüssel im Schloß. Sie traten ein, und Helen hängte das nasse Cape auf. Auf einmal brach sie in Lachen aus.

»Oh, Peter, was für einen Anblick muß ich geboten haben auf diesem Schlitten, die Füße in Säcken und dieses alberne Cape flattert hinter mir her!«

»Der Schlitten hat dich hertransportiert, oder etwa nicht?« Shandy klappte die Kinnlade herunter. »Meine Güte, natürlich hat er das. Wie konnte ich so vernagelt sein?« Er drückte Helen noch einen Kuß aufs verdutzte Gesicht und wirbelte wieder hinaus in den Sturm.

Einundzwanzigstes Kapitel

Die Jackmans waren nicht zum Feuer gegangen. Durch das unverhangene Fenster konnte Shandy die jungen Eltern, die ihre Sprößlinge vermutlich ins Bett gebracht hatten, auf jenem schwellenden Lotterlager erkennen, das mit Sheila teilen zu müssen er mit so knapper Not vermieden hatte. Die Müdigkeit stand ihnen im Gesicht. Beide umklammerten ein großes Glas voller Erwachsenenvitamine. Es war grausam, sie aufzuschrecken, aber Shandy hielt den Finger auf der Klingel, bis nach einer kurzen, aber heftigen Auseinandersetzung der Ehemann kam, um ihn einzulassen.

»Peter Shandy! Was führt dich her?«

»Ein böser Wind. Warum seid ihr nicht beim Feuer wie alle andern?«

»Hör mal, Peter, letzte Nacht habe ich in einem Unterstand am Old Bareface geschlafen, wenn man das so nennen kann, wo mir der Wind die Hosenbeine hochpfiff und beinahe meinen – «

»Ist ja nichts passiert«, rief Sheila vom Sofa aus. »Komm rein, und nimm einen Drink, Peter.«

»Nein danke. Ich wollte euch nur eine Frage stellen. Und glaubt mir, sie ist wichtig. Hat einer von euch oder euern Kindern an dem Abend, als ich abreiste, einen dieser Wichtel gesehen, wie er einen Passagier auf dem Schlitten um mein Haus zog?«

Beide Jackmans starrten ihn an, wie zu erwarten war. »Ach Gottchen«, sagte Roger, »diese Gören sind die ganze Zeit unterwegs. Wie hätten wir das bemerken sollen?«

»Das stimmt«, meinte Sheila. »Sie sollen die Schlitten vom Crescent fernhalten, aber sie kommen einfach trotzdem.«

»Das weiß ich. Ich meine nicht, auf dem Bürgersteig. Ich meine tatsächlich, in meinem Garten. Sehr spät, als sie schon hätten Schluß machen müssen.«

»Sie machen nie Schluß. Weder bei Regen noch Schnee noch beim Dunkel der Nacht. Bist du sicher, daß du dich nicht an einem kleinen Breitbandnarkotikum beteiligen willst?« fragte Roger. »Ich hole es. Sheila hat Dickie und Wendy heute morgen für ein Picknick zur Hütte hinaufgebracht. Sie ist noch mehr geschafft als ich, das behauptet sie zumindest.«

»Ich weiß von dem Picknick, und es ist mir schnurzegal«, schnappte Shandy. »Strengt um Himmels willen euren Grips an. Hat keiner von euch in der Nacht zum Dreiundzwanzigsten jemand mit einem Schlitten an meinem Haus gesehen?«

»Ehrlich, Peter, ich glaube, du hast nicht mehr alle Tassen im Schrank«, protestierte Sheila. »Wie kannst du erwarten, daß wir uns bei all dem Trubel hier über die Feiertage an eine blöde kleine – «

»Einen Moment«, unterbrach sie ihr Mann. »Sei still und laß mich denken. Letzte Nacht im Unterstand, als wir unser Gespräch von Mann zu Mann hatten, hat mir JoJo so eine phantastische Geschichte erzählt, wie die Wichtel den Nikolaus klauen und ihn auf eine Fahrt mitnehmen.«

»Hol ihn.«

»Peter, nein«, jammerte Sheila. »Er ist schon überdreht.«

»Das bin ich auch. Wo schläft er?«

Shandy eilte zur Treppe. Jackman sprang vom Sofa auf.

»Um Himmels willen, Erbarmen! Du weckst die ganze verdammte Meute auf. Na gut, wenn du darauf bestehst, gehe ich ihn holen. Tut mir leid, daß ich den Mund aufgemacht habe.«

Er nahm einen letzten Schluck von seinen Erwachsenenvitaminen und schlurfte nach oben. Er war schneller zurück, als Shandy zu hoffen gewagt hatte, und ihm voraus ging ein Neunjähriger, der beträchtlich wacher war als sein Vater.

»Pop sagt, Sie wollen mich sprechen, Professor Shandy.«

»Ja, JoJo. Ich möchte, daß du mir von der Nacht erzählst, in der du gesehen hast, wie die Wichtel den Nikolaus entführten. Kannst du genau beschreiben, was geschehen ist?«

Der Kleine wand sich und druckste herum. »Ja, wissen Sie, es waren keine Wichtel. Ich meine, es war nur dieser eine Wichtel, und ich habe eigentlich nicht gesehen, wie er ihn gestohlen hat. Er hatte ihn einfach.«

»Du meinst, die Nikolauspuppe war auf dem Schlitten, als du ihn erblickt hast.«

»Richtig. Sehen Sie, es war so: Wir hatten an diesem Nachmittag das Sonntagsschul-Fest. Es war richtig doof, deswegen haben ich und Tommy Hoggins angefangen rumzublödeln, wer am meisten Punsch trinken kann. Die hatten diesen albernen Punsch, eine Schüssel roten und eine Schüssel grünen. Es war wohl einfach Limo oder so was, aber jedenfalls fingen ich und Tommy an, die beiden zu mixen – «

»Wie die Alten sungen«, murmelte Sheila. »Laß das alles aus, JoJo. Professor Shandy will nichts von deinem Bauchweh hören.«

»Aber wenn ich nicht soviel Punsch getrunken hätte, hätte ich nicht die ganze Zeit aufstehen und ins Bad rennen müssen«, erläuterte der Junge vernünftig. »So habe ich doch den Schlitten gesehen.«

»Hast du eine Ahnung, um welche Zeit das war?«

»Ich weiß nur, daß es echt spät gewesen sein muß, weil die Weihnachtslichter alle aus waren und keiner mehr unterwegs war bis auf diesen Wichtel, der dem Nikolaus eine Schlittenfahrt spendierte. Es war doof. Ich meine, was hat es für einen Sinn, was Komisches zu machen, wenn keiner da ist, um zuzusehen? Ich wollte ihm was zurufen, aber dann dachte ich, besser nicht, weil ich nicht Mum und Pop und die Bande aufwecken wollte«, schloß JoJo tugendhaft.

»Hast du das Licht im Bad angemacht?«

»Das mußte ich nicht. Da ist ein kleines Nachtlicht, das immer an ist.«

»Das stimmt«, warf Sheila ein. »Wir haben es, seit JoJo ein Baby war. Roger hat sich immer die Zehen an irgendwas gestoßen, wenn er nachts aufstehen mußte.«

»Das war, weil ich immer die Fläschchen machen mußte, wenn du doch dran warst.«

Offenbar war Dickies und Wendys Zankerei Erbanlage. Shandy erstickte den Streit im Keim. »Dann hat der Wichtel nicht erfahren, daß du zugeschaut hast, JoJo?«

»Wie konnte er? Ich war oben und er unten. Jedenfalls hat er nicht hochgeblickt.«

»Woher weißt du, wohin er geschaut hat, wenn alle Lichter aus waren?«

»Es ist nie stockdunkel, wenn Schnee liegt. Das sollten Sie wissen«, versetzte das Kind altklug. »Außerdem sehe ich gut im Dunkeln. Fragen Sie Pop.«

»Das stimmt«, sagte Jackman. »JoJo hat eine außergewöhnlich gute Nachtsicht. Das ist sehr praktisch, wenn man an die Zeiten und Stellen denkt, wo Sheila ihre Autoschlüssel zu verlieren beschließt.«

Bevor die Ehefrau ihre Entgegnung einschieben konnte, fragte Shandy: »Wie lange hast du dem Wichtel zugeschaut?«

JoJo zuckte die Achseln. »Das weiß ich nicht. Ein paar Minuten, nehme ich an. Es gab nicht viel zu sehen. Er kam einfach rüber – «

»Von wo herüber?«

»Vom Gehweg. Als ob er von den Enderbles gekommen wäre, aber das war er nicht.«

»Woher weißt du das?«

»Weil die Schlitten nicht in das Gebüsch dürfen. Professor Enderble läßt sie nicht.«

»Aber wenn dieser Wichtel nicht gehorcht hätte?«

»Dann würde Professor Enderble sauer, nehme ich an.«

»Du kannst also tatsächlich mit Sicherheit nur sagen, daß der Schlitten auf der Straße war, als du ihn erblickt hast, und daß er zu meinem Haus kam. Zur Vorder- oder zur Hintertür?«

JoJo zögerte. »Ich weiß nicht. Ich dachte, er müßte nach vorne fahren, weil ich annahm, daß der Wichtel den Nikolaus wieder auf die Schwelle stellt, wo Sie ihn aufgestellt hatten, aber das kann ich nicht sagen, weil die Fichten dazwischen waren. Jedenfalls nehme ich an, daß er zu keiner Tür gefahren ist, weil ich am nächsten Morgen geguckt habe, ob der Nikolaus zurück ist, aber er war nicht da, und ich habe ihn nie mehr gesehen.«

»Du hast nicht bemerkt, wohin er danach gegangen ist?«

»Nein, ich bin wieder ins Bett gegangen.«

JoJo druckste ein bißchen herum in seinem neuen Bademantel vom Weihnachtsmann, dann platzte er heraus: »Ich hatte wohl ein bißchen Angst, wenn es Sie interessiert.«

»Warum, Junge? Das hast du mir letzte Nacht nicht erzählt. He, raus mit der Sprache. Spuck es aus, dann fühlst du dich besser.« Jackman war also doch ein besorgter Vater.

»Also, wie gesagt, es war was Komisches an der ganzen Szene. Wie – ich meine, ich wußte, daß es Professor Shandys Puppe sein mußte auf dem Schlitten, aber es – es wirkte nicht wie eine Puppe. Es war, als wäre sie echt, aber nicht am Leben. Ich weiß nicht, was ich meine!«

Er sah von einem zum anderen und fragte dann abrupt: »Kann ich jetzt wieder ins Bett?«

»Natürlich«, antwortete Shandy. »Vielen Dank, JoJo. Du bist eine große Hilfe gewesen. Vielleicht interessiert es dich, daß die Wichtel meinen Nikolaus gestern, als du beim Camping warst, zurückgebracht haben. Ich habe ihn in den Keller gestellt. Und, eh, es ist immer noch eine Puppe. Komm doch morgen herüber, und schau sie dir an, wenn du magst.«

»Wir gehen morgen zum Hockey«, sagte Roger Jackman. »Marsch ab jetzt nach oben, JoJo. Mum und ich kommen bald nach. Sehr bald«, fügte er mit einem bedeutungsvollen Blick auf den ungebetenen Gast hinzu.

Shandy verstand den Wink. »Ich bin weg. Tut mir leid, daß ich so bei euch hereingeplatzt bin, aber ich mußte es wissen.«

»Willst du uns nicht erzählen, wieso?« maulte Sheila.

»Später vielleicht. Jetzt wüßte ich nicht, was ich sagen sollte.«

Shandy ging allein zur Tür und stand eine Weile auf der Schwelle und fragte sich, was er als nächstes tun sollte. Sein eigenes Haus stand nebenan, heiter und trotz seiner kitschigen Verzierungen einladend, und er war extrem müde. Der Schnee fiel immer noch dicht und pappte auf seinem Mantel fest. Mittlerweile mußte auf der Main Street ein übles Verkehrschaos sein. Vielleicht würden die Touristen hängenbleiben, und das College müßte sie in den Studentenheimen unterbringen. Die Gaffer würden ihr Quantum Balaclava bekommen, bevor diese Nacht vorüber war. Er hatte seines so ziemlich. Trotzdem klappte Shandy den Mantelkragen so hoch wie möglich, drückte sich den grauen Filzhut tief über die Augen und stapfte an seiner Haustür vorbei auf die Scheinwerfer zu, die durch das immer dichtere Weiß noch zu erkennen waren. Noch während er ging, verloschen die Lichter, und der Lärm der abfahrenden Feuerwehren auf dem Campus verebbte. Die Vorstellung war vorbei.

Aber der Ärger hatte vielleicht kaum erst angefangen. Zuerst war es ein Totschlag, der so inszeniert war, daß er wie ein Unfall aussah, jetzt war es offener Mord und Brandstiftung an ein und demselben Tag. Was stand als nächstes auf dem Programm?

Die Verhaftung von Hannah Cadwall würde überhaupt nichts lösen. Nur eine Idiotin wie Mirelle Feldster konnte das glauben. Die Polizei schien es zwar auch zu glauben, aber das mußte sie wohl, als ein Fläschchen Taxin in Hannahs Medizinschrank und ein überwältigendes Motiv in Gestalt von Bens Sparbüchern aufgetaucht waren.

In Jemimas Fall gab es keine so himmelschreienden Indizien. Er würde verteufelte Mühe haben, irgend jemand davon zu überzeugen, daß ihre Leiche auf einem Schlitten zu seinem Haus gebracht worden war – verkleidet als Nikolaus.

Aber er mußte noch wissen, wie es passiert war. Der Mörder wartete, nachdem er es irgendwie geschafft hatte, sich in eines dieser alles verhüllenden Wichtelkostüme zu zwängen, im Gebüsch, wohl wissend, daß sie eine große Show daraus machen würde, die Party früh zu verlassen und ihre selbstauferlegten Runden zu drehen, weil sie das immer machte. Wenn zufällig in der Zwischenzeit jemand anders den Pfad entlangkam, machte das nichts. Der Wichtel wäre bloß ein weiterer herumlungernder Student gewesen. Schlimmstenfalls würde er ausgeschimpft.

Vielleicht hatte man Jemima zu einer Schlittenfahrt eingeladen. Das würde erklären, warum es keine Spuren eines Kampfes im Schnee gab. Jemima wäre auf so eine blöde Anmache hereingefallen. Sie liebte es, bei den Streichen der Studenten mitzumachen, und wie Helen hatte sie wohl ihre Partyschuhe getragen statt vernünftiger Stiefel.

Aufgeregt schlug Shandy ein schnelleres Tempo an und bastelte dabei an dem Dialog: »Kommen Sie, Mrs. Ames, ich fahre Sie bis vor Ihre Tür, damit Sie sich umziehen können.«

Dann ein Hieb auf den Schädel im Dunkeln – Jemima gab sich nie mit Hüten ab, so daß es einfach genug gewesen war, den tödlichen Schlag zu führen –, und das war es schon. Die Plastikdecke, die die Kleider der Fahrgäste schützen sollte, würde ihren verräterischen roten Umhang verbergen, die Nikolausmaske würde ihr Gesicht und ihren Kopf bedecken. Die Puppe hatte man ohne Zweifel schon entführt und war mit ihr auf dem Crescent Schlitten gefahren. Niemand würde bemerken, daß es keine Puppe mehr war.

Aber der Mörder würde nicht wagen, sich lange in der Öffentlichkeit herumzutreiben. Der Schlitten mußte irgendwohin geschleppt worden sein, vielleicht auf den Campus, wo er sowieso sein sollte, man hätte ihn versteckt, bis die Luft rein war. Wenn die Leiche zufällig im Laufe des Abends entdeckt worden wäre, hätte das den Plan vereitelt, den Tod als Unfall auszugeben, aber wie problematisch wäre das gewesen? Der Verdacht wäre ohne

Zweifel auf die studentischen Schlittenzieher gefallen, aber der falsche Wichtel wäre wohl kaum je geschnappt worden.

JoJo zufolge war der Killer noch verkleidet, als er die Leiche zurückbrachte. Wie aber war dann Alices Glasmurmel ins Schlafzimmer der Cadwalls gelangt? Sie hatte sich nicht in einem Hosenaufschlag oder einer Tasche verfangen können, wie Shandy angenommen hatte – wenn Ben nicht selbst derjenige gewesen war, der sie mit zurückgebracht hatte. War es möglich, daß der Finanzchef dem Mörder in das Backsteinhaus gefolgt war und tatsächlich dicht daneben gestanden hatte, als die Schale umgeworfen wurde? Hätte er genug Nerven gehabt, um einen Killer dabei zu ertappen, wie dieser eine Leiche ablud?

Nein, aber er konnte durchaus versucht haben, einen Studenten zu ertappen, der einen Witz zu weit trieb, und so sollte schließlich die ganze Szene wirken. Er konnte in die Situation geraten sein, ohne zu wissen, daß er irgend etwas riskierte außer seiner Würde. Er konnte sich hinter der Etagere versteckt und die Murmeln selbst verstreut haben bei dem Versuch, den Wichtel zu erwischen, oder eher, ihm zu entkommen. Es sähe ihm ähnlich, danach Stillschweigen zu bewahren und ein Solospiel zu machen, insbesondere, wenn er nicht wußte, wer unter der Verkleidung steckte, aber dennoch glaubte, es herausfinden zu können. Es war auch typisch für Cadwall, zu glauben, er könnte den Übeltäter festnageln, bevor der Killer ihn erwischte.

Bedeutete das, daß Ben einen handfesten Hinweis auf die Identität des Wichtels in die Finger bekommen hatte? Shandy beschleunigte seinen Schritt. Wenn ja, mußte das Beweisstück in seinem Schreibtisch im Büro liegen, diesem Allerheiligsten, wo nicht einmal seine Sekretärin zu stöbern gewagt hätte. Da das Büro gleich nach der Entdeckung der Leiche verschlossen worden war, bestand die Chance, daß es noch da war.

Normalerweise hatte Grimble jetzt Dienstschluß, und seine Gnome würden nie wagen, in seiner Abwesenheit einen Schlüssel herauszugeben. Aber wegen des Feuers bestand durchaus die Möglichkeit, daß er noch unterwegs war. Shandy hoffte nur, er könnte den Mann dazu bringen, das Büro zu öffnen, ohne daß er darauf bestand, sich dranzuhängen und zu erfahren, wonach der Professor suchte, wo Shandy doch selbst nicht die leiseste Ahnung hatte und wahrscheinlich sowieso nichts finden würde. Das war eine blöde, vergebliche Jagd, und wahrscheinlich würde er nichts gewinnen außer einer Grippe, wenn er die Bazillen nicht bereits intus hatte. Dennoch trottete Shandy weiter.

Er wünschte beim Himmel, er wüßte, wo diese Nikolauspuppe gewesen war, nachdem man sie weggenommen hatte, und ob die Wichtel, die sie zurückgebracht hatten, dieselben waren, die ursprünglich die Entführung inszeniert hatten. Dann gab es noch einen Punkt, den er noch nicht bedacht hatte. Mirelle hatte am Montag zwei Wichtel bemerkt, aber JoJo hatte in der Nacht, in der Jemima getötet wurde, nur einen gesehen. Ob sich der zweite irgendwo versteckt hatte? Jemima war eine große Frau gewesen. Sie von dem Schlitten und ins Wohnzimmer zu hieven, hatte bestimmt reichlich Muskeln erfordert. Warum hatte er so bereitwillig angenommen, daß ein Mensch allein die Sache hätte schaffen können?

Shandy gab den Versuch auf, klar zu denken, und konzentrierte sich darauf, den Weg hügelan zu erklimmen. Es lag ein klebriger, nasser Schnee, der sich an seine Galoschen heftete wie frischer Mörtel. Als das Wachbüro in Sicht kam, dachte er nur noch daran, aus dem Schnee zu kommen und sich hinzusetzen. Ihm sank das Herz, als er sah, daß das kleine Gebäude im Dunkeln lag, aber er versuchte es trotzdem an der Tür, und wunderbarerweise öffnete sie sich.

Einen Moment lang war er zu beschäftigt damit, zu Atem zu kommen und sich den Schnee vom Mantel zu klopfen, um zu bemerken, daß er nicht allein war. Hinter der geschlossenen Tür zu Grimbles innerem Heiligtum waren Stimmen zu vernehmen. Obwohl er keine Worte verstehen konnte, schloß er aus dem tiefen Grunzen und dem hohen Quietschen, daß die eine einem Mann und die andere einer Frau gehörte. Der Mann war sicherlich Grimble, aber wer war die Frau, und was hatten sie zusammen vor?

Es hörte sich nicht wie eine Unterhaltung an. Es hörte sich an wie – plötzlich wurde Shandy klar, wie es sich anhörte, und da er ein feinfühliger Mann war, befand er, das sei keine Zeit, um Schlüssel holen zu kommen. Das richtige wäre, schnurstracks wieder wegzugehen. Aber er war sehr müde und durchgekühlt, und im Büro war es warm. Er tastete nach einem der Holzstühle, die an der Wand aufgereiht sein mußten, und fand ihn. Es hing etwas über der Lehne, etwas Weiches und Dickes, aber Nasses, als ob es draußen im Schnee gewesen wäre, eine Mütze oder ein

Schal oder so etwas. Neugierig befingerte er das Gestrickte. Es war eine Mütze, stellte er fest, eine lange, gestrickte Mütze mit drei größeren Öffnungen an einer Seite. Es war tatsächlich eine Wichtelmaske.

Grimble.

Grimble, der einzige, der so auffällig war, daß er nicht gesehen werden konnte. Grimble, der es geschafft hatte, daß Jemimas Tod als Unfall durchging, der den Buffo gespielt hatte, während Ben Cadwall tot an seinem Schreibtisch saß, der Zugang zu jedem Haus, jedem Gebäude, jedem Zimmer auf dem Campus von Balaclava hatte. Grimble, der gehen konnte, wohin es ihm beliebte, und offenbar nehmen konnte, wen er wollte, nach den Geräuschen hinter der Tür zu urteilen. Grimble, der wahrscheinlich sein eigenes Schlüsselbrett durcheinandergebracht hatte für den Fall, daß ein Naseweis wie Shandy vorbeischnüffelte und sich fragte, wie jemand unberechtigt an einen Schlüssel kommen konnte. Grimble mit der Seele eines Frettchens und der Moral eines Rammlers. Bei wem war es wahrscheinlicher, daß er von ein paar lästigen Schnüfflern wie Jemima und Ben *in flagranti* erwischt würde, und wer war besser gerüstet, sie beide loszuwerden, bevor sie endlich genügend Beweise gegen ihn zusammentrügen?

Genügend Beweise. Da lag der Hase im Pfeffer. Was für Beweise hatte Shandy außer einer feuchten Kopfbedeckung, die zwanzig oder dreißig anderen glich? Grimble konnte immer sagen, er hätte die Maske irgendwo draußen gefunden, und wer sollte die Polizei überzeugen, daß es nicht so war?

Was die Frau in seinem Büro betraf, handelte es sich um einen Fehltritt, aber nicht um ein Verbrechen. Shandy könnte mit der Geschichte zu Präsident Svenson rennen, und Grimble würde gefeuert, aber das würde nichts aufklären. Shandy war kein rachsüchtiger Mann, sondern bloß ein guter Farmer. Wenn ein Hund anfing, Lämmer zu reißen, mußte man ihn von den Schafen fernhalten. Aber man erschoß den Hund nicht, bevor man nicht von seiner Schuld überzeugt war.

Obwohl ihm die Aufgabe ganz und gar nicht paßte, schlich Shandy auf Zehenspitzen zur Tür des inneren Büros und preßte sein Ohr gegen den Spalt. Es nutzte nichts. Am Türfalz waren Isolierstreifen angebracht, um den Zug von der ständig offenen Außentür abzuhalten, aber vielleicht auch, um die Geräusche von innen zu dämpfen, denn der Raum, in dem Shandy stand, schien warm genug zu sein. Er begann, seinen Mantel aufzuknöpfen, dann knöpfte er ihn wieder zu. Wenn schon das äußere Büro so temperiert war, mußte die innere Kammer, wenn man es recht bedachte, ein ziemlich heißes Fleckchen sein. Vielleicht hatten sie ein Fenster nach hinten geöffnet. Erschöpft ging er wieder hinaus, um sich den Elementen zu stellen. Etwas schlug hart auf seinen Kopf, und er wußte nichts mehr.

Zweiundzwanzigstes Kapitel

Sie sind verhaftet.«

Shandy öffnete ein Auge, bekam eine Schneeflocke mitten auf die Hornhaut und schloß es wieder. »Wovon zur Hölle reden Sie?« Er hatte Mühe zu sprechen, und das schien daran zu liegen, daß jemand auf seiner Brust saß.

»Ich nehme eine Notverhaftung vor. Liegen Sie still, oder ich verpass' Ihnen eine.« Die Stimme war jetzt erkennbar. Sie gehörte Shirley Wrenne.

»Shirley«, setzte er gereizt an, »hast du – «

»Also Peter Shandy! Ich muß schon sagen, du bist fast der letzte, von dem ich erwartet hätte, ihn beim Spionieren im Wachbüro zu erwischen.«

»Ich habe nicht spioniert, verdammt noch mal!«

Das hatte er zwar, aber das gehörte nicht zur Sache. »Runter von mir, du freches Biest.«

»Nein. Ich bleibe hier sitzen, bis Grimble kommt.«

»Grimble kommt nicht. Er ist beschäftigt.«

»Dann bist du in Schwierigkeiten, Shandy.«

Shandy strampelte, um unter dem nicht unbeträchtlichen Gewicht hervorzukommen, vermied mit knapper Not, eine gescheuert zu bekommen wie versprochen, und schaffte es schließlich, seine wütende Kollegin in eine Schneewehe zu werfen. Miss Wrenne klammerte sich an seinen linken Knöchel und hatte es beinahe geschafft, ihn seiner Hose zu entledigen, als die Lichter im Wachbüro angingen und Grimble tatsächlich erschien.

»Was ist hier los?«

»Ich verhafte ihn.«

»Warum zum Teufel?«

»Er hat spioniert.«

»Sie ist betrunken.«

»Langsam, langsam. Einer nach dem anderen, verdammt. Okay, Miss Wrenne, was soll das Trara?«

»Ich habe ihn erwischt, wie er versuchte, ins Wachbüro einzubrechen, und ihm eins übergebraten. Er ist ein Saboteur.«

»Ich bin weder Saboteur«, sagte der Professor mit dem letzten Rest an Würde, »noch habe ich versucht, ins Wachbüro einzubrechen.«

»Erzähl das den Bullen, du Rowdy.«

»Also Moment mal«, sagte Grimble. »Wir wollen nichts überstürzen. Was haben Sie gemacht, Professor?«

»Ich habe Sie gesucht«, antwortete Shandy wahrheitsgemäß.

Miss Wrenne schnaubte. »Die Tür ist auf der anderen Seite, falls du das nicht bemerkt haben solltest.«

Shandy wurde klar, daß Angriff seine beste Verteidigung war. »Übrigens, was hast du denn hier gemacht, Shirley?«

»Saboteure gesucht.«

»Na«, schnappte er, »während du herumstrolchst und unschuldige Fakultätsmitglieder verprügelst und niederschlägst, stecken die Saboteure vermutlich gerade Präsident Svensons Pyjama in Brand. Wenn du schon im Schnee Räuber und Gendarm spielen mußt, warum gehst du nicht dahin, wo was los ist?«

»Ja, das stimmt«, sagte Grimble. »Nichts für ungut, Miss Wrenne, aber wir haben heute nacht überall Wachleute. Warum gehen Sie nicht nach Hause und schlafen ein bißchen? Nett von Ihnen, daß Sie sich so um alles kümmern«, fügte er höflich hinzu.

Sie war nicht in der Stimmung für Artigkeiten. »Wollen Sie ihn nicht wenigstens verhören?«

»Ja, das werde ich. Professor, Sie gehen ins Büro. Ich komme zurück, sobald ich Miss Wrenne auf den Hügel gebracht habe.«

»Bemühen Sie sich nicht«, zischte die Frau. »Ich komme allein zurecht, danke sehr.«

Sie verschwand im Sturm, und Shandy glitt dankbar zurück ins Wachbüro. Er sah sich nach der Wichtelmaske um, aber sie war nicht zu sehen. Er setzte sich auf den Stuhl, wo sie gelegen hatte, und fing an, Schnee aus seinen Hosenbeinen zu schaufeln. Der Wachdienstchef nahm neben ihm Platz.

»Okay, Professor, weswegen wollten Sie mich sprechen?«

»Zunächst einmal wüßte ich gerne, was mit dieser Wichtelmaske passiert ist, die vor ein paar Minuten hier auf diesem Stuhl hing.«

»Häh?«

»Ich war hier drinnen, Grimble, und habe Ihren nächtlichen Ausschweifungen gelauscht. Sie hatten vergessen, die Außentür abzuschließen.«

»Ogottogott! Wie konnte ich – « Der Wachdienstchef faßte sich. »Sehen Sie, Professor, Sie verstehen das nicht.«

»Doch, das tue ich. Wer war sie?«

Einen langen Moment lang sagte Grimble nichts. Dann schlich ein verschlagenes Grinsen über sein fülliges Gesicht.

»Zur Hölle, Professor, muß ich das beantworten? Was glauben Sie, weswegen sie so geladen war?«

»Sie meinen Miss Wrenne?«

»Tja, damals auf der Polizeiakademie hat man uns beigebracht, die Beweise zu prüfen. Die alleinstehenden Damen haben es schwer an einem Ort wie diesem«, fuhr er mit einer Stimme voller Mitgefühl fort. »Heiß wie nur was und nichts, wo sie hin können. Es war nur Nachbarschaftshilfe von mir, könnte man sagen.«

»Verdammt nett von Ihnen«, grunzte Shandy. »Miss Wrenne muß sich bemerkenswert schnell ankleiden können. Ich glaube bestimmt, daß Präsident Svenson den Vorfall nach seinen humanitären Gesichtspunkten beurteilen wird.«

»He, Sie würden doch keinen verpetzen?«

»Warum wollen Sie Ihr Licht unter den Scheffel stellen? Ihre Motive waren lauter, oder?«

»Ach, zum Henker, Sie wissen, wie er ist.«

»Ja, das weiß ich. Deswegen glaube ich auch, daß Sie es sich nicht leisten können, unkooperativ zu sein.«

Grimble machte eine Bemerkung. Shandy beschloß, sie zu ignorieren.

»Erzählen Sie mir, was mit der Wichtelmaske passiert ist?«

»Welcher Wichtelmaske?«

»Diejenige, die vor etwa fünf Minuten triefnaß über diesem Stuhl gehangen hat.«

»Ich habe keine Wichtelmaske gesehen«, murrte der Mann. »Sie muß sie mitgebracht und wieder mit raus genommen haben.«

»Warum?«

»Woher zur Hölle soll ich das wissen? Ich sage Ihnen, daß ich keine Wichtelmaske gesehen habe.«

»Ich glaube Ihnen nicht«, sagte Shandy, »noch glaube ich, daß es Miss Wrenne war, mit der Sie gerade eben rumgeknutscht haben. Aber ich bin zu müde, um mich zu streiten. Was ich von Ihnen will, sind die Schlüssel zum Verwaltungsbau und dem Büro des Finanzchefs.«

»Da können Sie nicht rein. Das ist versiegelt worden.«

»Wir werden es entsiegeln. Holen Sie die Schlüssel, und kommen Sie.«

»Muß ich auch mitkommen?«

»Ja. Wenn wir auf weitere selbsternannte Wachtposten stoßen, ist es mir lieber, sie schlagen Sie nieder als mich.«

Den Mann, der vielleicht Ben Cadwalls Mörder war, zu einer Untersuchung der Stelle mitzuschleppen, wo das Opfer gestorben war, schien kein brillanter Einfall, aber Shandy funktionierte nicht mehr nach den Regeln der Vernunft. Außerdem waren Killerhunde so lange keine Killer, wie der Hirte ein Auge auf sie hielt. Es hatte auch keinen Sinn, ihn frei herumlaufen zu lassen.

Shandy wiederholte seinen Befehl. Grimble machte noch eine Bemerkung und holte die Schlüssel. Gemeinsam, aber schweigend pflügten die beiden Männer durch den Sturm zu dem alten roten Backsteingeviert, aus dem Dr. Cadwalls starrer Körper vor ziemlich genau zwölf Stunden entfernt worden war. Erst, als er tatsächlich das Büro aufschloß, stellte Grimble die unvermeidliche Frage: »Was wollen Sie eigentlich hier?«

»Beweismaterial«, sagte Shandy.

»Was für Beweismaterial? Sie haben Mrs. Cadwall schon mit dem Gift erwischt. Morgen soll Anklage erhoben werden.«

»Ich weiß. Deswegen muß ich heute hier herein.«

»Oh, Christus am Krückstock!«

Der Wachdienstchef stöhnte und warf sich in den Stuhl der Sekretärin. Shandy schaltete das Licht an, schloß die Tür hinter sich und stand grübelnd da. Jetzt, da er sich Einlaß verschafft hatte, fühlte sich sein Gehirn so betäubt an wie sein überanstrengter Körper. Grimbles Frage traf zu. Was wollte er hier?

Vor allem wollte er sich in Bens bequem gepolsterten Drehstuhl fallen lassen und ein Nickerchen machen. Bei genauerer Betrachtung allerdings wollte er nicht. Dieses wachsgelbe Gesicht, jene halb geöffneten, starren Augen standen noch zu deutlich vor seinem geistigen Auge. Er schob den Stuhl beiseite und kniete sich vor den Schreibtisch.

Die Polizei hatte die Schubladen verschlossen und den Schlüssel vermutlich mitgenommen, aber Shandy hatte sich selbst zu oft den Schreibtisch versperrt, um nicht ein paar nützliche Tricks gelernt zu haben. Nach wenigen Sekunden hatte er Einblick in die privatesten Geheimisse des Finanzchefs.

Es war eine schreckliche Enttäuschung. Wenn Ben irgendwelche Indizien gefunden hatte, hatte er sie sicher nicht hier aufbewahrt. Er hatte sowieso nicht viel aufbewahrt bis auf sein Handwerkszeug und eine Schublade, die reichlich mit Heilmittelchen gefüllt war.

Shandy durchwühlte das Sortiment. Es bot bequeme Möglichkeiten, einen fanatischen Hypochonder zu vergiften, aber wie hatte man die Untat zuwege bringen können? Antiacide, alle in versiegelten Packungen. Aspirin, sauber und unbeschädigt, Bandagen, ein Fieberthermometer, Fußpuder, antibiotische Salbe, Hustentropfen, in Silberpapier verpackt, Sonnenöl, der Himmel wußte warum, eine Packung Papiertaschentücher und eine halbleere Ampulle Nasentropfen. Jetzt wußte er, weshalb er gekommen war. »Grimble, kommen Sie mal einen Moment her!«

»Was? Wozu?«

Der Wachdienstchef, der offenbar im Stuhl der Sekretärin ein Nickerchen gemacht hatte, stolperte in Cadwalls Büro. »Was ist denn jetzt los?«

»Sie werden als Zeuge fungieren«, befahl ihm der Professor, wobei er seine Miene sorgsam beobachtete. »Ich werde jetzt diese Ampulle Nasentropfen aus der Schublade nehmen, sie sehr vorsichtig mit diesem Papiertaschentuch halten, für den Fall, daß irgendwelche Fingerabdrücke außer denen von Dr. Cadwall dran sind, was ich nicht erwarte, und sie in diesen Umschlag stecken.«

»Warum zur Hölle?« Grimble sah ausschließlich verschlafen und zerstrubbelt aus.

»Weil Sie und ich sie zum Labor für Organische Chemie bringen werden. Sie werden mir aufschließen, und ich werde analysieren, was in der Flasche ist.«

»Ach ja?«

»Ja. Los jetzt, Grimble.«

Dreiundzwanzigstes Kapitel

Grimble schnarchte. Er schnarchte seit Stunden, während Professor Shandy sich wach hielt, indem er alle Flaschen, Flakons, Pipetten, Reagenzgläser und Gerätschaften im Labor zählte. Auf der plastikbeschichteten Arbeitsplatte vor ihm lag Hannah Cadwalls Schicksal auf der Waage.

Nein, zum Kuckuck, das tat es nicht! Er drückte einen Korken in die Phiole, die ihm gerade gesagt hatte, was er wissen mußte, packte sie und die Ampulle Nasentropfen mit peinlicher Sorgfalt in eine kleine Schachtel, die er gefunden hatte, und rüttelte den Wachdienstchef wieder ins Bewußtsein zurück.

»Oh Jesus«, jammerte der Mann, »was denn jetzt?«

»Wir gehen den Präsidenten wecken.«

»Er bringt uns um.«

»Das Risiko müssen wir eingehen.«

Aus dem Schneesturm war nicht viel geworden. Die Flocken fielen bereits ausgesprochen dünn und bildeten gewaltige Klumpen, wenn sie in der Luft zusammenpappten. Shandy schlurfte in seinem nassen Überzieher dahin und fragte sich, warum er nicht bis zum Morgen warten konnte, um Svenson zu zeigen, was er gefunden hatte. Da kam durch den grauen Dunst die Kirchturmuhr in Sicht, und ihm wurde klar, daß es schon Morgen war. Es war fast halb sechs, und er hatte noch kein Auge zutun können. Allmählich verspürte er einen persönlichen Haß auf den schlauen Unhold, der darauf gekommen war, Taxin in Ben Cadwalls Nasentropfen zu träufeln. Er erwog, Grimble auf die bloße Möglichkeit hin, daß er der Richtige wäre, eins auf die Zähne zu hauen, spürte aber nicht die Kraft, voll zuzuschlagen.

Die Svensons behaupteten immer, sie würden mit den Hühnern aufstehen, und das taten sie offenbar. Als Shandy und sein unwilliger Begleiter in Sicht des gewaltigen weißen Hauses auf dem höchsten Teil des Hügels hinter dem Campus kamen, brannte in der Küche Licht. Sieglinde selbst kam an die Tür, noch mehr Walküre als gewöhnlich in ihrem langen blauen Bademantel und mit dicken flachsblonden Zöpfen auf den Schultern.

»Peter Shandy! Was tun Sie hier? Thorkjeld ist noch im Bett.«

»Sie müssen ihn wecken.«

Das war fast mit Sicherheit der erste direkte Befehl, den Mrs. Svenson je von einem Fakultätsmitglied bekommen hatte. Sie blickte Shandy lange und nachdenklich an und sagte schließlich: »Kommen Sie herein. Bleiben Sie bitte auf der Matte stehen, während Sie abtropfen.«

Unglaublicherweise kam der Präsident herab. Thorkjeld Svenson war schon in gewöhnlicher Kluft beeindruckend genug; in mehrere Hektar baumwollenen Bademantel gewickelt, unrasiert und rotäugig, mit Haaren, die sich zu beiden Seiten der Donnerstirn zu eisengrauen Hörnchen zwirbelten, war er einfach furchterregend.

»Was wollen Sie?« röhrte er.

Grimble duckte sich hinter Shandy und versuchte, so zu tun, als wäre er nicht da. Dem Professor sank der Mut, aber er blieb stehen, wo er war.

»Ich möchte, daß Sie Mrs. Cadwall aus dem Gefängnis holen. Sie hat ihren Mann nicht umgebracht.«

»Ungh.«

Der Präsident plumpste in einen riesigen Holzstuhl und streckte eine Hand aus. Sieglinde stellte ihm eine Tasse Kaffee von der Größe eines Waschbassins hinein. Shandy zuckte vor Neid und Gier zusammen. Hinter seinem Rücken jammerte Grimble.

»Grimble und ich«, begann er, denn trotz allem verspürte er einen Hauch von Mitleid für den Wachdienstchef, »haben die ganze Nacht gearbeitet.«

»Ungh.«

»In Anbetracht dessen, daß der Fall der Polizei nur auf dem fadenscheinigen Indiz des Taxins beruht, das jemand in Mrs. Cadwalls Habe geschmuggelt hat – «

»Ungh?«

»Thorkjeld, hör ihm zu«, sagte Mrs. Svenson. »Keine Frau wäre dumm genug, solch ein Zeug zu behalten, nachdem sie ihren Mann damit vergiftet hat. Ich würde es sicher nicht.«

»Ungh!«

»Jedenfalls«, fuhr Shandy eilig fort, »sind wir in das Büro des Finanzchefs gegangen, um nach Indizien zu suchen, und haben eine Ampulle Nasentropfen gefunden.«

»Ja, das stimmt.«

Als er sah, daß der Himmel nicht einstürzte, beschloß Grimble, seinen Anteil am Rampenlicht einzufordern. Shandy trat ihm fest auf den Fuß und sprach weiter.

»Das schien ein vernünftiges Vehikel für ein lösliches Gift mit ekelhaftem Geschmack zu sein. Das Medikament würde das Taxinaroma überdecken, und wenn es durch die Nasalkavernen in den Rachen hinabsickerte, würde das Opfer fast mit Sicherheit eine tödliche Dosis einnehmen.«

»Ungh.«

»Also nahmen wir die Ampulle mit ins Labor für Organische Chemie und analysierten sie, und sie ist randvoll mit Taxin. Am besten nehmen Sie sie gleich mit zum Gefängnis und sagen dort, sie sollen Mrs. Cadwall herauslassen.«

Endlich stieß der große Mann etwas hervor, was ein langer Satz für ihn war. »Warum ich?«

»Weil Sie eindrucksvoller sind als ich.«

Sieglinde nickte. »Das ist wahr. Thorkjeld ist eindrucksvoll. Sie, Peter Shandy, sind es nicht. Ich werde Ihnen Kaffee geben.«

»Nein danke. Ich gehe nach Hause ins Bett. Kommen Sie, Grimble.«

»Hätten schon auf den Kaffee warten können«, murrte der Wachdienstchef, als sie draußen waren.

»Seien Sie kein Esel, Mann. Hätten Sie sich wirklich an diesen Tisch setzen und Kaffee trinken können, während der Präsident Sie hinter seinem Bart anstarrt?«

»Nein, glaube nicht«, gab der Mann zu. »Ich sollte Ihnen danken für – « Er besiegte seine Gefühle und bog zum Wachbüro ab.

Shandy wandte seine einsamen Schritte bergab zum Backsteinhaus, nahm eine heiße Dusche und drei Fingerbreit Brandy und kletterte ins Bett. Er wachte erst mittags wieder auf. Seine erste Handlung war, die Bibliothek anzurufen.

»Helen, können wir uns in der Mensa treffen?«

»Mit Vergnügen, Peter. Halb eins?«

»Prima.«

Das ließ ihm kaum Zeit, sich zu rasieren und anzuziehen, aber er schaffte es. Sein Mantel war immer noch feucht, also schnappte er sich den alten Plaidkittel, in dem er mehr Jahre über die Rübenfelder gestapft war, als er zählen wollte. Das war nicht die Zeit, sich mit Belanglosigkeiten aufzuhalten.

Er hatte gerade den Tisch ergattert, der den Lauschern am wenigsten ausgesetzt war, als Helen in hohen Stiefeln und einem brandneuen hellroten Ölmantel den Speisesaal betrat.

»Heute morgen bin ich zuallererst in den Ort geflitzt und habe mir Schlechtwetterkluft besorgt«, sagte sie. »Jetzt kann ich dem netten Mann seine Socken zurückgeben. Wie geht es dir, Peter?«

»Frag mich später. Ich habe noch nicht darüber nachgedacht. Fleischpastete scheint das *pièce de résistance* zu sein.«

»Prima, wenn das Fleisch nicht allzu resistent ist. Meine Kiefer sind müde vom Streiten mit Mr. Porble über die Sammlung Buggins. Peter, würdest du glauben, daß ich ihn wirklich dazu gebracht habe, mich heute morgen ein bißchen Zeit dort zubringen zu lassen, und daß er sagt, ich könne nach dem Mittagessen wieder dorthin?«

»Vorzüglich. Macht es dir was aus, dich hier neben mich zu setzen, so daß ich nicht schreien muß?«

Sobald sie ihre Bestellung aufgegeben hatten, begann er, ihr mit leiser Stimme alles zu berichten, was sich zugetragen hatte, nachdem er sie am Abend zuvor verlassen hatte.

»Meine persönliche Überzeugung ist, daß es, ungeachtet des gegenteiligen Augenscheins, nicht Shirley Wrenne gewesen sein kann, die mit Grimble, eh, eingeschlossen war.«

»Natürlich nicht«, meinte Helen. »Wenn sie es gewesen wäre, hätte sie nicht auf den ersten Mann eingedroschen, dem sie begegnete. Sie hätte sich aus dem Staub gemacht, was die andere Frau bestimmt getan hat, während ihr draußen eure Schlägerei hattet, nicht weil sich Frauen heutzutage schämen würden, Sex zu haben, sondern weil sie dich nicht wissen lassen wollte, daß sie es mit Grimble trieb. Er ist nicht gerade ein Märchenprinz.«

»Ich habe versucht, mir zu überlegen, wer am College sich einen Mann wie ihm, eh, hingeben würde. Sie müßte es schon bitter nötig haben.«

»Oder ein echtes Mir-egal-Mädchen sein«, sagte Helen. »Ich mache mich an ein paar Sekretärinnen heran, wenn du willst. Sie sind immer diejenigen, die wirklich wissen, was vor sich geht.«

»Da wäre ich dir dankbar«, erwiderte Shandy. »Jede neue Entdeckung scheint mich weiter zurückzuwerfen.«

»Unsinn, du bist derjenige, der überhaupt etwas Konstruktives tut. Komm, laß mich dir noch Kaffee einschenken.«

Eine selige Sekunde lang war Shandy Thorkjeld Svenson, der die Hand nach der Tasse ausstreckte, von der er wußte, das Sieglinde sie bereithielt. Nicht auf den Kaffee kam es dabei an, sondern auf die Fürsorge. Helen zeigte nur normale Höflichkeit, aber man konnte ja noch träumen, selbst wenn man ein Mann von sechsundfünfzig Jahren war und fast mit Sicherheit eine garstige Grippe in den Knochen hatte. Er trank den Kaffee.

»Nach all deinen Abenteuern«, sagte Helen, »komm ich mir albern vor, dir von meinem eigenen kleinen Rätsel zu erzählen. Ich dachte, es könnte möglicherweise etwas bedeuten, aber – «

»Erzähl es mir trotzdem«, drängte Shandy.

»Ja, es ist bloß – Peter, ich muß dir gestehen, daß ich diese blöde Angewohnheit habe, Sachen zu zählen. Man kann mich einfach nicht zwei Minuten mit mehr als drei zusammenhängenden Gegenständen alleine lassen, ohne daß ich mich ertappe, wie ich sie zusammenzähle. Es ist fürchterlich.«

»Ich habe es immer für eine Quelle des unschuldigen Vergnügens und manchmal sogar der Erleuchtung gehalten«, sagte Shandy.

»Peter, nein!«

»Doch. An der Kette, die du gestern abend getragen hast, sind vierundsiebzig Perlen.«

»Fünfundsiebzig. Eine kleine sitzt im Verschluß, der sie meist verdeckt, so daß du sie nicht sehen konntest. Oh, Peter!«

Sicherlich hatten noch nicht einmal Thorkjeld und Sieglinde solch einen Moment durchlebt. Als die Sterne aufhörten, durchs Firmament zu wirbeln, sprach Shandy weiter.

»Du sagtest gerade – «

»Ach ja. Wie ich, glaube ich, gestern abend erwähnte, ließ mich Dr. Porble gestern nachmittag nur kurz in den Buggins-Raum. Es gab sowieso nicht viel, was ich in den paar Minuten tun konnte, also stand ich herum wie ein Trottel – Entschuldigung, Genosse – und habe sie gezählt. Und es hat soviel Spaß gemacht, daß ich heute morgen, als ich wieder dort hineinkam – «

»Sie nachgezählt hast, wie jeder vernünftige Mensch es tun würde. Wie viele?«

»Das ist mein Rätsel. Gestern waren zweitausendsechshundertachtunddreißig da. Heute sind es zweitausendsechshundertdreiunddreißig. Und der Raum war verschlossen, und keiner außer mir ist drin gewesen.«

»Das ist seltsam.«

Der Professor verspeiste nachdenklich einen Bissen Pastete. »Es ist nicht vielleicht möglich, daß – «

»Ich mich verzählt habe? Würdest du das?«

»Verflucht der Gedanke!«

»Da siehst du, du bist bei der bloßen Unterstellung schon entrüstet. Wir leidenschaftlichen Zähler verzählen uns nicht. Selbst wenn ich zufällig eins übersprungen hätte, hätte ich doch nicht ganze fünf große, dicke Bücher übersehen können, oder?«

»Unmöglich.«

»Wohin also sind sie verschwunden?«

»Du unterstellst, daß sich jemand mit einer noch nicht bekannten Methode Einlaß verschafft und sie gemopst hat? Angesichts dessen, daß in all den Jahren niemand freiwillig diese Örtlichkeit betreten hat, geschweige denn Bücher mitgenommen – «

»Woher wissen wir das?«

Shandy legte seine Gabel hin. »Wir wissen es nicht, oder?«

»Hätte Jemima es gewußt?«

»Wenn überhaupt jemand, dann sie. Glaubst du, es besteht die Möglichkeit, daß irgendeines dieser Bücher etwas wert ist?«

»Das frage ich mich. Die Sammlung ist alt, Peter, viel älter, als man mir vorgemacht hat. Ich dachte, es wäre alles Warwick Deeping und Gene Stratton Porter, aber Ulysses S. Grants Memoiren scheinen zu den jüngeren Publikationen darunter zu gehören. Ich habe zufällig ein Exemplar von *Vanity Fair* herausgegriffen, das ich für eine Erstausgabe halte – und ich meine, ich sollte mich mit einem alten Freund in Boston in Verbindung setzen, der erheblich mehr über den Markt für seltene Bücher weiß, als die Polizei erlaubt. Macht es dir was aus, wenn ich dich verlasse?«

»Ja«, sagte Shandy. Er schlang den Rest seiner Mahlzeit hinunter und warf Geld auf den Tisch. »Komm, du benutzt besser mein Telefon. Es hat keinen Sinn, Tims Rechnung hochzutreiben.«

»Ach, ich habe ganz vergessen, dir zu sagen, daß er letzte Nacht angerufen hat, kurz nachdem ich nach Hause gekommen war. Jemmy hat einen Jungen. Bei den Details bin ich unsicher, weil wir beide nicht viel damit anfangen konnten, was der andere sagte, aber er hörte sich absolut begeistert an.«

»Da bin ich froh.«

Shandy freute sich wirklich für seinen alten Freund, aber im Moment war ihm die Frage wichtiger, ob Helens Anruf irgend etwas brächte. Es dauerte nicht lange, bis er es herausfand. Nach einem Austausch von Artigkeiten erklärte sie ihr Problem und bekam ihre Antwort. Er dachte, sie würde ohnmächtig.

»Oh nein! Das ist einfach nicht möglich. Ja, ich weiß, daß Sie – aber ich kann einfach nicht glauben – und haben Sie eine Vorstellung, wieviel – oh mein Gott!«

Shandy dachte, er hole jetzt besser den Brandy.

Vierundzwanzigstes Kapitel

Als er zurückkam, hatte sie aufgelegt und starrte ins Leere. Ihr Gesicht war so weiß wie der Schnee vor dem Fenster.

»Gütiger Herrgott, Helen, was hast du herausgefunden?«

Sie trank einen Schluck Brandy. »Danke, Peter.«

Sie setzte das Glas sehr vorsichtig ab. »Während der letzten paar Monate sickern ständig seltene Bücher auf den Markt, die über einen Händler kommen, dessen Namen mein Freund sich zu nennen weigert, was bedeutet, daß er ein Hehler ist. Aus allen ist das gleiche seltsam geformte Exlibris herausgelöst worden. Vor zwei Wochen kamen dem Händler die Gedichte von Currer, Ellis und Acton B-B – «

»Hier, nimm noch etwas Brandy. Helen, kann das wahr sein?«

»Es stimmt, wenn mein Informant es sagt. Er behauptet, die Bücher seien in druckfrischem Zustand und der Händler hätte sie für fünftausend Dollar bekommen, denn wer hat schon je von Currer, Ellis und Acton Bell gehört?« Ihre Stimme zitterte.

»Currer, Ellis und Acton Bell«, wiederholte Shandy verblüfft. »Charlotte, Emily und Anne. Ihre einzige gemeinsame Publikation, aus ihrer eigenen schmalen Börse bezahlt und finanziell ein völliger Reinfall. Zehn Exemplare oder so wurden verkauft.«

»Sechs, glaube ich«, sagte Helen. »Der Rest wurde benutzt, um Koffer auszukleben. Peter, ich glaube, mir wird schlecht. Es ist – es ist, als ob man feststellt, daß Parsifal hingegangen ist und den Heiligen Gral versetzt hat.«

Erschüttert rang die Bibliothekarin die Hände. Shandy hielt es nur für höflich, sie mit seinen eigenen zu bedecken. Die Geste führte zu weiteren Höflichkeiten.

Schließlich murmelte Helen an seinem Schlüsselbein: »Peter, du bist so ein gesegneter Trost. Ich wünschte, ich müßte nicht weg.«

»Du mußt nicht.«

»Aber Dr. Porble wird wütend werden.«

»Zur Hölle. Woher wissen wir, daß er kein Gauner ist?«

»Er würde die Schwestern Brontë nie für lausige fünftausend Dollar verkaufen.«

»Er würde die Schwestern Brontë nicht einmal erkennen, wenn sie aufkreuzten und ihm mit ihren Retiküls eins über den Schädel hauten.«

»Dann weiß er nicht genug, um das Buch zu stehlen, oder? Peter, ich muß wirklich gehen. Professor Stott wird wegen seiner Schweinestatistiken kommen, und sie sind immer noch nicht fertig. Ich kann mir nicht leisten, gefeuert zu werden.«

»Doch, das kannst **du**. Ich sollte vielleicht darauf hinweisen, daß ich mit einer Bestallung als ordentlicher Professor zusätzlich zu meinen Einkünften aus dem Balaclava-Protz etc. ein Mann von nicht unbeträchtlichem Vermögen bin.«

»Was in aller Welt meinst du damit?«

»Der ehrbare Ehestand war es, den ich im Sinn hatte.«

»Aber du kennst mich erst seit Montag nachmittag. Peter, du bist Junggeselle – «

»Wohl lange genug. Nichts ist stärker als eine Idee, für die die Zeit reif ist. Du als Frau mit literarischer Kompetenz solltest das wissen. Ich versuche nicht, dich zu drängen, Helen. Ich lockere, eh, einstweilen nur den Boden. Für einen Farmer der natürliche erste Schritt.«

»Dann habe ich Zeit, es mir zu überlegen?«

»Natürlich. Es, eh, macht dir nichts aus, wenn ich die Tage zähle?«

»Ich wäre enttäuscht, wenn du es nicht tätest. Ich glaube, ich gehe jetzt besser. Danke, Peter.«

Zumindest war es keine direkte Absage. Shandy nahm Abstand davon, ihr anzubieten, sie auf den Hügel zu begleiten, und setzte sich an seinen Schreibtisch. Er mußte seine Gedanken sammeln. Er nahm Papier und Stift zur Hand und fing an, eine Liste zu machen. Vielleicht, weil sein Trachten in diese Richtung lief, lautete die erste Frage, die er niederschrieb: »Warum sollte eine Frau im Vollbesitz ihrer geistigen Kräfte sich mit Grimble einlassen?« Er konnte nur zwei mögliche Erklärungen sehen: Entweder sie war tatsächlich verdammt arm dran, oder sie wollte etwas von ihm, das sie auf keine andere Weise kriegen konnte.

Die einzige Sache, die Grimble, aber niemand sonst hatte, war das Schlüsselbrett in seinem Privatbüro. War es wirklich möglich, daß eine der Damen, die Shandy kannte – denn sie mußte sowohl irgendwie mit dem Crescent als auch mit dem College zu tun haben –, sich dazu bringen könnte, solch eine Tat zu begehen?

Für fünftausend Dollar? Viele Frauen hätten es für weniger getan, und Gott allein wußte, wie viele Bücher aus der Sammlung Buggins schon verhökert worden waren. Selbst bei halsabschneiderischen Preisen mußte die Beute enorm sein. Fand die Plünderung schon seit längerem statt, oder war es der drohende Erfolg seiner eigenen langen Kampagne, die Bücher in Umlauf zu bringen, die überhaupt erst jemanden dazu inspiriert hatte, die Schätze vorab zu ernten?

Er wünschte, er würde nicht immer auf die Wahrscheinlichkeit zurückkommen, daß er selbst für die ganze verflixte Ereigniskette verantwortlich war. Verbissen wandte sich Shandy einer anderen Frage zu. Er schrieb gerade: »Wer hat meinen Nikolaus gestohlen?«, als es an der Tür schellte.

Es war eine Frau, und einen verzückten Moment lang glaubte er, Helen sei zurückgekommen, um Ja zu sagen. Sie stellte sich allerdings als Hannah Cadwall heraus.

»Peter, ich bin gekommen, um mich zu bedanken, daß Sie mich aus dem Gefängnis losgeeist haben. Der Präsident sagt, Sie sind die ganze Nacht aufgeblieben, um in Bens Nasentropfen nach dem Taxin zu suchen.«

»Es mußte irgendwo sein.«

»Aber zu denken, daß Sie das für mich tun würden! Peter, das wußte ich ja gar nicht.«

Oh Gott, da war wieder dieser Blick, und dabei war der Gatte noch nicht mal unter der Erde. Shandy wich einen Schritt zurück.

»Aber keineswegs«, erwiderte er steif. »Ben war ein Kollege, und ich fühlte, daß ich Ihnen etwas schuldig war für die kompetente Art, wie Sie Jemimas Bestattung arrangiert haben.«

»Ach so.« Hannah bemühte sich, nicht enttäuscht zu wirken. »Die arme Jemima hatte ich ganz vergessen. Na, ich möchte behaupten, daß die Erfahrung mir gut zupaß kommt, jetzt, wo ich das gleiche nochmal für Ben machen muß. Harry der Ghoul sollte mir Rabatt geben.«

Sie fing an, ein wenig hysterisch zu lachen. Shandy erinnerte sich an den Brandy, und sie beruhigte sich.

»Ja, ich glaube, ich nehme einen. Vielleicht vertreibt er den Geschmack der Gefängniskost. Peter, ich kann Ihnen einfach nicht sagen, wie gräßlich es war.«

Trotzdem machte sie alle Anstalten dazu. Shandy brauchte eine Weile, sie dazu zu bringen, auf eine andere Spur umzuschalten.

»Hannah, haben Sie die blasseste Ahnung, wer Ihren Mann umgebracht haben könnte?«

»Nein, fangen Sie nicht damit an. Siebzehn verschiedene Polizisten haben mich das heute morgen gefragt, sobald Dr. Svenson wie der Minotaurus hereingestürmt kam und sie die Zelle aufschließen ließ. Natürlich weiß ich das nicht. Wenn doch, glauben Sie, ich hätte es nicht geschafft, mich gar nicht erst verhaften zu lassen?«

»Aber zum Kuckuck, Sie müssen etwas wissen. Sie haben mit dem Mann gelebt. Wo hat Ben seine Nasentropfen geholt?«

»Im Drugstore, nehme ich an, oder beim billigen Jakob, wenn wir in der Stadt einkaufen waren. Es ist eine verbreitete Marke, die man überall kaufen kann. Er bewahrt sie immer – bewahrte, ich kann mich immer noch nicht daran gewöhnen –, jedenfalls hatte er immer zwei, eine für zu Hause und eine fürs Büro. Ben hatte schreckliche Probleme mit seinen Nebenhöhlen, wissen Sie. Er behauptete, diese Tropfen seien das einzige, was ihm je geholfen habe. Dr. Melchett hat versucht, ihm zu erklären, daß es die Nasentropfen waren, die den Schnupfen verursachten, aber er hat Ben natürlich nie dazu gekriegt, das zu glauben.«

»Hat er sie benutzt, sobald er ins Büro kam?«

»Das nehme ich an, wenn er so aus der Kälte hereinkam. Im allgemeinen tat er das.«

Shandy hatte eine Idee. »Hat er sie auch nach der Beisetzung genommen, als wir praktisch alle auf einmal in Ihr Haus kamen?«

»Das nehme ich an. Ich hatte da gerade soviel im Kopf, daß ich mich nicht erinnern kann.«

»Angenommen, er tat es, wäre er eher ins Bad oder irgendwohin gegangen und hätte die Tür geschlossen, oder hätte er sich das Zeug einfach eingeträufelt, wo auch immer er sich gerade befand?«

»Ach, Sie kennen Ben. Er hätte nie eine Chance verpaßt, sich vor einem Publikum zu produzieren. Kein Kranker hat je die Gesellschaft so geliebt wie er. Es ist der Brandy, der da redet, nicht ich.«

Der Professor nickte. »So daß ohne Zweifel zumindest ein paar Leute mit einem Vortrag über Nasentropfen beglückt worden sind. Ich möchte behaupten, ich habe ihn nicht gehört, aber ich war zu sehr mit Tim beschäftigt. Das bedeutet, daß jeder dort den Einfall hätte haben können, eine Flasche derselben Marke zu kaufen, sie mit Taxin zu versetzen und in Bens Schreibtisch zu schmuggeln, praktisch mit der Gewißheit, daß er sich am nächsten Morgen Gift in die Kehle pumpen würde.«

»Ja, ich glaube schon, wenn einer ins Büro gelangt wäre. Aber wie sollte er? Ben hat immer so sorgfältig abgeschlossen, selbst wenn er mal aufs Klo ging.«

»Und seine Sekretärin?«

»Nicht Myrnette Woodruff«, sagte Hannah entschieden. »Außerdem ist sie seit Heiligabend mit Grippe im Bett – ich habe sie angerufen, um ihr wegen Jemimas Beerdigung Bescheid zu sagen, und sie war zu krank, um zu kommen. Es war ihr furchtbar peinlich, sie zu verpassen. Sie müssen sich auch nichts Komisches wegen ihr und Ben einbilden. Ihr Mann ist Master of the Grange, also Vorsitzender der Bauernschaft, und vergangenen Oktober haben sie Silberne Hochzeit gefeiert. Ihre Tochter hat ihnen eine reizende Party gegeben, und ich und Ben waren eingeladen. Das ist ein wunderbarer Brandy, muß ich sagen.«

Sie leerte ihr Glas und schaute hoffnungsvoll. Gegen seine Neigung füllte Shandy ihr nach. Dieses Gespräch war wohl vergebliche Liebesmühe. Wenn sie irgend etwas Wertvolles zu berichten hätte, hätte es der scharfe Bursche von der Staatspolizei sicherlich aus ihr herausgekriegt. Aber man wußte ja nie. Er goß sich selbst noch ein bescheidenes Schlückchen ein und lehnte sich im Sessel zurück.

»Hannah«, sagte er unvermittelt, »hat Jemima je irgend etwas davon erwähnt, daß Bücher aus der Sammlung Buggins genommen wurden?«

»Das ist eine komische Frage. Aber wenn ich es recht bedenke, hat sie das. Sie schwafelte einmal davon, dafür zu sorgen, daß er es zurückbringt.«

»Daß wer es zurückbringt.«

»Ach, Peter, wie können Sie erwarten, daß ich mich an so etwas Dummes erinnere, bei allem, was sonst noch passiert ist? Jemima war immer wegen irgendwas in Rage.«

»Um Gottes willen, Frau, versuchen Sie es!«

»Schreien Sie mich nicht so an! Ben hat nie geschrien. Er konnte manchmal ziemlich fies werden, aber seine Stimme hat er stets leise gehalten.«

»Es tut mir leid, Hannah, aber Sie müssen sich erinnern! Verdammt, derjenige, der das Buch genommen hat, ist wahrscheinlich der Mörder Ihres Mannes!«

»Das ist das Blödeste, was ich je gehört habe.«

Mrs. Cadwall setzte ihr zweimal geleertes Glas ab und begann, sich aufzurappeln. »Ich will nicht unhöflich sein, Peter, ich schätze wirklich, was Sie für mich getan haben, aber ich muß schon sagen, daß Sie in letzter Zeit ein paar furchtbar abseitige Ideen haben. Diese Plastikrentiere zum Beispiel. Jetzt verstehen Sie mich bitte nicht falsch, aber wenn ich Sie wäre, würde ich ein nettes, ruhiges Gespräch mit Dr. Sidman führen.«

Sie war aus der Tür, bevor Shandy sich einen Weg ausdenken konnte, sie davon zu überzeugen, daß er keinen Psychiater brauchte. Vielleicht brauchte er doch einen, denn eine wildere Idee als je zuvor drängte in sein Hirn. Er vergaß, was Mrs. Lomax sagen würde, wenn sie die klebrigen Gläser auf dem Walnußtisch fände, schnappte sich seinen abgewetzten Kittel und eilte auf dem kürzesten Weg zum Verwaltungsgebäude.

Miss Tibbett war nur zu froh, Professor Shandy ihre Akten zur freien Verfügung zu stellen, und vertraute ihm überaus freundlich an, daß sie noch froher wäre, ihm noch weitere Freiheiten zu gestatten. Shandy tat so, als wüßte er nicht, daß sie nicht von den Akten sprach.

»Nein, nein, Miss Tibbett, ich darf Ihre wertvolle Zeit nicht weiter in Anspruch nehmen. Lassen Sie mich einfach hier, und machen Sie weiter mit Ihrer Arbeit. Eh – nur eines noch.«

»Ja?« fragte sie eifrig.

»Ich vermute, er ist im Lauf der Jahre weggeworfen worden, aber besteht die geringste Chance, daß Sie noch den Lebenslauf haben, den Dr. Cadwall eingereicht hat, als er sich um die Stelle des Finanzchefs bewarb?«

»Wir werfen nichts weg, Professor.«

Selbst in der Enttäuschung noch entgegenkommend, holte Miss Tibbett das Dokument hervor, das über ein Vierteljahrhundert geruht hatte. Shandy las es gierig und machte sich sorgfältig Notizen. Dann fragte er nach einem jüngeren Dossier und machte weitere Memoranden. Schließlich kämpfte er eine Regung nieder, Miss Tibbett zu küssen, und eilte aus dem Haus. Nun, da die Voruntersuchung eine vielversprechende Prognose erkennen ließ, lag der nächste Schritt auf der Hand. Er mußte herausfinden, wo um alles in der Welt Patsville, Ohio, lag, und mußte so schnell wie möglich dorthin, und dann mußte er einen langjährigen Einwohner mit einem guten Gedächtnis und einem Hang zum Klatsch aufspüren.

Als er kurz ins Backsteinhaus hereinsprang, um seinen Pyjama und die Zahnbürste und den Hundert-Dollar-Schein mitzunehmen, den er immer in seinem einzigen steifen Hemd versteckt hielt, traf er auf Mrs. Lomax, die es juckte, ihre Ansichten betreffs klebriger Gläser auf Walnußtischen kundzutun. Shandy war nicht interessiert.

»Das ist egal. Wenn Sie hier fertig sind, möchte ich, daß Sie Miss Marsh diesen Zettel hinüberbringen. Wenn sie nicht da ist, hinterlassen Sie ihn an einer Stelle, wo sie ihn mit Sicherheit sieht.«

»Warum? Wohin fahren Sie?«

»Weg.«

Er zog seinen anständigen Mantel an, der nur noch ein bißchen feucht war, schnappte sich Hut und Schal und flitzte zu Charles Garage, wo bereits ein Auto aufgetankt bereit stand, um ihn zum Flughafen zu befördern. Mrs. Lomax gaffte dem Professor nach, ging dann in die Küche und dampfte seine Nachricht auf. Sie lautete:

Verehrtester Watson,
die Jagd hat begonnen! Bleiben Sie im Rundhaus, bis ich zurück bin. Dort kann man Sie nicht in die Ecke treiben.

Ihr ergebener
Arsène Lupin

»Na«, bemerkte Mrs. Lomax zum Teekessel, »sie haben alle gesagt, daß er eine weiche Birne gekriegt hat. Jetzt wundert mich nichts mehr.«

Fünfundzwanzigstes Kapitel

Erst als Shandy schon wieder auf dem Rückweg nach Balaclava Junction war, fiel ihm ein, daß er von Mrs. Svenson für den Donnerstagnachmittag mit Helen zum Tee bestellt war. Er vergewisserte sich bei einer der Stewardessen im Flugzeug, die seinen Verdacht bestätigte, daß es tatsächlich Donnerstag war. Es gab keine Möglichkeit, herauszufinden, ob die Verabredung in Anbetracht von Cadwalls Ableben noch galt, aber er würde, für alle Fälle, besser mal dort aufkreuzen. Es kostete ihn fast seinen Kopf und jedenfalls einen teuren Strafzettel wegen Raserei, aber er schaffte es, die Bibliothek rechtzeitig zu erreichen, wo er Helen dabei fand, wie sie ihre neuen Stiefel anzog und besorgte Blicke auf die Uhr warf.

»Der junge Lochinvar ist aus dem Westen zurück!« rief sie.

»Sehr komisch. Gilt die Verabredung noch?«

»Ja, aber willst du dich nicht eine Minute hinsetzen und Atem holen?«

»Ich atme, wenn wir da sind. Komm.«

Da es schon zehn nach vier war, stellte Helen die Fragen nicht, die ihr offenbar auf den Lippen brannten. Gemeinsam keuchten sie den Hügel hinauf, wo das Haus des Präsidenten, weiß gestrichen und in der von den Akademikern geliebten Tradition mit palladischen Säulen, majestätisch über den Schneewehen aufragte. Eine der verschiedenen Miss Svensons, groß und anmutig wie eine junge Birke, ließ sie herein.

»Guten Tag, Professor Shandy, und das muß Miss Marsh sein. Wir freuen uns so, daß Sie kommen konnten. Ich bin Ingeborg. Kommen Sie bitte herein. Mutter ist im Wohnzimmer.«

An der Schar der Mäntel und Stiefel in der Diele konnten sie erkennen, daß das eine Party von nicht geringen Dimensionen war statt des intimen Tees mit der Familie, den sie erwartet hatten. In gewisser Weise war Shandy froh darüber. Das versprach ein üppiges Smørrebrød nach den kühlen Artefakten aus Plastik und Pappe, die Fluggesellschaften und Schnellrestaurants gerne Essen nennen. Es bedeutete winzige Gläschen Aquavit und große Tassen heißen Tees, um die Innereien zu wärmen und die Stimmung zu heben. Es bedeutete haufenweise Leute, die ihn gegen den vollen Ansturm von Präsident Svenson polstern konnten, aber es bedeutete auch Lärm, Konfusion, die Notwendigkeit, Smalltalk zu machen, alles Dinge, die ihn davon abhalten würden, darüber nachzugrübeln, was er in Patsville, Ohio, herausgefunden hatte und wie es zu dem paßte, was er bereits wußte. Er beschloß, sich auf den Hering zu konzentrieren und das Grübeln aufzuschieben.

Helen Marsh, obwohl nicht besser auf die Galaversammlung vorbereitet, die sich ihren Augen bot, war keineswegs außer Fassung. Ihr solides hellblaues Kostüm und die bescheidenen Perlen waren genau passend, ihr Lächeln ungezwungen und ihre Konversation fließend. Er war stolz auf sie. Er würde es ihr sagen, sobald er eine Chance hatte, sie wieder zu sprechen. Sie hatten kaum Sieglinde ihre Aufwartung gemacht, als Professor Stott sie mit Beschlag belegte und sie dahin führte, wo die guten Sachen sich am höchsten türmten, derweil er ungewöhnlich lebhaft über Schweinestatistiken redete.

Shandy bemächtigte sich eines Tellers mit Sandwiches, eines Schlückchens Aquavit und einer Tasse Tee und dachte daran, sich in eine Ecke zurückzuziehen und sich in Frieden zu erquicken. Es sollte nicht sein. »Shandy, ich will mit Ihnen reden.«

»Selbstverständlich, Herr Präsident«, konnte er um einen Mundvoll Rollmops herum artikulieren, »falls Mrs. Svenson nichts dagegen hat.«

Der große Mann vertraute ihm an, daß er sich einen Teufel darum scherte, ob Mrs. Svenson etwas dagegen habe oder nicht, führte sein Opfer in die Bibliothek und schloß die Tür.

»Reden Sie.«

»Was soll ich sagen?«

»Werden Sie nicht frech, Shandy. Verdammt, ich habe Ihnen am Sonntag gesagt, daß dieser Schlamassel aufgeklärt werden muß, und Sie haben alles nur noch schlimmer gemacht. Jetzt haben sie mein Kraftwerk angegriffen.«

»Wie schlimm war der Schaden?«

»Nicht schlimm«, gab Svenson zu. Dann dröhnte er: »Alles ist schlimm! Warum, Shandy? Warum?«

»Ich glaube, ich weiß, warum«, erwiderte der Professor, »und auch, wer und wie. Das Dumme ist, daß ich bislang noch keine handfesten Beweise habe.«

»Firlefanz! Bringen Sie die Kerle her, und ich bringe sie zum Sprechen.«

»Das wäre eine Möglichkeit«, sagte Shandy zögernd. »Ich, eh, glaube allerdings, daß ich etwas zuwege bringen kann, was vor Gericht überzeugender wäre als so ein Geständnis.«

»Das glaube ich Ihnen nicht.«

Shandy knallte seine Tasse auf den Tisch und sprang auf. »Ich gebe keinen Pfifferling darauf, ob Sie mir glauben oder nicht. Ich bin derjenige, der schikaniert wird, ich bin derjenige, dem man diesen Schlamassel in den Schlund gestopft hat, und ich bin der einzige, der einen Finger krumm gemacht hat, um ihn zu bereinigen. Ich bin müde und habe eine garstige Erkältung und bin es gottverdammt satt, herumgeschubst zu werden. Wenn Sie wollen, daß ich auf der Stelle kündige, betrachten Sie es als geschehen. Wenn Sie wollen, daß ich diesen Job ordentlich zu Ende bringe, steigen Sie mir verdammt noch mal vom Buckel, und lassen Sie mich weitermachen.«

»Kreuzpotzdonnerwetter!«

Ganze dreißig Sekunden lang stand Präsident Svenson da und schnaubte durch die haarigen Nüstern wie ein Stier vor der Attacke. Dann kräuselten sich seine Lippen nach oben. Er begann zu kichern. Daraus entwickelte sich ein grölendes Gewieher, das dazu führte, daß Sieglinde ins Zimmer stürzte.

»Thorkjeld, worüber lachst du?«

»Shandy hat mir gerade gesagt, ich soll zum Teufel gehen.«

»Kannst du nicht leise gehen? Du erschreckst unsere Gäste.«

»Sie ist böse auf mich, weil ich die Party verlassen habe«, sagte der Präsident düster. »Es ist Shandys Schuld, Sieglinde. Na gut, Peter, ich gebe Ihnen Zeit bis morgen mittag. Kommen Sie, und essen Sie Hering.«

»Eh – danke nein. Ich habe wohl den Appetit verloren.«

»Essen Sie Hering!«

Der Professor aß und fand es dennoch lecker. Nichtsdestotrotz blieb das leere Gefühl in der Magengrube sogar noch, nachdem Helen und er wieder im Backsteinhaus waren und er ihr berichtete, was er herausgefunden und was er daraus gefolgert hatte. Sie reagierte zu seiner vollsten Zufriedenheit.

»Peter, das ist brillant! Ich bin sicher, daß du recht hast.«

»Aber wie kann ich das beweisen? Wenn ich nicht morgen um zwölf mit der Beute ankomme, nagelt Svenson um Viertel vor eins mein geschundenes Fell an die Kirchentür.«

»Und Sieglinde wird gleich daneben stehen und ihm den Hammer halten. Ich mag sie wirklich sehr gerne.«

»De gustibus non est disputandum.«

»Ach, komm mir nicht mit diesem Professorenkram. Wenn du Präsident Svensons Pelle annageln würdest, hättest du es nicht gern, wenn ich den Handlanger für dich spielte?«

»Ja, und es ist ein ausgezeichneter Vorschlag. Helen, würdest du wirklich?«

»Das ist eine große Verantwortung. Ich werde alle Aspekte erwägen müssen.«

»Keine Ausflüchte, Weib! Ja oder nein?«

»Peter, ist dir klar, daß du jede Frau hier auf dem Campus haben könntest?«

»Verflixt, ich will nicht jede Frau auf dem Campus. Ich will dich, um diese Wölfinnen in Schach zu halten.«

»Ist das alles, wofür du mich willst?«

»Nein. Helen, was in Gottes Namen soll ich tun?«

Miss Marsh lehnte sich im Sofa zurück und traf zufällig auf Shandys Arm. Sie wich nicht zurück, und er ermutigte sie auch nicht dazu. Es dauerte eine Weile, bis sie sich wieder dem anstehenden Problem zuwandten. Als Helen zu reden begann, klang sie etwas atemlos, wie zu erwarten war.

»Damals in den Viktorianischen Tagen hatte der Adel Treiber, die die Vögel zum Abschuß aufscheuchten. Was du brauchst, ist ein Treiber.«

»In der Hälfte der Fälle verfehlte der Jäger den Vogel und traf den Treiber.«

»Das ist das Risiko, das wir Treiber eingehen müssen. Soll ich dir nun den Hammer halten oder nicht?«

»Helen, wenn dir irgend etwas zustoßen sollte – «

»Peter, nichts wird mir zustoßen. Laß mich das für dich tun, und« – sie drückte noch einen leichten Kuß auf seine glühende Wange – »vielleicht kannst du mal etwas für mich tun.«

»Was hast du vor?«

»Das.« Sie ging zum Telefon, studierte das Collegetelefonbuch und wählte eine Nummer. Ihr Vogel kam an den Apparat.

»Hallo, hier ist Helen Marsh von der Bibliothek. Ich bin die neue Assistentin für die Sammlung Buggins, wissen Sie, und ich bin gerade auf eine private Notiz von Mrs. Ames gestoßen, wegen eines Buches, das Sie aus der Sammlung entliehen haben. Sie war offenbar sehr besorgt, es zurückzubekommen. Ach, das haben Sie? Sind Sie wirklich sicher? Sehen Sie, ich habe mit der Katalogisierung angefangen und bin auf ein paar sehr unangenehme Probleme gestoßen. Einige der wertvollsten Bücher der Sammlung fehlen, und dasjenige, das Sie genommen hatten, steht zufällig auf der Sonderliste.«

Vom anderen Ende war ein Geräusch zu vernehmen. Helen hörte zu, dann lachte sie fröhlich. »Aber natürlich haben wir das! Sie glauben doch nicht, Dr. Porble würde solche wertvollen Errungenschaften nicht katalogisieren, oder? Das Personal ist gerade bei einer sehr sorgfältigen Überprüfung, und wenn wir die fehlenden Bücher nicht auftreiben, werden wir Detektive einschalten – ja, natürlich. Ich verstehe das ausgezeichnet. Wenn Sie sich also vielleicht noch einmal genau umschauen – vielen herzlichen Dank. Dann erwarte ich, von Ihnen zu hören. Auf Wiederhören.«

Sie legte auf. »Du bist dran, Arsène.«

Sechsundzwanzigstes Kapitel

Helen, an dir ist die schwierigste Aufgabe hängengeblieben. Du mußt dich ans Telefon klemmen und Lieutenant Olivetti irgenwie davon überzeugen, daß wir beide nicht übergeschnappt sind. Erklär ihm, wer du bist, und mach, daß es sich eindrucksvoll anhört. Gib ihm die Fakten, und sag ihm, er soll seine Leute auf allen Straßen nach Balaclava Junction postieren, aber nicht einschreiten, bis ich es ihm sage.«

»Peter, du hast doch nicht vor, dich einem zweifachen Mörder allein entgegenzustellen?«

»Nein, nicht allein. Oh Himmel! Ruf die Polizei an! Schnell!«

Er schnappte sich sein Jackett und stürmte aus dem Haus, hügelab einem Wichtel hinterher, der hurtig einen leeren Schlitten zog. Die Person war im kompletten Kostüm und hatte die Wichtelmaske über das Gesicht gezogen, aber er hatte genug unter diesem bestimmten Quälgeist gelitten, um Gestalt und Gangart nicht zweifelsfrei zu erkennen. Shandy schlug ein scharfes Tempo an, wagte einen Hechtsprung und landete auf dem Schlitten.

»Wenden Sie!« befahl er.

»Häh?«

Was auch immer sie sonst sein mochte, dumm war Heidi Hayhoe nicht. Sie nahm das Schlittenseil wieder auf. »Wohin, Professor?«

»Zu Präsident Svensons Haus.«

»Bis ganz nach oben?«

»Ja, verdammt, bis ganz nach oben. Los jetzt.«

»Da«, sagte Mirelle Feldster hinter der Wohnzimmergardine. »Jetzt ist er mit Sicherheit ausgerastet. Nur gut, daß ich nicht – «

»Nicht was?« fragte ihr Mann.

Mirelles Antwort, wenn es eine gab, wurde von Schreien von draußen übertönt. Die müßigen Gaffer waren fasziniert vom Anblick Shandys, der grimmig wie Rübezahl hinter dem schwitzenden, fluchenden, wütend sprintenden Wichtel einherfuhr. »Hei-o, Nikolaus!« brüllten sie. Ein paar versuchten, den Schlitten zu schieben oder aufzuspringen, aber Shandy starrte sie mit einem so wilden Gesichtsausdruck an, daß sie glotzend und murrend zurückblieben.

Das Mädchen mußte sehr stark sein, um das Tempo beizubehalten. Der Professor schämte sich nicht für das, was er ihr antat. Heidi konnte nicht in solch verzweifelter Eile gewesen sein, wenn sie nicht schon gewarnt worden war, und Helen brauchte jede Minute, die er herausschinden konnte, um Olivetti zu erreichen und die Polizei in Bewegung zu setzen. Er blieb auf dem Schlitten, bis sie die Einfahrt zu den Svensons erreicht hatten.

»Weit genug?« keuchte die Studentin.

»Das wird reichen.«

Shandy hielt ihr eine Fünf-Dollar-Note hin. »Hier. Ich weiß, daß Sie stets reichlichen Lohn für Ihre, eh, Dienste erwarten.«

»Vergessen Sie es.«

Wütend warf sie sich auf den Schlitten und begann, bergab zu rodeln, um die verlorene Zeit wettzumachen. Shandy hoffte, sie würde umkippen, aber er wartete nicht darauf, es herauszufinden. Er eilte an die Haustür des Präsidenten und hämmerte darauf ein, bis ihm eine andere Tochter der Svensons öffnete.

»Professor Shandy! Aber die Party ist vorbei.«

»Das glauben Sie, junge Dame.«

»Mutter hat sich hingelegt«, stammelte sie. »Daddy – «

Er eilte an ihr vorbei und stürmte in die Bibliothek, wo Thorkjeld Svenson in einen gigantischen Sessel ausgebreitet vor dem Fernseher lag und zusah, wie John Waynes Sombrero von fliegenden Kugeln durchlöchert wurde. Shandy drückte auf den »Aus«-Knopf.

»Sie wollen Action, Präsident. Holen Sie Ihren Mantel und Ihre Wagenschlüssel.«

»Warum?«

»Weil ich es sage. Dalli!«

Unglaublicherweise gehorchte Svenson.

»Daddy, wohin fährst du?« rief die Tochter.

»Frag Shandy.«

Aber Shandy hatte nicht darauf gewartet, gefragt zu werden. Er saß bereits hinter dem Lenkrad von Svensons verbeultem Chevrolet.

»Ist noch Benzin in diesem Schrotthaufen?«

»Wer weiß. Wohin fahren wir?«

»Sie am Paß abfangen.«

Vor der scharfen Kurve auf die Straße hinab, wo er und Helen am Abend zuvor angehalten hatten, legte er krachend den ersten Gang ein, dann schaltete er hoch, wobei er besorgte Blicke auf die Tankuhr warf. Sie stand auf »halbvoll«, aber man konnte nicht sagen, was das hieß. Wie sein Besitzer war Svensons Auto sich selbst Gesetz.

Shandy hatte damit gerechnet, daß Helens Überraschungsangriff ihr Wild dazu zwingen würde, etwas Dummes zu tun, und das hatte es. Ohne Schwierigkeiten nahmen sie die Fährte auf. Er mußte nicht einmal hart arbeiten, um den anderen Wagen in Sicht zu behalten, da es klar war, wohin sie fuhren.

Nur einmal sagte Svenson etwas: »Da verfolgt uns ein Streifenwagen.«

»Gut«, sagte Shandy. Er betätigte ein paarmal die Lichthupe und trat stärker auf das Gaspedal. Die Maschine hustete ominös. Fluchend vor Aufregung und Erschöpfung hielt er an einer Tankstelle. Beinahe wäre ihnen der Polizeiwagen gefolgt, aber er winkte ihn weiter.

Sie verloren einige Minuten. Als sie in das Flughafengebäude rannten, standen zwei Staatspolizisten in Uniform neben der Tür und versuchten, lässig zu wirken. Shandy eilte zu ihnen, und einer murmelte: »Beim Einsteigen. Flugsteig sechs.«

»Gut. Kommen Sie mit.«

Und da waren sie tatsächlich, umklammerten ihre Bordkarten und das Handgepäck, das sie gepackt und bereitgestellt haben mußten, seit sie Jemima ermordet hatten. Der Mann war groß und stämmig und bekleidet mit einem groben dunklen Überzieher und einer schwarzen Lammfellmütze, ganz ähnlich wie die Kluft, die Präsident Svenson anhatte. Die Frau war fast so groß wie er. Sie trug ein einfaches blaues Tweedkostüm, ein blaues Angorabarett und enorme schwarze Lederstiefel. Unter dem Barett zeigte sich ein großer Knoten flachsblondes Haar.

»Sieglinde!«

»Nicht, Präsident!«

Shandy stürzte sich auf den heulenden Berserker und hielt ihn mit aller Kraft zurück, bis die Polizisten eingreifen konnten. »Das ist nicht Ihre Frau.«

Es war nicht Sieglinde. Es war Heidi Hayhoe, Meisterin der Verkleidung und augenscheinlich auch Bob Dysarts. Schnaubend strampelte der Präsident, um sie zu erwischen.

»Metze!«

»He, hören Sie«, rief das Mädchen mit nervösem Kichern, »jeder kann sich zufällig wie jemand anders anziehen. Ich habe diese Sachen schon oft getragen.«

»Das hat sie wahrscheinlich, Herr Präsident«, sagte Shandy, »ich nehme an, daß dieses Paar lustiger Spaßmacher Sie und Ihre Frau bei zahlreichen Gelegenheiten verkörpert hat. In, eh, Motels und so weiter.«

»Arrgh!«

»Natürlich, zum Henker!« Wie immer ergriff Dysart seine Chance schnell. »Ihr wißt, wie es ist. Ich bin Yang, sie ist Yin. Sehen Sie, Präsident, ich kenne die Regeln über die Beziehungen zwischen Professoren und Studenten so gut wie Sie, also sagen wir einfach, ich kündige hier auf der Stelle wegen moralischer Verwerflichkeiten. Ich schick' Ihnen einen Schrieb und mache es offiziell, aber jetzt im Augenblick müssen meine Freundin und ich ein Flugzeug erwischen, das wir verpassen werden, wenn wir nicht rennen wie verrückt.«

Er war so überzeugend als auf frischer Tat ertappter Don Juan, daß er sich und Heidi vielleicht sogar ins Flugzeug gerettet hätte, wenn Shandy nicht hinübergelangt und seine Reisetasche aufgerissen hätte. Darin befanden sich Cotton Mathers *Wonders of the Invisible World* und die zweibändige Erstausgabe von Hamiltons *Federalist*, unbeschnitten. Dysart hatte noch keine Zeit gehabt, die Exlibris der Sammlung Buggins herauszudampfen.

Schwer bewacht wurde das Pärchen nach Balaclava Junction zurückgebracht. Grimble wurde in Gewahrsam genommen und ihnen gegenübergestellt. Er verlor die Nerven und packte aus. Dann packte Heidi Hayhoe aus, wodurch Bob Dysart niemandem mehr etwas aufpacken konnte, und der Richter erließ Haftbefehl gegen ihn.

Für Shandy endete das Abenteuer, wo es begonnen hatte: im Backsteinhaus auf dem Crescent. Er hatte Helen vom Flughafen und dann von Ottermoles Büro aus angerufen, um zu sagen, daß er Besuch mitbringe. Sie hatte Feuer gemacht, Brote geschmiert, Kaffee gekocht und Sherry bereitgestellt. Sieglinde Svenson, die sie abgeholt hatten, als sie den Wagen des Präsidenten zurückbrachten, nickte mit ihrem schönen Kopf. »Jetzt haben Sie ein Heim, Peter. Sherry bitte. Für Thorkjeld auch.«

»Und Sie, Porble?«

»Dasselbe.«

Der Bibliothekar sah verblüfft und argwöhnisch aus. Er wußte immer noch nicht, warum sie ihn zu dieser Abendstunde von seinem eigenen Kamin fortgezerrt hatten, aber es konnte nichts Gutes bedeuten.

»Nimm dir selbst auch welchen«, bat Helen, »und dann erzähl diesen Leuten um Himmels willen alles von Anfang an.«

»Tja«, sagte Shandy, »ich glaube, man könnte sagen, es hat mit den Murmeln angefangen.«

Noch einmal beschrieb er, wie er Jemima gefunden hatte, als er nach der fehlenden Murmel suchte, wie die flüchtige Kugel in Cadwalls Schlafzimmer aufgetaucht war und ihn so dazu geführt hatte, die Leiche des Finanzchefs zu entdecken.

»Ich nehme an, wir werden irgendwo darauf stoßen, daß entweder Dysart oder Heidi die Schale umgeworfen haben, als sie den Unfall inszenierten. Sie hielten es ohne Zweifel für einen schlauen Touch. Schlauheit im Unterschied zu Intelligenz war der Grundton der ganzen Angelegenheit. Das hätte mich gleich zu Anfang an Dysart denken lassen sollen, aber ich muß zu meiner Schande gestehen, daß das nicht der Fall war.«

»Er ist ein schreckliches Risiko eingegangen«, meinte Helen, »als er Mrs. Ames in seinem eigenen Haus umgebracht hat. Zumindest nehme ich an, daß er das getan haben muß.«

»Oh ja. Aber er hatte einen hübschen Plan ausgearbeitet. Er beförderte sie allein ins Schlafzimmer, hieb ihr mit einer Dachlatte oder so etwas auf den Schädel, und zwar mit der Kante, damit es die richtige Art von Verletzung hinterließ, und schob ihre Leiche unter das Bett.

Dann warf er dieses extrem auffällige und unverwechselbare Purpurcape aus dem Fenster Heidi zu, die unten in ihrem Wichtelkostüm wartete, nachdem sie ihren Schlitten zum Haus gebracht und ihn außer Sicht verstaut hatte. Sie zog sich das Cape über Kopf und Körper und ging genau vor dem Wohnzimmerfenster hinab, wobei Dysart dafür sorgte, daß alle ihr Weggehen bemerkten.«

Porble fuhr zusammen. »Ich war dabei. Meine Frau sagte: ›Ich fürchte, Jemima ist nicht sie selbst heute abend‹, und Dysart lachte, als sei das das Komischste, was er je gehört hätte.«

»Ohne Zweifel war er entzückt, daß sein Plan so gut funktionierte«, bemerkte Shandy. »Als sie tief im Gebüsch verschwunden war, entledigte sich das Mädchen Jemimas Capes. Ich vermute, sie hat es so klein zusammengefaltet, wie sie konnte, und es dann über Kopfhöhe zwischen die Zweige gesteckt und darauf vertraut, daß die Leute, die von der Party nach Hause gingen, wohl nicht nach oben schauen würden. Sie würden das Kinn auf die Brust senken und aufpassen, wo sie auf dem glitschigen Weg hintraten. Dann mußte Heidi nur noch herauskommen und sich unter die Menge mischen. Mary Enderble und Roger Jackman haben sie wahrscheinlich gesehen, aber nicht auf sie geachtet, weil der Crescent immer mit Studenten in Wichtelkostümen gespickt ist und Heidi sich besonders angestrengt hat, sich bemerkbar zu machen, indem sie mit ihrem Schlitten da herumflitzte, wo sie nicht sollte.«

»Und damit davonkam, weil sie eine geborene Schauspielerin ist«, sagte Helen. »Den Leuten macht es nichts, wenn der Star die Bühne beherrscht.«

»Insbesondere, wenn er mit einem reichen Ehemaligen verwandt ist«, fügte Porble gemeinerweise hinzu.

Shandy ignorierte die Unterbrechung. »Ich vermute, daß Dysart den Rest des Abends darauf verwandte, seine Frau so betrunken wie möglich zu machen, während er selbst nur so tat, als würde er eine Menge trinken. Er hat ihr vielleicht sogar ein Schlafmittel gegeben, obwohl das« – Adele und ihr Hustensaft fielen ihm ein – »nicht nötig gewesen sein muß. Jedenfalls kam, als Adele sicher von der Bildfläche verschwunden und die Festbeleuchtung für diesen Abend vorbei war, Heidi Hayhoe zurück. Jemima war eine große Frau, aber Heidi ist ein erstaunlich starkes Mädchen, wie ich heute abend herausgefunden habe. Gemeinsam haben sie und Dysart wohl keine Mühe gehabt, die Leiche nach unten zu tragen und auf den Schlitten zu hieven, verkleidet mit der Nikolausmaske der Puppe, die Heidi und ohne Zweifel ein paar Kommilitonen aus meinem Vorgarten gemopst und, eh, sich damit verlustiert hatten.

Wahrscheinlich hat er sich dann ein paar Minuten hingelegt, während sie den Schlitten nach hier zog. Das Kind von den Jackmans hat sie zufällig dabei gesehen, aber was JoJo eigentlich sah, war ja nur ein Wichtel, der den Nikolaus im Schlitten herumfuhr, wie sie es den ganzen Abend getan hatten. Interessanterweise scheint er die Situation aber irgendwie unterbewußt erfaßt zu haben, denn plötzlich bekam er Angst und huschte wieder ins Bett. Wenn er aufgeblieben wäre, so möchte ich behaupten, hätte er Professor Dysart bei einem nächtlichen Gang über den Crescent erblickt, um sich nach der Party etwas auszunüchtern. Als Dysart unter meinen Fichten verschwand, hätte das Kind gedacht, er suche aus persönlichen Gründen Sichtschutz.«

»Nicht schlecht«, sagte der Präsident.

»Nein, eigentlich war es ziemlich gut. Wenn sie die Schläue nicht übertrieben hätten, als sie diese unnötige Trittleiter hereinbrachten und die Murmeln auskippten, die sicher außer Reichweite standen, hätte ich nie irgend etwas Faules an dem sogenannten Unfall bemerkt. Außer dem fehlenden Hausschlüssel natürlich.«

»Hier kommt Grimble ins Spiel, nehme ich an«, sagte Porble.

»Genau. Heidi hat ihn mit den gleichen Methoden bekommen, die Delilah bei Samson anwandte. Ich hätte nicht geglaubt, daß so eine attraktive junge Frau so eine, eh – «

»Ich schon«, meinte Helen. »In dem Moment, als sie mir vor die Augen kam, habe ich dir gesagt, was für eine sie ist, aber du hast nicht auf mich gehört.«

»Gute Männer glauben nie, daß es schlechte Frauen gibt«, sagte Sieglinde. »Deswegen haben gute Frauen die Pflicht, sie davon abzuhalten, loszurennen und in Schwierigkeiten zu kommen. Das sind ausgezeichnete Butterbrote, Miss Marsh.«

»Danke schön«, sagte Helen etwas verwirrt. »Peter, was ist mit den Schlüsseln? Sie hatte auch einen zur Bibliothek, nicht?«

»Dysart hatte ihn. Ich nehme an, sie hat sie entweder mit oder ohne Grimbles Wissen aus dem Wachbüro entwendet, sie kopieren lassen und dann beim, eh, nächsten Mal die Originale zurückgebracht.«

»Mein Gott«, sagte Porble schwach.

»Warum die Sammlung Buggins?« wollte der Präsident wissen. »Niemand sonst« – er warf einen durchbohrenden Blick auf den Bibliothekar – »gab ihr irgendwelchen Wert.«

»Bis auf Peter«, sagte Helen.

»Und mich«, sagte Sieglinde. »Obwohl ich nicht dafür war, daß Thorkjeld Mrs. Ames anstellte.«

»Das habe ich getan, weil du mir auf die Nerven gegangen bist. Es ist alles deine Schuld.«

»Jedenfalls war es die Sammlung Buggins, die sie getötet hat«, sagte Shandy. »Ich vermute, daß Dysart, nachdem er die Schlüssel in die Hand bekommen hatte, seine Beutezüge immer dann unternahm, wenn er eine Gelegenheit sah. Er konnte sich unter dem Vorwand, die Herrentoilette zu benutzen, in den Gang hinausschleichen, und selbst wenn ihn jemand zufällig bei der Erkundung des Buggins-Raumes ertappt hätte, ist nichts Besonderes an einem Wissenschaftler, der ein beiläufiges Interesse an alten Büchern zeigt. Allerdings entwickelte Jemima, als sie Assistentin wurde, die Angewohnheit, der Bibliothek Blitzbesuche abzustatten. Zufällig überraschte sie ihn dabei, wie er ein Buch einsteckte. Vermutlich hat er ihr erzählt, Porble habe sein O.K. gegeben, und da er wußte, was für ein schlampiger Mensch sie war, einfach gehofft, sie würde den Vorfall vergessen. Aber Jemima vergaß es nicht und drängte ihn immer, er solle das Buch zurückbringen, was er natürlich nicht konnte, weil er es verkauft hatte. Da sie außerdem wußte, daß er überhaupt in dem Raum gewesen war, würde er zum Verdächtigen Nummer Eins, wenn der Diebstahl je herauskäme, und wenn nicht, würde dies sein höchst einträgliches Unternehmen gefährden. Wahrscheinlich hatte er schon beschlossen, sie aus dem Weg zu räumen, noch bevor ihr, eh, Unmut über meine Dekorationen eine Methode nahelegte. Das hoffe ich zumindest.«

»Aber was ist mit Dr. Cadwall?« wollte Sieglinde wissen. »Hat er auch gewußt, daß Professor Dysart ein Buch mitgenommen hatte?«

»Dysart glaubte das wahrscheinlich, weil Ben so neugierig und seine Frau eng mit der Klatschbase Jemima befreundet war. Er hatte aber jedenfalls noch einen Grund, den Finanzchef zu fürchten. Er wußte, daß Ben in einem Städtchen in Ohio mit Adele großgeworden war, die ein gutes Stück älter ist, als sie uns glauben machen will, und daß die beiden tatsächlich einmal verlobt gewesen sind.«

»So daß Bob unruhig werden mußte, als Ben anfing, sich sozusagen von Amts wegen darüber aufzuregen, wie Adeles Geld verschleudert wurde. Sehen Sie, Ben wußte, daß Adele zwar das Vermögen ihrer Eltern geerbt hatte, daß es aber nicht unbedingt dasselbe ist, in Patsville, Ohio, reich zu sein, wie in Dallas oder Palm Beach. Ben hatte eine ziemlich genaue Vorstellung, wieviel sie tatsächlich geerbt hatte, und natürlich unterschrieb er Bobs Gehaltsscheck. Für ihn war es offensichtlich, daß das Gesamteinkommen der Dysarts einfach nicht ausreichte, um ihren ausschweifenden Lebensstil über längere Zeit aufrecht zu erhalten. Die logische Folgerung war, daß Bob entweder zusätzliche Mittel aus einer bislang noch unentdeckten Quelle bezog oder daß er vorhatte, jeden Cent zu verprassen, den er Adeles Vermögen abmelken konnte, und sie dann für eine andere sitzenzulassen. Da zufällig beide Annahmen zutrafen und da Ben in einer echten Machtposition am College war, nehme ich an, daß Dysart ihn für die weitaus größere Bedrohung hielt.«

»Aber wenn Professor Dysart doch plante, mit Heidi Hayhoe durchzubrennen, warum ist er nicht einfach gegangen, ohne diese guten Leute umzubringen?«

»Oh, ich glaube nicht, daß er vorhatte, so bald zu verschwinden. Er hatte dieses Märchen gesponnen, daß Bens vergifteter Kaffee für ihn gedacht war, und dann seine Freundin dazu gebracht, das Kraftwerk anzuzünden, um die Idee zu untermauern, daß er von Saboteuren verfolgt wurde. Ich nehme an, er dachte, er könnte es weiterlaufen lassen, bis er fertig wäre mit der Plünderung der Sammlung Buggins. Er ist ein phantasievoller Bursche, wissen Sie. Er muß es sehr genossen haben, vor Porbles Nase ein Vermögen zu stibitzen und gegen eine der striktesten Regeln des College ein Verhältnis mit einer Studentin zu haben.«

»Weißt du«, sinnierte Helen, »es ist denkbar, daß wir vielleicht dem Mädchen das Leben gerettet haben, indem wir Professor Dysart in die Quere gekommen sind. Glaubst du, er hatte je vor, sie wirklich mitzunehmen?«

»Das ist eine gute Frage«, sagte Shandy. »Er hätte natürlich nicht gewagt, sie lebend zurückzulassen, und ich bin keineswegs sicher, was er mit ihr vorhatte, wenn sie entkommen wären. Die Polizei fand einen Erpresserbrief in seiner Tasche, den er offenbar im Wagen geschrieben hatte, als sie fuhr, und den er von dort aus, wo sie hinwollten, abschicken wollte. Ich weiß nicht, ob er wirklich dachte, er könnte das College und Heidis reiche Verwandtschaft dazu bringen, imaginären Kidnappern ein deftiges Lösegeld zu zahlen, oder ob er nur die Szenerie vorbereitete, um das Mädchen umzubringen und einen Versenkungstrick vorzuführen. Dann hätte man ihn für tot gehalten, und er hätte in Ruhe die Beute genießen können. Wissen Sie, der Mann war absolut verdattert, als sie ihn verhaftet haben. Ich glaube nicht, daß ihm je in den Kopf gekommen ist, daß er nicht die ganze Welt übertölpeln kann.«

»Mich jedenfalls hat er übertölpelt«, murrte Porble. »Ich werde keinerlei Entschuldigungen vortragen, Herr Präsident. Ich habe meine Pflicht vernachlässigt, und ich trete auf der Stelle zurück.«

»Sie treten zurück, wenn ich es sage«, donnerte Svenson.

»Das ist weise, Thorkjeld«, stimmte seine Frau zu. »Dr. Porble hat recht, sich auf die Arbeit zu konzentrieren, die für das College am wichtigsten ist. Miss Marsh wird uns helfen, einige der gestohlenen Bücher zurückzubekommen, und was den Rest betrifft – warum sollten wir bedauern, etwas verloren zu haben, von dem wir nie wußten, daß wir es hatten. Das Geld jedenfalls ist nicht verloren.«

»Wieso?« verlangte der Präsident zu wissen.

»Es wird viel Publicity geben, wenn der verruchte Dysart und seine junge Dirne vor Gericht kommen. Das wird unangenehm für uns sein, aber wir werden nachhaltig für das Gute und das Rechte eintreten, und du wirst für die Photographen würdig und majestätisch aussehen, und nächstes Jahr werden viele Tausend Leute mehr zu unserer Lichterwoche kommen, und so werden wir das Geld zurückgewinnen.«

»In die eigene Grube gefallen!« stöhnte Shandy.

»Und Sie, Peter Shandy«, fuhr Sieglinde unbeirrt fort, »werden die Damen vom Komitee Ihre Dekorationen aussuchen lassen. Ihnen kann man nicht trauen. Thorkjeld, wir müssen gehen.«

Professor Shandy schüttelte den Kopf. »Ich kann nicht glauben, daß dieser Alptraum vorbei ist. Ich vermute, als letzter, eh, Punkt der Tagesordnung muß einer von uns rübergehen und Adele Dysart erklären, daß ihr Mann ihr ganzes Geld ausgegeben, zwei ihrer Nachbarn umgebracht und dann versucht hat, mit einer studentischen Sexbombe zu fliehen. Herr Präsident, Sie – «

»Ich nicht! Ich habe Sie delegiert, diesen Schlamassel zu bereinigen, Shandy, und bei Jesus, Sie sind immer noch delegiert. Gehen Sie.«

»Einen Moment, Dr. Svenson«, rief Helen Marsh. »Wenn Sie glauben, daß Sie diesen unschuldigen Mann in dieses – dieses Vampirnest schicken können – «

»Das glaube ich.«

»Dann«, seufzte sie, »muß ich wohl mitgehen.«

»Um mir den Hammer zu halten?« fragte Shandy im Tone eines Mannes, der kein weiteres Zögern erträgt.

»Ja, Peter«, antwortete sie, »um dir den Hammer zu halten.«

»Wovon zum Teufel reden die?« wollte der Präsident wissen.

»Kümmere dich nicht drum«, befahl ihm Sieglinde. »Er weiß es, und sie weiß es. Du mußt es nicht wissen. Komm, Thorkjeld, du mußt schon lange ins Bett.«

Nachwort

Wie alle Kenner und Liebhaber schätzte Bertolt Brecht den klassischen Detektivroman vor allem als Variationsgattung: Er hat »ein Schema und zeigt seine Kraft in der Variation. Kein Kriminalromanschreiber wird die leisesten Skrupel fühlen, wenn er seinen Mord im Bibliothekszimmer eines lordlichen Landsitzes vorgehen läßt, obwohl das höchst unoriginell ist . . . Wer, zur Kenntnis nehmend, daß ein Zehntel aller Morde in einem Pfarrhof passieren, ausruft: ›Immer dasselbe!‹, der hat den Kriminalroman nicht verstanden. Er könnte ebensogut im Theater schon beim Aufgehen des Vorhanges ausrufen: ›Immer dasselbe!‹ Die Originalität liegt in anderem. Die Tatsache, daß ein Charakteristikum des Kriminalromans in der Variation mehr oder weniger festgelegter Elemente liegt, verleiht dem ganzen Genre sogar das ästhetische Niveau. Es ist eines der Merkmale eines kultivierten Literaturzweigs.«

Neben den von Brecht hier genannten »lordlichen Landsitzen« und den friedlichen Dörfern mit ihren »Pfarrhöfen« sind es englische oder amerikanische Colleges, die als Schauplätze sinistrer Verbrechen zu immer neuen Variationen reizen. Die Möglichkeiten, die diese Elfenbeintürme der Wissenschaft bieten, sind aber auch gar zu verlockend, zumal, bei der starken Verwurzelung des klassischen Detektivromans im akademischen Bereich, Verfasser wie Leser das Milieu bestens kennen und wiedererkennen. Professor A. E. Housman hat einmal erklärt, Cambridge sei für ihn in jedem Wortsinne »an asylum« gewesen – was auf Englisch neben ›Schutzraum‹, ›Asyl‹, eben auch ›Irrenanstalt‹ bedeutet. Das Zusammenleben einer großen Studentenschar auf engem Raum, der Leistungsdruck der ständigen Examina, das Konkurrenzdenken, die Sexualprobleme – das alles ist schon Zündstoff genug, um zu plötzlichen, unkontrollierten Entladungen von Gewalt zu führen. Der Lehrkörper bietet noch bessere Möglichkeiten – sind doch nach einer bekannten Definition Professoren Studenten, denen das Studentsein so gefiel und die darin so gut waren, daß sie es ein Leben lang blieben. Dementsprechend wiederholt sich alles: das Zusammenleben auf engstem Raum – im britischen College oder im amerikanischen Campus-Ghetto, der Leistungsdruck, das Konkurrenzdenken, die sexuelle Frustration – etwa im Frauencollege im Klassiker des Genres »Gaudy Night« von Dorothy L. Sayers oder in amerikanischen Beispielen im streng verbotenen und scharf sanktionierten Lehrer-Schüler-›Verhältnis‹! Um Motive muß ein Autor, der seinen Roman im akademischen Milieu ansiedelt, also nie verlegen sein, zumal ja noch als zusätzliche Möglichkeit in jedem harmlosen, schrulligen Gelehrten ein Doppelgänger stecken kann: der ›mad scientist‹, dessen Forscherdrang ihn auf verbotene Wege geführt hat, oder der Monomane seines Fachs, dem seine Spezialdisziplin zum alleinigen Lebensziel geworden ist, für das er stiehlt, raubt und schließlich mordet.

Charlotte Matilde MacLeod stellt sich mit ihrer Serie über das renommierte landwirtschaftliche Balaclava-College in Massachusetts bewußt in diese Tradition, wie sie Dorothy L. Sayers, Michael Innes und Edmund Crispin, um nur einige Klassiker zu nennen, gepflegt haben. Der die Serie eröffnende Roman, der hier als erstes Werk der Autorin in deutscher Sprache vorgelegt wird, erschien in den USA 1978 und erweist sich als spätklassische Spielform des Genres: Er begnügt sich nicht damit, die Campus- oder Collegeverbrechen um eine neue Variante zu bereichern – er stellt sich schon mit dem einem englischen Weihnachtslied entnommenen doppeldeutigen Titel »Rest You Merry« – »God rest you merry, Gentlemen, may nothing you dismay!« – zusätzlich in eine andere beliebte Variationskette, die des Weihnachtskriminalromans. Seit dem durch den Fragmentcharakter bis heute ungelösten weihnachtlichen Verschwinden des Edwin Drood bei Dickens hat fast jeder Kriminalromanautor eine verbrecherische Weihnachtsgeschichte vorgelegt: Allzusehr bietet sich das Fest der Liebe, des Friedens, der Familie zur Verfremdung an, wie sie dem Detektivroman mit seiner Neigung zur »Zerstörung einer heilen Welt« (R. Alewyn) gattungseigentümlich ist. Im Erstling der Balaclava-Serie erleben wir zugleich die Genese einer sehr überzeugenden Detektivgestalt mit, wie sie dieser akademischen Welt angemessen ist. Peter Shandy, Professor für Botanik und Spezialist in der Nutzpflanzenzucht, wird in den Fall verwickelt, weil er die Leiche einer Nachbarin in seinem Haus findet. Hierbei wird zugleich eine Eigenschaft des Detektivs deutlich, die häufig übersehen wird: Über die längste Strecke der Romane ist der Detektiv meist nicht derjenige, der Geheimnisse löst, sondern der, der sie erst schafft.

Wo der Wachmann – ganz im Sinne des Collegepräsidenten – einen Unfall annimmt, wird Shandy eine winzige Unstimmigkeit, die sonst keinem aufgefallen wäre, zum ›Clue‹, zum Hinweis auf Mord. Daß er ihm nachgeht, ist das lebenslang geübte wissenschaftliche Ethos des Doktoreides – »sequi veritatem«, das Suchen nach Wahrheit um der Wahrheit willen. Dieses innere Engagement und seine von der Wissenschaft übernommene Vorgehensweise – wenn ihm eine Neuzüchtung eingeht, sucht Professor Shandy ja auch nach der Ursache – verhelfen ihm schließlich zur Lösung, wie auch in den späteren Bänden der Balaclava-Serie.

Charlotte MacLeod wurde 1922 in Kanada geboren und wuchs in Massachusetts in den USA auf. Nach dem Studium am Art Institute in Boston arbeitete sie zunächst als Bibliothekarin, dann als Werbetexterin. Obwohl sie sich nach ihren eigenen Angaben schon mit 10 Jahren entschloß, Kriminalschriftstellerin zu werden, begann sie erst 1964 mit einer Krimi-Serie für Jugendliche. Seit dem Übergang zum Erwachsenenroman 1978 arbeitet sie höchst erfolgreich an drei Projekten gleichzeitig: der Balaclava-Serie, einer Folge um eine weibliche Heldin aus Bostons Oberschicht und, unter dem Pseudonym Alisa Craig, an Krimis aus ihrem Geburtsland Kanada. Nicht nur in Stil und Handlungsführung, sondern auch in der Produktivität erinnert Charlotte MacLeod so an die besten Zeiten des Genres, an Agatha Christie, John Dickson Carr/Carter Dickson und Michael Innes – und ihre Leser danken es ihr.

Volker Neuhaus

Band 1016	Anne Perry	**Der Würger von der Cater Street**
Band 1017	Ellery Queen	**Sherlock Holmes und Jack the Ripper**
Band 1018	John Dickson Carr	**Die schottische Selbstmord-Serie**
Band 1019	Charlotte MacLeod	**»Über Stock und Runenstein«**
Band 1020	Mary Roberts Rinehart	**Das Album**
Band 1021	Phoebe Atwood Taylor	**Wie ein Stich durchs Herz**
Band 1022	Charlotte MacLeod	**Der Rauchsalon**
Band 1023	Henry Fitzgerald Heard	**Anlage: Freiumschlag**
Band 1024	C. W. Grafton	**Das Wasser löscht das Feuer nicht**
Band 1025	Anne Perry	**Callander Square**
Band 1026	Josephine Tey	**Die verfolgte Unschuld**
Band 1027	John Dickson Carr	**Die Schädelburg**
Band 1028	Leslie Thomas	**Dangerous Davies, der letzte Detektiv**
Band 1029	S. S. van Dine	**Der Mordfall Greene**
Band 1030	Timothy Holme	**Tod in Verona**
Band 1031	Charlotte MacLeod	**»Der Kater läßt das Mausen nicht«**
Band 1032	Phoebe Atwood Taylor	**Wer gern in Freuden lebt . . .**
Band 1033	Anne Perry	**Nachts am Paragon Walk**
Band 1034	John Dickson Carr	**Fünf tödliche Schachteln**
Band 1035	Charlotte MacLeod	**Madam Wilkins' Palazzo**
Band 1036	Josephine Tey	**Wie ein Hauch im Wind**
Band 1037	Charlotte MacLeod	**Der Spiegel aus Bilbao**
Band 1038	Patricia Moyes	**». . . daß Mord nur noch ein Hirngespinst«**

Band 1007

Charlotte MacLeod

»...freu dich des Lebens«

Nachdem er Helen Marsh geheiratet hat, verläuft das Leben von Professor Peter Shandy in ruhigen Bahnen. Nach einer Einladung seiner Frau an die Hufschmiedin des College, Mrs. Flackley, und den Lehrbeauftragten für Haustierhaltung, Professor Stott, überstürzen sich jedoch plötzlich die Ereignisse. Ist die Entführung der besten Zuchtsau des College nur ein Studentenstreich? Was haben der Diebstahl eines Lieferwagens und der Überfall auf eine Silbermanufaktur mit dem verschwundenen Schwein zu tun? Als Mrs. Flackley ermordet gefunden wird, hält das niemand mehr für einen Studentenulk. So hat Peter Shandy alle Hände voll zu tun, den Mörder zu stellen, denn der Hauptverdächtige in diesem Fall ist sein Freund Stott.

Band 1012

Charlotte MacLeod

Die Familiengruft

Es beginnt mit einem Familienkrach: Großonkel Frederick möchte auch im Tod nicht dieselben Räumlichkeiten mit Großtante Mathilde teilen. Auf der Suche nach einer passenden letzten Ruhestätte wird die seit 100 Jahren nicht benutzte Familiengruft der Kelling-Dynastie geöffnet. Der jungen Sarah Kelling fällt die undankbare Aufgabe zu, das Begräbnis vorzubereiten. Bei der Öffnung der Gruft lernt sie Ruby Redd, eine einst berühmte Striptease-Tänzerin von sehr zweifelhaftem Ruf kennen. Mehr als die Rubine in Rubys Zähnen beeindruckt Sarah aber die Tatsache, daß die Tänzerin seit mehr als 30 Jahren tot ist ...

Band 1019

Charlotte MacLeod

»Über Stock und Runenstein«

Dieses ist der dritte Roman aus der ›Balaclava‹-Reihe, in dem Peter Shandy, Professor für Botanik am Balaclava Agricultural College und Detektiv aus Leidenschaft, mit analytischem Denkvermögen ein Verbrechen aufklärt.
Der Knecht Spurge Lumpkin wird von der Besitzerin der Horsefall-Farm, Miss Hilda Horsefall, tot aufgefunden. Für die Polizei ist der Fall klar: ein tragischer Unfall. Peter Shandy aber kommen bald die ersten Zweifel, und als ein Kollege und ein junger neugieriger Reporter ebenfalls fast die Opfer mysteriöser Unfälle werden, sieht er sein Mißtrauen bestätigt.

Band 1022

Charlotte MacLeod

Der Rauchsalon

Für eine Lady aus der Bostoner Oberschicht ist es auf jeden Fall unpassend, ihr Privathaus in eine Familienpension umzuwandeln, um ihren Lebensunterhalt zu verdienen. So ist der Familienclan der Kellings entsetzt, als die junge Sarah, die gerade auf tragische Weise Witwe geworden ist, ankündigt, sie werde Zimmer vermieten. Doch selbst die konservativen, stets die Form wahrenden Kellings ahnen nicht, daß Sarahs neue Beschäftigung riskanter ist, als man annehmen sollte – mit den Mietern, sämtlich respektable Mitglieder der Bostoner Oberschicht, hält auch der Tod Einzug in das vornehme Haus auf Beacon Hill . . .

Kein Wunder, daß die junge Frau froh ist, daß ihr der Detektiv Max Bittersohn beisteht, der mehr als ein berufliches Interesse daran hat, daß wieder Ruhe und Ordnung in das Leben von Sarah Kelling einkehren.

Band 1031

Charlotte MacLeod

»Der Kater läßt das Mausen nicht«

Für Betsy Lomax, die erprobte Haushaltshilfe von Professor Peter Shandy, fängt der Tag wahrlich nicht gut an. Bestürzt muß sie feststellen, daß ihr Kater Edmund ihrem Untermieter Professor Herbert Ungley das Toupet geraubt hat. Ihre Bestürzung wandelt sich in Entsetzen, als sie Ungley tot hinter dem Clubhaus der noblen Balaclava Society findet ... Da der Chef der Polizei sich weigert, den Tod Ungleys als Mord anzuerkennen, gibt es für Betsy Lomax nur einen, von dem sie Hilfe erwarten kann – Peter Shandy, seines Zeichens Professor für Botanik am Balaclava Agricultural College. Dieser stößt bei seinen Ermittlungen in ein Wespennest – einflußreiche Persönlichkeiten in Balaclava Junction schrecken offenbar auch nicht vor Mord zurück, wenn es um Geld und Politik geht.

Band 1035

Charlotte MacLeod

Madam Wilkins' Palazzo

Sarah Kelling sagt nur zu gern zu, als der smarte Detektiv in Sachen Kunstraub und Fälschung, Max Bittersohn, sie zu einem Konzert in den Palazzo der Madam Wilkins einlädt, ein Museum, das für seine exquisite Kunstsammlung berühmt und für den schlechten Geschmack seiner Besitzerin berüchtigt ist. Doch Bittersohns Einladung steht unter keinem guten Stern: Die Musiker sind schlecht, das Buffet läßt zu wünschen übrig – und einer der Museumswächter fällt rücklings von einem Balkon im zweiten Stock des Palazzos. Als Bittersohn dann noch entdeckt, daß die berühmte Kunstsammlung mehr Fälschungen als Originale enthält, steht eines zumindest fest: Mord sollte eben nie nur als schöne Kunst betrachtet werden!

Band 1037

Charlotte MacLeod

Der Spiegel aus Bilbao

Nachdem die hübsche Pensionswirtin Sarah Kelling in den letzten Monaten von einem Mordfall in den nächsten gestolpert ist, fühlt sie sich mehr als erholungsbedürftig. Ihr Sommerhaus am Meer scheint der ideale Ort für einen Urlaub, zumal Sarah hofft, daß sie und ihr bevorzugter Untermieter, der Detektiv Max Bittersohn, sich noch näherkommen... Zu ihrer Enttäuschung wird die romantische Stimmung jedoch durch einen Mord empfindlich gestört – und statt in Sarahs Armen landet Max zu seinem Entsetzen als Hauptverdächtiger in einer Gefängniszelle. Schon bald stellt sich eines heraus: Ehe nicht das Geheimnis des alten Spiegels gelöst ist, der so plötzlich in Sarahs Haus auftauchte, wird es für die beiden kein Happy-End geben.

Band 1034

John Dickson Carr

Fünf tödliche Schachteln

Eine harte Nuß für Chefinspektor Masters: Vier illustre Mitglieder der Londoner High-Society haben sich kurz vor Mitternacht zu einer Cocktailparty getroffen. Wenig später finden der junge Arzt John Sanders und die hübsche Marcia Blystone die drei Gäste bewußtlos und den Gastgeber erstochen auf. An Verdächtigen herrscht kein Mangel – der Tote hatte in weiser Voraussicht fünf mysteriöse Schachteln mit den Namen von fünf potentiellen Tätern bei seinem Anwalt hinterlegt. Mit Elan begibt sich Masters auf die Spurensuche. Die Lösung des Rätsels bleibt jedoch seinem schwergewichtigen Erzrivalen aus dem englischen Hochadel, Sir Henry Merrivale, vorbehalten. Unterstützt von Marcia Blystone und John Sanders riskiert Merrivale Kopf und Kragen und lüftet mehr als ein dunkles Geheimnis, bevor er den überraschten Beteiligten den Mörder präsentiert.

Band 1036

Josephine Tey

Wie ein Hauch im Wind

Der junge Amerikaner Leslie Searle ist gutaussehend, freundlich und charmant – kein Wunder, daß ihn die Bewohner des kleinen Künstlerdörfchens Salcott St. Mary in der Nähe von London sofort ins Herz schließen. Um so bestürzter sind Searles neue Freunde, als dieser nach einem mehrtägigen Ausflug mit einem Kanu nicht mehr zurückkommt – ist der sympathische Fotograf ertrunken, hat er Selbstmord begangen, oder wurde er etwa umgebracht?
Inspektor Alan Grant von Scotland Yard, der die Ermittlungen aufnimmt, entdeckt sehr schnell, daß Searle keinesfalls bei allen Dorfbewohnern gleichermaßen beliebt war. Versteckte Aggressionen, verborgene Ängste, Eifersucht und Intrigen machen es dem Inspektor nicht gerade leicht, herauszufinden, warum Leslie Searle verschwinden mußte.

Band 1038

Patricia Moyes

»...daß Mord nur noch ein Hirngespinst«

Die Familie Manciple gilt als exzentrisch – aber die Bewohner des englischen Dorfes, in dem die Familie seit Generationen lebt, mögen sie gerade deswegen. Als der neureiche Londoner Buchmacher Raymond Mason erschossen in der Auffahrt zum Anwesen der Manciples gefunden wird, glaubt daher keiner der Nachbarn, daß der Täter einer von ihnen ist. Chefinspektor Henry Tibbet aus London, der mit den Ermittlungen betraut wird, trifft auf schießwütige pazifistische Ex-Soldaten, spiritistisch interessierte schwerhörige Großtanten, zerstreute und charmante Hausherrinnen, kreuzworträtselbesessene Bischöfe, undurchsichtige Wissenschaftler und scharfzüngige Schönheiten. Mord ist für ihn bald nur noch das kleinere Problem in diesem Fall.